전설의 보스 1

전설의 보스 1

초판1쇄 인쇄 | 2021년 4월 22일
초판1쇄 발행 | 2021년 4월 27일

지은이 | 이원호
펴낸이 | 박연
펴낸곳 | 한결미디어

등록 | 2006년 7월 24일(제313-2006-000152호)
주소 | 서울시 마포구 모래내로 83 한올빌딩 6층
전화 | 02-704-3331
팩스 | 02-704-3360
이메일 | okpk@hanmail.net

ISBN 979-11-5916-149-0 979-11-5916-148-3(set) 04810

ⓒ한결미디어

전설의 보스 1

야망

이원호 지음

한결미디어
HANGYEOL MEDIA

저자의 말

'대작(大作)을 쓰고 싶은데' 했더니 내가 존경하는 후배가 말했다.

"형, 다작(多作)은 결코 대작(大作)이 될 수가 없어. 줄여."

맞는 말이다.

그것을 다시 풀이하면, '욕심을 부리면 대작(大作)이 나올 수가 없어.' 이런 말도 될 테니까.

내가 쓴 책을 다시 읽어본 적이 있다.

10년쯤 전에 쓴 《불사(不死)》라는 책, 2권짜리다.

바빠서 틈틈이 읽는 동안 활력이 일어났다.

'아, 내가 이렇게 재미있게 썼다니.'

'아, 이 비상한 상상력 좀 봐.'

'아이구, 이 장면 전환 죽이네.' 등등.

내가 내 기준, 내 주관으로 감동한 것이고, 이렇게 스스로 에너지를 생성하는 것이다. 자가 발전.

기술자, 책 쓰는 기술자로 많이 쓰는 요령을 터득한 셈인데, 요즘도 매일 원고지 60장 기준으로 쓴다. 그것도 3개의 소설로 '환상기업소설' '용병소설' 그리고 '애정소설'.

그것들이 모두 북큐브, 카카오, 네이버, 리디북스 등에서 매일 연재되는 것이다. 그러니 게으름을 피울 수가 없지.

회사 부도를 내고 '대중소설가'가 된 지 30년, 지금까지 105종 230권의 책을 출간했다. 《밤의 대통령》 《황제의 꿈》 《영웅의 도시》 등 밀리언셀러가 된 소설이 3종, 수백만 권씩 팔렸다. 밀리언셀러가 될 가치가 있는 소설도 수십 종은 될 것이다. 이것은 자가 발전인지는 모르지만.

　　왜 이러냐는 이유를 물으시는가?
　　기업소설을 쓰다 보면 지친다. 그러면 30장쯤 쓰고 나서 용병소설을 쓰는 것이다.
　　그러면 새로운 에너지가 솟아난다. 그러다가 다시 애정소설로. 물론 맥이 끊어지지 않게, 쓰다 만 기업소설의 줄거리와 앞으로 쓸 내용은 메모를 해 놓는 것이다.

　　이 긴 내용을 후배한테는 차마 이야기 못 했다, 다 이야기해도 이해하지 못할 것 같아서. 내가 다른 소설로 넘어갈 때마다 행복하고 가슴이 두근거린다고 말한다면 더 이해를 못 하겠지.

　　《전설의 보스》도 그렇게 쓴 소설 중의 하나다.
　　재미있게 읽으실 수 있을 것이다. 그리고 몇 년 후에 다시 읽으셔도 재미있으리라고 믿는다.
　　감사합니다.

2021. 4. 9. 이원호

차례

2020년 5월 10일.

날짜는 핸드폰의 배터리 용량 표시 옆쪽에 찍혀 있다. 배터리는 57퍼센트.

핸드폰을 주머니에 넣은 진성이 주위를 둘러보았다. 산 속, 계룡산의 어디쯤이다.

오후 3시, 이제 주위의 인기척이 끊긴 것을 보니 꽤 깊게 들어온 것 같다. 다시 발을 뗀 진성이 바위를 하나 더 넘었다. 땀이 흘러내린 눈이 따갑다.

"젠장."

투덜거린 진성이 바위 위에서 허리를 폈다. 아차. 바위 앞이 비었다. 앞쪽이 환하게 트인 것이다. 건너편 산이 보인다. 그렇다면 이곳이 절벽. 고개를 숙인 진성이 아래를 본다. 밑바닥은 안 보이고 건너편 산기슭만 펼쳐져 있다.

"갓 댐. 진짜 높구나."

중얼거린 진성의 얼굴에 쓴웃음이 번졌다.

그때 뒤쪽에서 인기척이 났기 때문에 진성이 소스라쳤다. 고개를 돌린 진성은 뒤쪽 바위 위에 앉아 있는 사내를 보았다. 50대쯤으로 둥근 얼굴에 후줄근한 등산복 차림. 그때 사내가 눈썹을 모으고는 진성을 보았다.

"너 날아가고 싶은 거야?"

"왜 그러시는데?"

진성이 바로 말을 받았을 때 사내가 혀를 찼다.

"떠나고 싶은 거냐고."

"상관 마셔."

이제 마음을 가라앉힌 진성이 어깨를 치켜 올렸다. 그때 사내가 말했다.

"그래. 넌 또 다른 너를 만나게 될 거다."

"나를 만나?"

"아마 시간차가 좀 날 거야."

고개를 끄덕인 사내가 말을 이었다.

"거기서 넌 네가 꿈꾸던 너를 만나게 돼."

그러고는 사내가 몸을 일으켰다.

"너, 순간이 영원으로 통한다는 사실을 아니?"

"개뿔……."

"네가 떨어지는 그 짧은 순간에 너는 영원을 맛보게 돼."

"뜯어먹는 소리."

몸을 돌린 진성이 다시 앞쪽을 보았다. 여전히 건너편 산만 보인다. 진성이 숨을 들이켜면서 생각한다. 지금까지 무기력하고 무능력한 인생을 살아왔다. 이제 끝내련다.

진성이 앞쪽에 발을 내밀었다. 허공이다. 숨을 뱉으면서 진성이 내민 발로 허공을 짚었다. 그 순간 진성의 몸이 한 덩이의 바위처럼 아래로 떨어져 내려갔다.

'순간.'

진성의 머릿속에 새 세상이 펼쳐졌다.

1장

전장(戰場)

"저기야."

총무팀 직원이 턱으로 가리킨 곳은 사무실 맨 끝 쪽, 남녀 사원 둘이 앉아 있는 곳이다. 천장에 '수출3팀'이라는 팻말이 붙어 있었으니 맞다. 총무과 직원이 앞장서 발을 떼었으므로 김선아는 뒤를 따랐다.

창밖은 흐려서 오전 10시인데도 저녁 무렵 같다. 빗줄기가 강해지고 있다. 수출3팀으로 다가간 총무과 직원이 여사원에게 말했다.

"어, 정수연 씨, 여기 신입사원."

여사원이 머리를 들었을 때 김선아가 숨을 들이켰다. 여자는 여자를 안다. 시선이 마주친 순간 저쪽의 눈빛도 강해진 것 같다. 날카로운 인상…….

"아!"

탄성을 뱉자 여사원이 얼굴을 펴고 웃었으므로 김선아의 심장이 철렁했다. 전혀 다른 분위기가 펼쳐졌기 때문이다. 부드럽고 화사하다. 그때 총무팀 직원이 몸을 돌리면서 말했다.

"그럼 인계했으니까 내 임무는 끝."

총무팀 직원은 본체만체하고 정수연이라는 여사원이 자리에서 일어서더니 김선아에게 손을 내밀었다.

"방가. 나 3년 차야. 이름은 정수연. 김선아 씨 온다는 말은 들었어."

"처음 뵙습니다."

김선아가 머리를 숙여 인사를 했다.

"난 고경준."

그때 뒤쪽 사원이 손을 내밀었는데 머리는 부스스했고, 눈에 핏발이 섰다. 술 마시고 덜 깬 것 같다.

"나도 3년 차. 군대 갔다 와서 정수연 씨보다 진급은 빨리 될 거야."

김선아가 다시 머리를 숙이면서 빠르게 그의 손을 잡았다.

"그런데 김선아 씨가 정수연보다 미인이다. 원판이 훨씬 부드러워."

고경준이 김선아의 손을 흔들면서 놓지 않았으므로 정수연이 팔을 내려쳐 손을 떼었다. 그러더니 김선아에게 눈으로 앞쪽을 가리켰다.

"나하고 상담실에서 커피나 한 잔 하지."

"빨리 끝내."

맞은 팔이 아픈지 팔목을 주무르면서 고경준이 그들의 뒤에 대고 말했다.

"보스가 12시까지 도착하라고 했어."

김선아는 정수연의 뒤를 따라 상담실로 들어섰다. 뒤를 따르면서 보니까 정수연의 몸매는 55사이즈다. 엉덩이 곡선이 육감적이고 다리도 잘빠졌다. 인물 났다.

상담실은 창문도 없는 데다 흐린 날씨 때문인지 후덥지근했다. 7월 초의 눅눅한 아침. 2개월 연수를 마치고 실무 부서에 배치된 첫날이다. 구석에 누가 끓여놓았는지 커피포트에 커피가 반쯤 남아 있다. 정수연이 커피 잔을 내려놓고 커피를 따라주면서 말했다.

"인사기록 봤어. 내가 세 살 위이기도 하니까 언니라고 불러."

"네, 언니."

"수출부에 지원한 이유는 뭐야?"

불쑥 묻더니 정수연이 이를 드러내고 웃었다.

"보스한테 말하기 전에 미리 예행연습 한다고 쳐. 우리 보스에 대해서 들었지?"

"아뇨."

"좀 성격이 지랄이야."

순간 김선아가 숨을 들이켰지만 시선은 떼지 않았다. 정색한 정수연이 커피 잔을 들면서 말을 이었다.

"좀 흐릿하거나 덤벙대는 놈은 가차 없이 잘라. 과장이 어떻게 자르냐고?"

한 모금 커피를 삼킨 정수연이 제 말에 제가 대답했다.

"실적이 있기 때문이지. 수출3과는 2년 만에 7만 불에서 4백만 불을 돌파했어. 이렇게 되면 지랄을 부릴 만하지."

김선아가 가만히 숨을 뱉었다. 잘못 왔나?

호흡을 고른 김선아가 똑바로 정수연을 보았다. 그래, 예행연습이다.

"수출은 무에서 유를 창조하는 업무라고 믿습니다."

정수연이 시선만 주었으므로 김선아는 말을 이었다.

"우리나라가 발전할 길은 수출이라고 생각합니다. 그 일익을 맡고 싶었어요."

그러고는 숨 가쁘게 덧붙였다.

"적성에도 맞고요."

정수연이 잠자코 머리를 끄덕였지만 감동한 것 같지는 않다. 하긴, 김선아는 이 말을 세 번이나 써먹었다. 한흥상사는 섬유류 제조, 수출업체로 탄탄한 국내시장 점유율을 가진 중견기업이다.

대기업은 아니지만 오히려 장래성이 더 있는 상장사로 입사 경쟁률이 10대 1이나 되었다. 한흥상사가 요즘 해외수출에 전력하고 있다는 것을 안 김선아는 입사면접 때, 연수 중에도 계속해서 이 레퍼토리를 써먹은 것이다.

김선아는 마지막 멘트를 날렸다.

"그리고 저는 외국어에 자신이 있습니다, 잘 아시겠지만요."

그렇다. 자기소개서에도 그렇게 적었다. 캐나다에서 중고등학교를 마친 터라 영어는 물론 불어, 독어까지 마스터했다.

그때 상담실 문이 벌컥 열리더니 고경준이 상반신만 들여놓고 말했다.

"뭐해? 가자고."

눈을 치켜뜬 고경준이 덧붙였다.

"보스가 지랄하는 꼴 보려고 그래?"

여기서도 지랄이다. 수출3과는 지랄병이 걸렸나? 시선을 내린 김선아가 한숨을 쉬었을 때 자리에서 일어선 정수연이 말했다.

"김선아 씨도 같이 가자."

김선아의 시선을 받은 정수연이 발을 떼면서 다시 툭 던졌다. 명령이다.

"따라와."

김선아는 뒤를 따라 나오면서 정수연과 고경준이 나누는 대화를 듣는다.

"컨테이너는 어떻게 되었어?"

고경준이 묻자 정수연이 대답했다.

"40피트짜리 네 개가 대기 중이야. 전화만 하면 세 시간 후에 도착해."

"아, 이거 검사가 잘 끝나야 되는데."

앞장선 고경준이 자리에 놓인 가방을 들더니 힐끗 김선아를 보았다.

"김선아 씨 데리고 간다고 보스한테 말한 거야?"

"아니. 보스가 그런 말 들을 정신이 있어? 그냥 데려가서 인사시켜야지."

"하긴 오늘 밤 꼬박 샐 테니까 일손이 딸리기도 해."

엘리베이터를 타고 나서도 둘의 이야기가 계속되었고 뒤에 선 김선아는 듣기만 했다.

"박 대리가 모리스하고 언제 출발하지?"

고경준이 묻자 정수연이 머리를 들었다.

"오후 세 시쯤. 아마 오후 다섯 시에는 발안에 도착할걸? 그런데 오덕수는 일 때문에 같이 못 온다고 했어."

"그 개새끼는 쏙 빠지는군."

욕을 뱉은 고경준의 시선이 김선아를 스치고 지나간다. 그러고 보니 고경준은 술은 마시지 않은 것 같다. 술 냄새가 안 난다. 그때 주차장에 도착한 엘리베이터 문이 열렸을 때 고경준이 혼잣말을 했다.

"아, 씨발. 이틀 철야했는데 오늘까지 사흘째네. 씻지도 못했어."

그때 승용차로 다가간 정수연이 문을 열면서 말했다.

"정봉호 선배는 나흘이나 철야했어. 입 닥치고 있으라고."

승용차는 신형 소나타로 운전석 옆자리에 고경준이 타는 바람에 김선아는 뒤에 앉았다. 둘의 말을 들으면서 김선아는 수출3과 총원이 다 거론된 것을 알았다.

이제 나까지 여섯인가?

"내가 간단하게 상황 설명을 하지."

차가 톨게이트를 향해 속력을 내었을 때 정수연이 백미러를 보면서 말했다.

"우리는 지금 오산 근처 발안이라는 곳의 하청 공장으로 가고 있어."

숨을 죽인 김선아가 경청했다. 이것은 대학 때 과제물의 참고자료를 알려주는 것보다도 더 값지고 친절한 정보다. 정수연의 목소리가 차 안을 울렸다.

"해성섬유라는 곳이야. 그곳에서 영국으로 수출하는 의류 32만 불 물량이 내일 오전까지 컨테이너에 실려 부산으로 출발해야 되기 때문이지."

정수연이 숨 가쁘게 말하는 것을 도우려는 듯이 바로 고경준이 이었다.

"근데 제품이 아직 덜 되었어. 오늘 아침 9시 현재까지 제품 포장이 된 건 87퍼센트야. 나머지 13퍼센트가 완성되려면 내일 아침이 되어야 할 것 같아. 난리가 난 거지."

정수연이 와이퍼를 빠르게 작동시켰다. 빗발이 굵어졌으므로 차들은 속력을 늦추고 있다.

"왜 난리가 났느냐고?"

고경준이 묻고는 제가 대답했다.

"영국 바이어 모리스는 제품이 다 된 줄로만 알고 검사하려고 날아온 거야. 배는 이틀 후에 떠나니까 내일 밤까지 부산에 도착해야 된다고."

차 안에 고경준의 긴 숨소리가 울렸고, 와이퍼의 삐걱거리는 소리가 났다. 그때 정수연이 말을 잇는다.

"이번 배를 놓치면 다음 배는 일주일 후야. 그럼 신용장의 선적 기일보다 열흘 늦게 도착하는 거지."

정수연의 목소리가 슬프게 울렸으므로 김선아가 룸미러를 보았지만 시선을 주지 않는다. 다시 고경준이 말했다.

"그럼 어떻게 되느냐고? 클레임을 받게 될 거야. 오더 가격의 20퍼센트인 6만 4천 불. 아니면 비행기에 실어야겠지. 항공운임이 어떻게 되느냐고? 아마 클레임 비용하고 비슷할 거야."

"난리 난 거지."

앞쪽을 응시하면서 정수연이 말했고, 차 안에는 다시 엔진 음과 와이퍼 소리만 들렸다. 에어컨을 켰지만 차 안은 습기가 차서 눅눅하다.

그때 고경준이 긴 숨을 뱉으면서 정적을 깨뜨렸다.

"담당자가 누구냐고? 박 대리야, 박기성 대리. 왜 이렇게 선적이 늦었느냐고? 개좆같이 일을 처리했기 때문이지."

"아, 시끄러!"

정수연이 쏘아붙였지만 고경준이 어깨를 부풀렸다가 내리면서 말을 이었다.

"알 건 알아야지. 그 씨발놈은 디테일에 약해. 원단 염색 지시를 잘못해서 사고가 났다고. 그래서 10일이나 생산이 지연된 거야."

김선아가 입 안에 고인 침을 삼켰다. 머리가 혼란했고 가슴이 답답했다. 날씨도 꾸리꾸리한데 이쪽 수출3과는 더했다. 이 사람들이 자주 쓰는 지랄 같은 조직 같다.

대학 때 잠깐 국악 동아리에 다니다가 말았는데 맨날 술 마시고 싸우던 그곳보다 여기가 더한 것 같은 느낌도 들었다. 그때 정수연이 머리를 돌려 고경준을 보았다.

"박 대리가 오덕수한테 말은 한 거야?"

"하기는 뭘 해?"

내쏘듯 대답한 고경준이 입맛을 다셨다.

"맨날 접대비 가져가서 오덕수하고 술 마시더니 지금은 두 놈이 서로 핑계만 대고 있어. 병신들."

"어쨌든 이거 사고 나면 누구든 책임은 져야 돼. 뭐야, 이게?"

마침내 정수연의 화가 폭발한 듯 목소리가 날카로워졌다.

"도대체 보스는 어쩔 작정으로 그 자식을 놔두는 거야?"

발안 공장에 도착했을 때는 오후 12시 반이다.

시골 황무지 한복판에 세워진 공장은 컸다. 아직도 빗발이 세차게 뿌리는 공장 마당도 운동장만 했다.

차를 세우고 공장 안으로 들어간 김선아는 숨을 들이켰다. 안은 더 컸기 때문이다. 길이가 1백여 미터에 넓이는 50미터였고, 미싱이 12줄로 정연하게 놓여 있었는데 끝은 아득하게 보인다. 마침 점심시간이어서 공장은 비었다.

일행과 앞쪽 사무실로 들어선 김선아는 혼자 앉아 있는 사내를 보았다. 사내는 꾸벅꾸벅 졸고 있다가 기척에 눈을 떴다.

"정 선배, 식사 안 해요?"

앞장선 정수연이 묻자 사내는 대답 대신 하품을 하더니 시선이 김선아에게 옮겨졌다. 긴 얼굴, 눈이 충혈 되었지만 호인풍의 인상이다.

"누구야?"

"신입 사원요. 오늘 배속 받았어요."

정수연이 대답하자 머리를 끄덕인 사내의 시선이 고경준에게 옮겨졌다.

"난 베르만 오더 때문에 오후에는 서울로 올라가야 될 것 같다. 보스한테 말했어."

"알았어요. 내가 또 철야해야지."

입맛을 다신 고경준이 주위를 둘러보는 시늉을 했다.

"보스는?"

"직원 숙소에서 자."

그때 다시 사내의 시선이 김선아에게로 옮겨졌다.

"나 정봉호라고 해. 4년 반 되었다."

"잘 부탁드립니다."

김선아가 머리를 숙여 정식 인사를 했더니 정봉호가 지그시 시선을 주었다.

"우리 과에는 미인들만 골라 보내는구나. 내가 여복이 있는 것 같다."

"정 선배, 또 주책 떠시네."

정수연이 눈을 흘기더니 발을 떼었다.

"밥 먹으러 갑시다."

김선아의 팔을 끌고 나가면서 정수연이 말을 이었다.

"너, 정 선배 조심해. 저러다가 갑자기 성희롱 당했다고 난리를 친다."

"네? 누가요?"

그러자 뒤를 따라오던 고경준이 대답했다.

"누구긴 누구야, 정 선배지. 가깝게 다가가지 마."

"이것들이 정말 날 변태로 모네."

뒤에서 정봉호가 투덜거렸지만 화낸 것 같지 않았고 정수연과 고경준은 웃지도 않았다.

공장 식당은 소음으로 가득 차 있는 데다 분위기가 밝다. 아침부터 우중충한 날씨에 젖어 있던 김선아는 에너지를 충전 받는 느낌이 들었다. 6백여 명의 여자가 모여 있는 것이다.

식판에 받은 밥과 반찬도 먹음직스러웠다. 쌀은 햅쌀이어서 기름졌고, 돼지고기가 듬뿍 들어간 김치찌개, 겉절이 김치, 콩나물과 꽁치조림, 계란프라이에 우유도 한 팩씩 놓였다.

식탁에는 정봉호가 김선아 옆에 앉았는데, 앞쪽에는 정수연과 고경준이

다. 정수연이 우유부터 마시더니 정봉호에게 물었다.

"보스는 언제부터 자요?"

"어젯밤 철야했거든. 10시까지 버티다가 3시간만 잔다고 들어갔어."

정봉호가 말하더니 주위를 둘러보았다.

"강 사장도 같이 있었는데 보스가 자러 들어가니까 어디로 샜네."

그러더니 머리를 돌려 김선아를 보았다.

"우리가 왜 이렇게 공장에서 철야하는지 알아?"

당연히 모르는 터라 김선아는 시선만 두었고 정봉호의 말이 이어졌다.

"서둘면 패킹 작업 때 아무것이나 박스에 집어넣거든. 박스를 다 검사할 수 없으니까 그게 그대로 선적되면 망하는 거야. 어떤 때는 쓰레기를 넣을 때도 있어."

식사를 마친 그들이 공장 회의실에 모여 인스턴트커피를 마시고 있을 때다. 문이 열리면서 해성섬유 작업복을 입은 사내가 들어섰다.

큰 키에 눈빛이 강했지만 머리칼은 고경준보다 더 헝클어졌다.

정봉호와 고경준은 물론 정수연까지 커피 잔을 내려놓거나 몸을 세웠으므로 김선아는 해성섬유 사장이라고 짐작했다. 그때 사내가 털썩 자리에 앉더니 휘익 둘러보았는데 시선이 김선아한테 멈췄다.

"얜 누구야?"

사내의 목소리는 굵고 듣기 좋았지만 김선아는 눈에 힘을 주었다. 얘라니?

순간 머리가 혼란스러워졌다. 혹시…….

그때 정봉호가 말했다.

"신입입니다, 보스."

아, 지랄한다는 보스구나.

김선아의 그런 표정을 읽은 듯이 사내가 눈썹을 모으고 노려보았다.

"넌 왜 가만있어?"

"예?"

되물었더니 사내가 입맛을 다셨다.

"인사를 해야 할 것 아냐, 인마."

"예, 전 김선아라고 합니다."

엉거주춤 자리에서 일어선 김선아의 얼굴이 모욕감으로 붉어졌다. 그때 머리를 돌린 사내가 정수연을 보았다. 정수연은 사내와 김선아를 번갈아 보던 중이었는데 시선을 받고 조금 당황했다.

"박 대리가 세 시에 모리스 태우고 출발한다고 했지?"

"예, 보스."

정수연이 시선을 둔 채로 대답했고 모두의 시선이 둘에게 모여졌다. 김선아는 심호흡을 했다.

사내는 수출3과장 진성.

두 달 동안 연수받으면서 수십 번 들은 이름이다. 연수원 교육 때 수출부 과장 7명 중에서 6명이 신입사원을 상대로 교육을 했는데 3과장 진성만 얼굴을 비추지 않았다.

6과장은 두 달 동안 무려 7번이나 와서 교육을 시켰는데 알고 보았더니 미주(美洲) 담당인 6과는 실적이 최하위라고 했다. 하긴 바쁘지 않으니까 연수원에 와서 신입사원 교육으로 시간을 때웠겠지. 그때 진성이 긴 숨을 뱉고 나서 말했다.

"내일 출하 못 시킨다."

모두 숨을 죽였고 진성의 말이 이어졌다.

"이틀 후의 배는 어림도 없어. 포장은 70퍼센트 정도야. 오늘 새벽에 재포장하라고 70박스 정도 뺐어. 이젠 87퍼센트도 아냐."

"……."

"우리가 서두르니까 이놈들이 우리 모르게 엉망으로 포장을 하고 있었어."

진성이 손가락으로 머리를 쓸어 올리자 잡초 같은 머리칼이 다듬어졌으므로 김선아가 숨을 내쉬었다. 미안하지만 아직 실감이 안 난다.

그때 진성의 시선이 다시 넷을 훑고 지나갔다. 김선아한테는 시선이 머문 시간이 가장 짧았다.

"일주일 후의 배에도 못 싣는다. 그다음 배는 언제지?"

진성이 묻자 정수연이 대답했다.

"15일 후에 있습니다."

"그럼 선적이 한 달 늦는군. 한 번 연장을 받은 터라 꼼짝 못 하고 클레임을 받게 되었다."

"……."

"지금 컨테이너가 대기 중이지?"

"예, 보스."

또 정수연이 대답했을 때 진성이 외면한 채 말했다.

"예약 취소해."

"예, 보스."

그때 진성의 시선이 고경준에게로 옮겨지더니 묻는다. 목소리가 부드럽다.

"너, 밥 먹었냐?"

"예? 예."

김선아는 고경준이 눈썹을 좁히고 있는 것을 보았다.

"많이 먹었어?"

다시 진성이 물었을 때 고경준은 물론이고 정봉호와 정수연까지 의심쩍은 표정이 되었다. 김선아만 눈을 깜빡이고 있을 뿐이다. 그러나 진성의 시선을 이겨내지 못한 고경준이 대답했다.

"예, 많이 먹었습니다."

"너 모리스하고 만난 적은 없지?"

"예, 아직 만난 적은 없습니다."

"잘됐어."

"예?"

그때 진성이 정수연을 보았다.

"지금 박 대리가 모리스하고 호텔에 있을 거다. 호텔에 전화해서 박 대리 바꿔."

"예, 보스."

정수연이 앞에 놓인 전화기를 들더니 버튼을 눌렀다. 회의실 안은 조용해서 버튼 누르는 소리가 크게 들렸다. 진성이 김선아를 보았다.

"신입사원 중에서 성적이 최상위권이더군. 기조실이나 비서실에 지원했어도 들어갈 수 있었을 텐데, 수출부에 온 이유는 뭐야?"

"그것은……."

심호흡을 하고 난 김선아가 아까 예행연습을 한 대로 할까 말까 망설일 때 정수연이 전화기를 진성에게 내밀었다.

"보스, 박 대리 바꿨습니다."

김선아는 어깨를 늘어뜨렸다. 왠지 정수연한테 말한 이야기가 부끄럽게 느껴졌기 때문이다. 아직 세 시간밖에 안 되었는데도 이곳 현장은 전장(戰場) 같다. 더럽고 피 냄새가 나는 전장. 이 인간들이 내 말을 듣고 웃을 것이 분명하다.

그때 진성이 전화기를 귀에 붙이고 말했다.

"너 3시 정각에 출발하면 오산에는 네 시쯤 도착하겠지?"

"예."

수화구에서 대답하는 소리가 건너편의 김선아한테도 들렸다. 진성이 전화기를 고쳐 쥐고 말을 이었다.

"오산에서 발안으로 꺾어지는 길 알지? 주유소 앞 말이다."

"압니다."

"그럼 잘 들어."

정색한 진성이 수화구에 입을 바짝 붙였다.

"주유소 앞에서 발안으로 꺾어진 후에는 천천히 달려. 시속 30쯤이 좋다. 알겠어?"

영문을 모르는 박 대리가 대답을 안 한 것 같다. 그러나 진성이 말을 이었다.

"왜냐하면 네 차를 뒤차가 박을 테니까 그런다. 30쯤 놓고 달리면 뒤에서 40쯤으로 받을 테니까 괜찮을 거다."

이제는 상담실 안 모두가 숨을 죽였고 누군가 침 삼키는 소리를 냈다. 고경준 같다. 그때 진성이 말을 이었다.

"누구냐면 고경준이가 네 차를 박을 거다. 그러니까 넌 고경준이를 난생 처음 만난 놈으로 대해라. 모리스하고 고경준이는 만난 적도 없다니까 말야."

분명히 박 대리는 대답하지 않았지만 진성은 신경도 쓰지 않았다.

"모리스가 디지면 안 되니까 고경준이가 살살 박을 거다. 받히고 나면 너하고 모리스, 고경준이까지 다 병원으로 가. 오산병원이 뒤쪽으로 2백 미터만 가면 있어."

"……"

"응급실로 가면 너하고 모리스는 전치 2주쯤 받도록 내가 손 써 놨다. 그러니까 바이어 검사는 2주 연기될 수 있는 거지. 이제 알아들어?"

그러더니 저쪽 대답도 듣기 전에 진성이 결론지어 버렸다.

"자, 그럼 고경준이하고 말 맞춰라. 잘 박도록 전화상으로라도 예행연습을 해."

어깨를 부풀렸다가 내린 진성이 무서운 얼굴로 고경준을 보았다.

"차는 여기 해성섬유 차를 빌리기로 했다."

"그렇죠. 그러니까 브레이크 밟지 말라고요."

전화기를 귀에 붙인 고경준이 목소리를 높였다.

"브레이크를 밟으면 충격이 커진다니까 그러네. 그냥 30으로 나가면 돼요."

고경준이 왼손을 뻗어 차가 나가는 시늉을 하면서 말을 이었다.

"그럼 내가 부드럽게 받을 테니까. 하지만 안전띠는 매고 있어야 돼요."

그때 송화구에서 박 대리의 목소리가 울렸다.

"모리스를 조수석에 앉혀야겠는데, 그래야 되겠지?"

"……"

"뒷좌석에 앉으면 안전띠를 안 매는데."

이맛살을 찌푸린 고경준이 상담실 안을 둘러보았지만 다 나갔고 김선아만 남아 있다. 시선이 마주치자 김선아가 황급히 외면했다. 알지도 못했지만 말려들기 싫었기 때문이다.

이 작자들은 지금 범죄를 공모하고 있는 것과 같다는 생각이 든 것이다.

세상에 출하 검사하러 오는 바이어를 차로 받아 버리다니. 더구나 과원

전체가 일심으로 공모를 하고 있다.

지금 정봉호는 해성섬유의 '받을 차'를 체크하러 나갔고, 정수연은 오산 주유소에서 꺾어지는 길을 점검하려고 나갔다. 아까 김선아도 지나온 길이다.

그래서 김선아만 예행연습을 하고 있는 고경준 옆에 남아 있는 것이다. 아직 일을 맡지 못한 것은 신입 사원이어서 그랬겠지만 무섭다.

고경준이 이윽고 결정을 했다. 이번 '받고 받치고' 작전의 주역은 아무래도 고경준 같다.

감독은 '지랄' 진성.

"박 대리님이 어떻게든 모리스를 조수석에 앉히고 안전띠를 매게 하세요."

"알았어."

박 대리의 목소리가 들렸을 때 상담실로 진성이 들어섰다.

진성이 손에 쥔 봉투를 김선아 앞에 내려놓고 앞쪽 자리에 앉았다. 이제 고경준은 박 대리하고 각 지역에 도착하는 시간을 정하고 있다.

"김선아, 너 말야."

진성이 이름을 부르는 바람에 김선아가 바짝 긴장했다. 눈으로 김선아 앞에 놓인 봉투를 가리킨 진성이 말을 잇는다.

"그 봉투 안에 1백만 원이 들었다. 그걸 갖고 지금 오산병원 정문 앞에 있는 '궁전카페'로 가."

진성이 손목시계를 내려다보았다. 오후 1시 반이다.

"2시 반에 거기서 오산병원 외과 과장 최영만 교수를 만나기로 했어. 네가 간다고 할 테니까 최 교수한테 그 돈을 줘."

"그냥 주기만 하면 돼요?"

"그래. 내 친구 형의 친구니까 믿을 만해. 영수증 안 받아도 된다."

"주고 돌아오기만 하면 돼요?"

김선아가 다시 물었더니 진성이 빙그레 웃었다.

그 순간 김선아의 심장이 철렁, 내려앉았다. 환한 이가 드러났고 눈이 가늘어진 얼굴이 전혀 딴사람 같았다.

김선아가 숨을 들이켰을 때 금방 웃음기가 지워진 진성이 똑바로 김선아를 보았다.

"그렇군. 넌 오산병원에 가서 응급실로 들어가는 고경준, 박기성, 모리스의 상태를 보고해라."

이제 공범이 된 셈인데 김선아는 아직 의식하지 못하고 있다. 저절로 분위기에 휩쓸려 버린 것이다.

그때 고경준이 말했다.

"이미 병원은 보스가 손을 다 써놓았으니까 응급실에서 바로 1인실로 들어가게 될 겁니다."

그러더니 박기성이 물은 모양인지 대답했다.

"나요? 난 같이 있을 형편이 못 되잖아요? 응급실에서 나가야지."

그때 진성이 김선아에게 소리 죽여 말했다.

"자, 가봐라. 박기성도 네 얼굴을 모르니까 관찰하기 유리하겠다."

최영만 교수는 30대 후반쯤으로 둥근 얼굴에 배가 나온 사내였다.

다가선 김선아를 보더니 진찰하는 것처럼 눈을 가늘게 떴다.

"최 교수님이시죠?"

김선아가 묻자 최영만이 머리를 끄덕였다. 여전히 진찰하는 얼굴.

앞쪽에 앉은 김선아가 말했다.

"저, 한흥상사 수출3과 김선아라고 합니다. 우리 보스, 아니 과장 심부름

왔어요."

"응, 전화 받았어요. 근데 미인이시네."

"감사합니다."

김선아가 웃지도 않고 가방에서 봉투에 담긴 만 원권 한 뭉치를 꺼내 최영만 앞에 놓았다.

"이거 드리라고 했어요."

"고맙군. 안 받아도 되는데."

봉투를 끌어당긴 최영만이 그때야 웃었다.

"우리 병원 1인실 손님도 없는데 말야. 어쨌든 진 과장한테 걱정 말라고 해요, 내가 2주일은 꼭 잡아놓을 테니까."

"감사합니다."

"서로 도와야지. 내가 진 과장 사연 듣고 감동했다니까?"

"네에."

"근데 참 미인이네."

"그럼 저는 이만."

김선아가 엉거주춤 일어섰을 때 최영만이 아쉬운 듯이 덧붙였다.

"여기 시골이라 미인 만나기 힘들어."

커피숍에서 나온 김선아가 대기시킨 해성섬유 승합차에 막 타려는데 뒤에서 경적 소리가 났다. 머리를 돌린 김선아는 정수연의 차가 서 있는 것을 보았다.

빗발이 여전히 뿌리고 있어서 와이퍼가 지나갔을 때만 운전석에 앉은 정수연의 얼굴이 드러난다.

차 대가리가 공장 쪽을 향하고 있는 것이 돌아가는 것 같다.

그때 정수연이 차창을 10센티쯤만 내리고 다가간 김선아에게 물었다.

"여긴 웬일이야?"

"보스 심부름요."

이젠 김선아도 보스가 입에 붙었다. 조폭 보스가 떠올랐지만 어쩔 수 없다.

"공장 돌아가는 길이면 타."

정수연이 말했으므로 김선아가 승합차를 보내고 옆자리에 탔다.

차를 출발시키면서 정수연이 또 묻는다.

"무슨 심부름?"

숨길 것도 없었으므로 사연을 말해주었더니 정수연이 머리를 끄덕였다.

당연하다는 얼굴로 더 묻지도 않아서 김선아가 심호흡을 하고 나서 물었다.

"언니, 과장을 왜 보스라고 불러요?"

"그야 조폭 보스처럼 구니까."

맞다. 나도 그 생각을 했다.

그때 정수연이 머리를 돌려 김선아를 보았다.

"왜, 이상해?"

"아뇨. 나도 좀 전에 그 사람한테 과장을 보스라고 했어요. 저절로."

"당연하지. 그렇잖아?"

"그러네요."

"선수야."

"누가요?"

"보스가."

무슨 말인지 또 묻기도 그래서 가만있었을 때 빗길을 조심스럽게 운전하면서 정수연이 말을 이었다.

"부하들이 저절로 끌려가."

과연 그렇다. 같이 강도질도 하겠다.

그때 정수연이 힐끗 김선아를 보았다.

"너, 보스가 이혼한 것 알아?"

"모르는데요."

내가 알 필요가 있냐는 표정으로 되물었더니 정수연이 앞쪽을 향한 채 웃었다.

"이혼당한 거지. 들기로는 외국 출장 갔다 왔더니 짐 싸서 나갔더래."

앞이 비었는데 정수연이 괜히 경적을 울리는 것이 대신 웃는 것 같다.

"빵. 빵. 빵."

"아이고!"

고경준의 엄살이 가장 심했다.

응급실에 실려 온 셋은 각각 병상을 차지하고 있었는데 고경준, 박기성, 모리스의 순(順)이다.

고경준은 병상에 앉아 있었지만 박기성과 모리스는 각각 목에 고정 장치를 붙인 채 누웠다.

앉은 고경준이 계속 '아이고, 아이고'를 하는 바람에 분위기는 잡혀 있었다.

응급실 기둥에 붙어 선 김선아의 시선이 고경준과 마주쳤다.

"아이고, 허리 아파 죽겠는데 어떻게 좀 해보쇼!"

김선아를 바라본 채 고경준이 꽥 소리쳤다.

그때 최영만이 다가와 말했다.

"좀 참으쇼. 이쪽 분들이 급한 것 같으니까 말이오."

최영만이 머리를 들었다가 김선아를 보더니 싱긋 웃었다. 놀란 김선아가 외면했을 때 박기성이 눈을 떴다.

"아, 시끄러 죽겠네."

눈을 치켜뜬 박기성이 고경준을 노려보았다.

박기성은 보통 체격에 흰 피부, 쌍꺼풀 신 눈에 코가 작아서 인형 같은 얼굴이다. 어렸을 때 귀여움을 많이 받았을 것 같다.

박기성이 소리치듯 말을 이었다.

"뭐가 잘했다고 혼자 떠들어?"

"아, 비 때문에 앞이 보여야지!"

고경준이 말을 받았고 최영만이 나섰다.

"자자, 그만하시고 먼저 저 사람 CT 촬영부터 합시다."

눈을 감고 누워 있는 모리스한테 한 말이다.

모리스는 백발의 서양인으로 피부는 붉다. 꼼짝 않고 있는 것이 정말 다친 것 같다.

40대쯤 되었을까? 양복바지가 구겨졌고 넥타이를 푼 셔츠 차림이어서 가장 사고 분장(?)이 잘되었다.

"이 사람 괜찮겠습니까?"

걱정이 된 박기성이 묻자 최영만이 가볍게 말을 받는다.

"CT 촬영해 봐야겠지만 별일 없는 것 같습니다. 충격을 받아서 그런 거죠."

그러고는 간호사들에게 모리스의 병상을 옮기라고 지시하고 나서 박기성, 고경준, 김선아까지 쓰윽 훑어보고 말했다.

"2주는 입원해야 될 것 같습니다."

김선아는 진찰도 하기 전에 이러는 꼴을 처음 보았지만 이 순간에는 아주 자연스럽게 들렸다.

해성섬유로 돌아온 김선아가 진성에게 진찰 결과를 보고했을 때는 한 시간 반쯤 후인 오후 6시경이었다.

회의실에 혼자 앉아 있다 진성이 듣고 나더니 표정 없는 얼굴로 말했다.

"조금 전에 고경준이 경찰 조사를 받고 퇴원했다."

김선아는 눈만 깜빡였고 진성의 말이 이어졌다.

"경찰은 같은 회사 직원들끼리 사고를 낸 것으로 알지만 모리스만 모르면 되지."

"……."

"곧 여기로 올 거야. 그럼 오늘 저녁에 회식이나 하지."

"……."

"비도 오고 길도 좋지 않아서 밤에 서울 올라가는 건 위험해."

그때 문이 열리면서 정수연이 들어섰다.

"보스, 다녀왔습니다."

고분고분 말하는 정수연을 본 김선아가 외면했다. 뒤에서는 진성이 '지랄'한다고 씹었던 여자다. 하긴 저절로 끌려간다고도 했지.

저 여자가 과장을 보는 눈빛이 수상하다. 깊은 관계인가?

진성은 잠자코 시선만 주었고 정수연이 힐끗 김선아를 보았다. 망설이는 것 같다.

그때 진성이 머리를 끄덕였으므로 정수연이 들고 있던 종이봉투를 테이블 위에 놓았다. 묵직한 봉투다.

"오백입니다."

놀란 김선아가 숨을 멈췄을 때 정수연의 말이 이어졌다.

"양 사장이 식당 예약한다고 했습니다."

회식 참가 과원은 넷. 정봉호는 오더 때문에 오후에 서울로 올라갔고, 박기성 대리는 오산병원에 누워 있기 때문이다.

넷에다 해성섬유 사장 양현철이 끼었는데 오늘 회식비는 그가 낼 섯 같았다.

회식 장소는 황금정이라는 한정식당으로 오산병원에서 100미터도 떨어지지 않았다. 그래서 고경준이 지금 병원에 있는 박기성을 불러 잠깐 먹고 가게 하는 것이 어떠냐고 농담을 했다가 정수연한테 썰렁하다는 핀잔을 받았다.

진성은 못 들은 척했지만 김선아는 간이 졸아드는 느낌이 들었다.

양현철은 40대 후반쯤으로 뼈대가 굵은 장신이었다. 10여 년이나 차이가 나는 진성을 깍듯이 대접했는데, 김선아가 보기에 전형적인 갑과 을의 관계였다.

"아이구, 이제 살았습니다."

갈비에 소주를 시켜 먹으면서 양현철이 살았다는 표현을 여러 번 썼다. 하긴, 오늘 밤부터 철야 작업을 안 하게 된 것이다.

"어쨌든 과장님 수단은 알아 모셔야 한다니까!"

소주를 물 마시듯 들이켜면서 양현철이 진성을 치켜세웠다. 눈이 가늘고 입술이 얇아서 강한 인상이지만 눈동자가 자주 흔들렸다.

진성은 말이 적다. 술은 덥석덥석 마시면서 대꾸만 한다.

소주병이 금방 비워졌다. 고경준, 정수연도 잘 마셔서 30분쯤 지났을 때 7병이 비워졌다.

계산하는 버릇이 있는 김선아의 머릿속에 술병이 입력되었다. 양현철이

2병, 진성과 고경준이 3병, 정수연과 나 각 1병.

그때 양현철이 진성에게 말했다.

"과장님, 이 부장한테서 5시쯤 전화가 왔습니다."

순간 김선아는 식탁 주위가 조용해지는 것을 느꼈다. 머리를 든 김선아는 모두의 시선이 양현철에게 모여 있는 것을 보았다.

양현철이 말을 이었다.

"만나자고 하길래 약속은 했습니다. 내일 서울에서 점심을 먹기로 했는데요."

진성은 시선만 주었고 양현철의 목소리가 방을 울렸다.

"오늘 사고 이야기는 하지 않았습니다. 괜히 귀찮기만 하고 도움도 되지 않을 것 같아서요."

"올해 이 부장한테 얼마 주었지요?"

불쑥 진성이 묻자 양현철이 가슴 주머니에서 접힌 쪽지를 꺼내 내밀었다. 준비해서 나온 것 같다.

"여기 있습니다. 올해 초부터 지금까지 800 나갔습니다."

모두 숨을 죽였고, 양현철이 걸걸한 목소리를 쏟아냈다.

"매월 백만 원씩, 25일이면 어김없이 전화가 오거든요. 구정 때 200 보냈는데 그것도 전화가 세 번이나 왔습니다."

"씨발놈."

옆에 앉은 고경준이 혼잣말치고는 크게 말해 다 들었다. 그때 머리를 든 진성이 고경준을 쏘아보았다.

"인마, 입조심해."

"예, 보스."

시선을 내린 고경준이 고분고분 대답했지만 진성은 멈추지 않았다.

"내가 처리를 잘못한 탓이야, 인마. 부장하고 여기 양 사장님한테 말이다."

고경준은 대답하지 않았고 대신 양현철이 손까지 저으며 나섰다. 지금 보니 술에 취한 것 같지가 않다.

"과장님이 잘못하시다뇨? 천만에 말씀입니다. 과상님처럼 앞뒤 분명하신 분이 없지요. 다만, 이 부장이……."

그때 진성이 정수연을 보았다.

"오후에 받은 오백, 양 사장께 드려."

"예, 보스."

정수연이 금방 대답했을 때 진성이 입을 벌리려는 양현철에게 손을 들어 막았다.

"그것으로 이 부장이 끼친 손해를 막으세요."

"아니, 저는 그런 의미로 말씀드린 것이 아닙니다만……."

겨우 양현철이 말을 뱉었지만 진성은 외면했다.

김선아는 숨을 들이켰다. 이렇구나. 보스의 카리스마는 이렇게 만들어지는 것 같다. 만 하루 만에 수출3과의 속성을 알 것 같다.

다음 날 아침.

공장 기숙사에서 잠이 깬 김선아가 방 안을 둘러보았다. 정수연과 둘이 잤는데 혼자뿐이다. 손목시계가 오전 6시 20분을 가리키고 있다. 어젯밤 11시까지 술을 마시고 공장 기숙사로 돌아와 잔 것이다.

정수연도 술 좀 마셨는데 왜 부지런을 떨지? 하는 생각으로 서둘러 공동 세면장으로 나갔더니 말끔한 얼굴이 된 정수연이 다가왔다. 씻고 나온 것이다.

"언니, 일찍 일어났어요?"

"응. 씻고 와, 밥 먹게."

세면장에는 근로자들이 드문드문 있었는데 아직 이른 시간이기 때문일 것이다.

서둘러 씻고 나온 김선아가 식당으로 들어섰더니 정수연이 진성과 마주 보고 앉아 있다가 손을 들었다.

진성은 반팔 셔츠에 트레이닝 바지 차림이었는데 어젯밤의 술기운이 말끔하게 가신 얼굴이다.

"안녕하세요, 과장님."

다가선 김선아가 꾸벅 머리를 숙였더니 진성이 쓴웃음을 짓고 말했다.

"너, 입사 첫날에 경험 많이 했겠다."

"네."

얌전하게 대답한 김선아가 정수연 옆에 앉았다.

식당은 뷔페식이었는데 둘은 아무것도 갖다 놓지 않아서 의아해하고 있는데 곧 주방 당번 하나가 쟁반에 국그릇을 받쳐 들고 왔다. 콩나물국밥 세 그릇이 놓여 있다.

국밥 그릇이 앞에 놓이자 진성이 수저를 들면서 말했다.

"이런 특전은 받을 만하지."

공장에서 잔 고경준은 아직 일어나지 않은 것 같다. 콩나물국밥은 맛이 있어 김선아는 잠자코 떠먹었다.

"보스, 이 부장은 어떻게 하실 거죠?"

정수연이 불쑥 묻는 바람에 김선아가 씹던 것을 잠깐 멈췄다. 그러나 시선을 들지는 않았다.

그때 진성이 말했다.

"내가 해결할 테니까 너희들은 신경 쓰지 마."

"치사해서 그래요."

"닥쳐, 인마!"

슬쩍 시선을 들었더니 진성은 화난 얼굴이 아니다.

한 모금 국물을 삼킨 진성이 말을 이었다.

"이 부장 돈 욕심이 과하긴 하지만 권력욕은 적은 사람이야. 자신의 능력을 아는 사람이지."

"그게 무슨 말씀이죠?"

정수연이 정색하고 묻자 진성이 수저를 내려놓았다.

"업무 장악 능력이 안 되는데도 나대는 사람들이 있어. 그러면 파국이다."

"하긴 그러네요."

그때야 정수연이 머리를 끄덕였다.

김선아는 다시 국물을 삼켰다. 아무래도 정수연이 과장을 좋아하는 것 같다.

진성이 무역부장 이주상과 독대한 것은 그날 저녁 8시였다. 공장에서 돌아오는 길에 이주상과 일식집에서 만난 것이다.

이주상은 38세. 부장 3년 차이며 진성보다 입사 6년 선배가 된다. 하급자보다 상급자 비위를 맞추는 데에는 도가 튼 인물. 이주상은 긴 얼굴에 두툼한 입술, 피부는 붉고 배가 나왔다.

"어, 공장에서 철야하고 왔다면서?"

방에서 먼저 회에 소주를 마시고 있던 이주상이 진성을 맞았다.

"예. 그런데 모리스가 차 사고가 나서 검사를 못 했습니다."

"응? 사고?"

놀란 이주상이 눈을 둥그렇게 떴다.

진성이 쓴웃음을 짓고 이주상 앞자리에 앉았다.

"별거 아닙니다. 추돌 사고인데 멀쩡해서 지금이라도 뛰어나갈 기세예요."

"그거 다행이군."

"병원에 갔더니 덕분에 며칠 쉬고 나오겠다고 하더군요."

"내가 문병 안 가도 되지?"

"아, 그럼요. 쉰다는데, 뭘."

이주상이 진성의 잔에 술을 따라주더니 지그시 시선을 주었다.

"그래, 무슨 일이야?"

"문제가 좀 있습니다."

한 모금 소주를 삼킨 진성이 이주상을 마주 보았다. 차분한 표정이다.

시선만 주는 이주상을 향해 진성이 말을 이었다.

"해성섬유 양 사장이 지금 협박을 당하고 있습니다."

"응? 양 사장이 왜?"

"룸살롱 아가씨하고 사귀었는데 그 아가씨의 기둥 되는 놈한테 시달리는 모양입니다."

"거봐."

이주상이 몸을 뒤로 젖히면서 세차게 혀를 찼다.

"그 친구 돈 좀 벌더니 너무 까분다고 한 적이 있지? 개구리 올챙이 때 생각 못 한다고 그 지랄을 하다가, 원."

"……"

"그래서? 돈을 뜯겼대? 와이프는 모르고 있겠지?"

"아직 모르는 것 같습니다."

"자, 술이나 한잔 들고."

이주상이 소주잔을 들면서 권했다.

남의 불행을 보면서 내가 그런 일이 없다는 현실에 안도감을 느낄 때가 많다. 바로 이주상이 그런 기분일 것이다.

그때 술잔을 든 진성이 말했다.

"돈을 1억 요구하는 모양입니다."

"저런! 많은데? 쯧쯧."

"돈을 내지 않으면 갖고 있던 장부를 모두 폭로한다는 겁니다."

"무슨 장부야? 세금 포탈한 것인가?"

"비자금을 보낸 장부라는군요. 그것도 일자별로 작성해 놓은 장부를 훔쳐 갔다는 겁니다."

"……"

"3년간 기록한 장부라는데요."

그때 얼굴이 하얗게 굳어진 이주상이 술잔을 내려놓았다. 술은 마시지도 않았다. 이주상이 초점 없는 눈동자로 진성을 보았다. 그런데 입이 열리지 않는다.

그때 진성이 말했다.

"부장님도 목록에 쭉 있다는데요. 지금 양 사장이 기다리고 있을 텐데 전화해 보시지요."

진성이 휴대폰을 꺼내면서 말했더니 이주상은 손을 크게 흔들었다.

"아, 아, 됐어."

이주상의 목소리가 갈라졌고 얼굴은 이제 시멘트 벽돌처럼 되어 있다.

집으로 돌아가는 택시 안에서 진성이 핸드폰의 버튼을 누르고는 귀에 붙였다. 곧 신호음이 세 번 울리고 나서 사내의 응답 소리가 울렸다.

"예, 접니다."

해성섬유 양 사장이다.

밤 10시 반. 창밖의 거리를 바라보면서 진성이 입을 열었다.

"내일 오전 중에 이 부장이 5천을 양 사장 통장으로 입금시킬 겁니다."

"예, 과장님."

숨을 들이켜는 소리가 들리더니 양현철이 말을 이었다.

"입금 즉시 현금으로 찾아놓지요, 과장님."

"아마 앞으로 돈 내라는 소리도 안 할 겁니다."

"그, 그렇지요."

"혹시 이 부장이 돈 보냈다는 연락이라도 하면 잘 받았다고나 하세요."

"예, 그렇게만 말하겠습니다."

양현철의 목소리는 아직 굳어 있다.

핸드폰을 귀에서 뗀 진성이 다시 창밖의 거리를 보았다. 무심한 표정이다.

택시 운전사가 힐끗 룸 미러로 진성을 보았다가 다시 운전에 열중했다.

그때 핸드폰이 울려 진성이 발신자를 보았다. 정수연이다. 한동안 발신음을 듣다 진성이 핸드폰을 귀에 붙였다.

"응, 왜?"

그러자 정수연이 되물었다.

"어디세요?"

"집에 가는 중이야."

진성이 창밖을 보았다. 택시는 한남대교를 건너고 있다. 논현동의 오피스텔까지 10분이면 도착할 것이다. 그때 정수연이 물었다.

"술 드셨어요?"

"그래."

"누구하고?"

"그건 알아서 뭐 하려고?"

호흡을 가눈 진성의 얼굴에 쓴웃음이 번졌다.

"그만 전화 끊는다."

"네."

핸드폰을 귀에서 뗀 진성이 어금니를 물었다. 정수연의 관심이 점점 궤도를 벗어나고 있다. 수출4팀 조 과장은 같은 팀의 여직원하고 호텔방에서 나오는 장면을 다른 팀 직원이 보았다는 소문이 났다.

사내 연애를 금지시킨 것도 아니어서 남녀 관계는 자유로운 편이다. 그러나 진성의 성격은 조금 다르다. 같은 팀 소속의 부하 여직원과는 엄격히 선을 그어왔다.

첫째로 아무리 서로가 호감을 느낀다고 해도 상하 관계다. 대등한 감정 거래가 이루어질 수 없는 것이다. 상관이기 때문에 한 수 접어두는 경우가 있다. 이것은 곧 상관에게 순응하는 습성이 이어졌기 때문인지도 모른다. 둘째, 부하를 좋아하는 관계가 되면 영(令)이 서지가 않는 것이다.

그때 택시가 멈춰 섰으므로 진성이 생각에서 깨어났다. 오피스텔에 도착한 것이다. 요금을 내고 택시에서 내린 진성이 오피스텔 현관으로 들어가 로비를 걷는데 뒤에서 발자국 소리가 들렸다. 늦은 시간이어서 로비는 텅 비어 있었기 때문이다.

머리를 돌린 진성이 숨을 들이켰다. 정수연이 따라오고 있는 것이다. 시선이 마주치자 정수연이 웃었지만 입술이 어색하게 비틀렸다. 긴장한 것이다. 걸음을 멈춘 진성이 정수연을 보았다.

"너."

그때 앞에 멈춰선 정수연이 대답했다.

"그래요."

텅 빈 로비에서 잠깐 마주 보고 서 있던 진성이 몸을 돌려 걸음을 떼었을 때 뒤에서 정수연이 물었다.

"저, 가요?"

엘리베이터로 다가가면서 진성이 손목시계를 보았다. 밤 11시가 조금 넘었다.

"커피 한 잔 마시고 가."

오피스텔은 원룸 식으로 20평쯤 되어서 컸다. 왼쪽에 욕실 겸 화장실이 있고 오른쪽은 간이 주방. 창가에 책상과 소파 세트가 놓였으며 안쪽 벽에는 침대가 차지했다. 상의를 벗어던진 진성이 커피포트의 물을 끓이자 정수연이 상의를 집어 옷장에 걸었다. 옷장은 침대 옆이다.

방 안에 금방 커피 냄새가 풍겼다. 정수연은 소파 앞 탁자 위에 어질러진 신문과 컵들을 치웠고 휴지를 휴지통에 넣었다. 가만있지 않고 움직인다.

"너, 어쩌려고 그래?"

등을 보인 채 진성이 물었다.

"내 스타일 알잖아? 이렇게 되면 팀 통제가 어렵게 된다는 걸 모른단 말이야?"

"결벽증."

탁자 위의 유리를 반듯이 놓으면서 정수연이 말했다.

"그건 혼자 생각이죠."

"닥쳐."

몸을 돌린 진성이 두 손에 커피 잔을 쥐고 탁자에 놓았다. 그때서야 정수연이 진성과 마주 보고 앉는다. 무릎을 딱 붙이고 조신하게 앉은 정수연은 아름답다. 두 볼이 조금 상기되었으며 물기를 띤 눈이 반짝이고 있다. 진성이 한 모금 커피를 마시고는 정수연을 훑어보았다.

"저 봐."

커피 잔을 든 채 진성이 풀썩 웃었다.

"잔뜩 긴장하고 있는 주제에 무슨."

"그럼 긴장 안 하는 여자가 있어요?"

정수연은 눈을 치켜떴다.

"보스는 그렇게 잘난 척하는 게 문제예요."

"너한테 평가받을 이유가 없다."

"난 다른 거 요구 안 해요."

커피 잔을 내려놓은 진성이 눈을 치켜떴다.

정수연은 입을 다물었고 진성의 목소리가 높아졌다.

"눈 똑바로 떠. 냉정을 찾으란 말야! 넌 허상을 보고 있어."

"다 그런 거죠. 그 허상을 보는 순간이 행복한 거죠."

한 모금 커피를 삼킨 정수연이 이맛살을 찌푸렸다.

"커피가 너무 짜요."

숨을 들이켠 진성을 보더니 정수연이 자리에서 일어섰다.

"기대하진 않았지만 성과는 있었어요. 보스가 말도 안 되는 소리를 내지르는 거."

정수연의 얼굴에 웃음이 번졌다.

"이런 빌어먹을."

따라 일어선 진성이 손목시계를 보더니 문으로 먼저 다가갔다.

"내가 현관까지 데려다 줄게. 밤늦은 시간에 엘리베이터에 귀신이 나온다는 소문이 있더라.”

데려다 준다는 말에 입을 벌렸던 정수연이 귀신 이야기를 듣더니 꾹 다물고는 잠자코 따라 나왔다. 밤 12시가 되어가고 있었다.

“사장님이 부르세요.”

인터폰에서 윤상화의 목소리가 울렸다.

“지금 기다리고 계세요.”

그러고는 통화가 끝났으므로 진성은 자리에서 일어섰다.

오전 9시 반. 방금 회의를 끝내고 자리에 앉은 참이다. 뒷자리를 보았지만 이주상은 보이지 않았다. 아마 양현철에게 송금하는 문제로 은행에 가 있을지도 모른다.

진성이 6층 사장실 앞 비서실에 들어섰을 때는 그로부터 5분쯤 후다. 사장실로 가려면 기획조정실을 통해 비서실로 들어가는 방법이 있고, 비서실의 윤상화가 호출을 할 경우에는 직접 비서실을 통과한다. 그래서 이번 경우는 사장의 특별 호출인 셈이다.

“어서 오세요.”

혼자 앉아 있던 윤상화가 웃음 띤 얼굴로 진성을 맞는다. 26세, 비서실 경력 2년. 명문대인 남산대를 나와 기조실에서 1년을 근무한 후에 사장 전용환의 비서가 되었다.

“들어가세요. 기다리고 계시니까요.”

윤상화가 앞장을 섰으므로 진성이 물었다.

“저기, 무슨 일입니까?”

그러자 윤상화가 걸음을 멈추는 바람에 진성과 바짝 붙어 섰다. 큰 키,

갸름한 얼굴의 윤상화가 똑바로 진성을 보았다. 옅은 향내도 맡아졌다.

"케냐 출장 문제인 것 같아요. 저한테 출장 계획서를 보자고 하셨거든요."

"고맙습니다, 윤상화 씨."

"그럼 술 한 잔 사세요."

눈웃음을 친 윤상화가 말하더니 다시 몸을 돌렸다. 사장실 앞으로 먼저 다가간 윤상화의 뒷모습을 보면서 진성은 입 안에 고인 침을 삼켰다. 그동안 여러 번 윤상화를 통해 사장실에 들어갔지만 술 사라는 말은 오늘 처음 들었다.

"음, 거기 앉아."

진성의 인사를 받은 전용환이 앞쪽 소파를 가리켰다. 안내한 윤상화가 방을 나갔으므로 사장실에는 둘이 남았다.

전용환은 사주 전기풍의 장남으로 44세이다. 27세부터 안흥상사에서 근무했으니 17년간 경력을 닦았다.

아버지 전기풍 회장이 안정을 추구하는 성격인 반면에 전용환은 개척 정신이 강하고 과감하다. 그래서 진성을 총애하는 편이다. 실적도 뛰어난 터라 과장 이상 간부급 중 진성이 전용환과 가장 많이 독대한 인물이 될 것이다.

전용환이 입을 열었다.

"이봐, 케냐가 지금 전쟁 중이지?"

"내란입니다, 사장님."

"내란이나 전쟁이나 같지."

눈을 가늘게 뜬 전용환이 진성을 보았다.

"그 전쟁터에 가겠다고?"

"예. 현금으로 군수품을 사겠다고 하니까요."

전용환은 눈만 크게 떴고 진성이 말을 이었다.

"더구나 재고품을 사겠다고 했습니다. 샘플 준비도 다 되었습니다, 사장님."

"물량이 5백만 불이야?"

"예, 저희 3과 1년 물량보다 많습니다, 사장님."

"전쟁 중이야. 총탄이 휙휙 날아다녀."

전용환이 손가락으로 총탄 지나가는 시늉을 했다. 넓은 얼굴, 두터운 입술, 중간 정도의 키지만 어깨가 넓고 체력이 좋아서 고등학교 때까지 역도를 했다는 소문이 났다. 그래서 역도 장학생으로 명문대인 고한대에 합격했다는 것이다.

나이로비의 바이어 제임스로부터 연락을 받은 것은 두 달 전이다. 내전이 일어나기 전부터 거래를 해온 터라 제임스의 오퍼는 믿을 만했다. 제임스는 군수품 오퍼를 다급하게 요청했는데 내전 중인 상황이라 현금 거래를 하겠다는 것이다.

화물이 나이로비에 도착하면 현금과 맞바꾼다고 했다. 손으로 턱을 쓸던 전용환이 다시 입을 열었다.

"물건을 받고 돈을 안 주면 어떻게 하지? 어쩔 수가 없잖아?"

제임스가 이곳에서 물건 확인 후에 절반을 주고 나이로비에서 인수 시에 절반을 주기로 한 것이다. 잘못되면 물건의 절반 값을 떼일 수가 있다.

"예. 그건 그렇습니다."

머리를 든 진성이 전용환을 보았다.

"물건의 절반 값만 받으면 70만 불 적자가 나지만 다 받으면 175만 불 흑자가 납니다."

"그렇군. 하지만……."

쓴웃음을 지은 전용환이 원가계산서를 보면서 말했다.

"175만 불에 목숨을 걸 셈이냐?"

"나이로비까지는 반란군이 들어오지 않았습니다, 사장님."

"수출3팀은 이것 아니어도 올해 목표 150퍼센트 달성이야. 이렇게 무리할 필요가 있어?"

"해보겠습니다."

전용환이 진성의 시선을 받더니 이윽고 입술을 부풀리며 웃었다.

"네 패기가 부럽다. 해봐."

"감사합니다, 사장님."

"내가 너한테 감사해야지."

그러더니 전용환이 지그시 진성을 보았다.

"너, 어디서 살아?"

"예?"

눈을 크게 떴던 진성이 심호흡부터 했다. 전용환이 무엇을 물었는지를 알았기 때문이다. 그러나 대답 안 할 수가 없다.

"예, 논현동 오피스텔에서……."

전용환이 머리를 끄덕였다. 민영미와의 이혼은 비밀로 했지만 요즘이 어떤 세상인가? 총무부에서부터 다 체크가 되고 그 사실은 순식간에 전파된다.

아마 이혼 이유까지 샅샅이 알려졌을 것이다.

그때 전용환이 말했다.

"벌써 1년 되었나?"

이혼한 지 1년이냐고 묻는 것이다. 이제는 진성이 시선을 내렸고 전용환의 목소리가 사장실을 울렸다.

"기운 내라. 내 생각이지만 가화만사성이란 말은 개뿔이다. 영웅의 사생활은 대부분 개좆같았다. 안 그러냐?"

진성은 기운 내라고 그냥 한 말 같아서 대답하지 않았다.

4장
전쟁전야

"입금시켰습니다, 과장님."

양현철의 목소리는 들떠 있었다.

오후 3시 반. 진성은 고경준과 함께 대림동 공장 창고에서 군수품 오더를 체크하는 중이다. 창고 안 박스에 걸터앉은 진성의 귀에 양현철의 목소리가 이어 울렸다.

"지금 현금으로 인출해 놓겠습니다. 언제 오실 건가요?"

"오늘은 바쁘니까 내일 공장 체크하러 내려갈 겁니다."

"알겠습니다. 그럼 내일 뵙지요."

신바람이 난 목소리로 양현철이 전화를 끊었을 때 고경준이 다가왔다.

"보스, 공장으로 누가 보스를 찾아왔다는데요? 둘이랍니다."

"누군데?"

"바이어 사무실이라고만 합니다. 존슨과 마이클이라고 들어보셨습니까?"

"들었지. 존슨 대통령하고 마이클 잭슨."

"근데 이 새끼들이 연락도 안 하고 불쑥 공장까지 찾아오다니요?"

그렇지만 그냥 돌려보내기는 좀 그렇다.

대림동 공장은 한흥상사의 본 공장으로 건평이 1만여 평, 근로자가 7천 명인 대형 공장이다. 그래서 바이어에게 견학 필수 코스이기도 한 것이다.

가끔 예고도 없이 찾아오는 바이어도 있었기 때문에 진성은 상담실에서 그들을 맞았다. 둘 다 단정한 양복 차림의 백인이다.

7월이어서 더위가 시작된 날씨였는데도 둘은 빈틈없이 목에 넥타이를 졸라매었다. 존슨은 40대, 마이클은 30대쯤으로 보였는데 명함에 영어로 '극동엔지니어링 한국지사'라고 적혀 있다. 존슨이 매니저다.

인사를 마쳤을 때 앞쪽에 앉은 존슨이 웃음 띤 얼굴로 진성을 보았다.

"작년 10월에 두바이에 군수품 50여만 불을 수출하셨더군요."

진성과 옆에 앉은 고경준의 시선이 마주쳤다. 머리를 든 진성이 쓴웃음을 지었다.

"잘 아시는군요. 두바이 지역으로 상담을 원하십니까?"

"우리는 케냐 문제로 온 것입니다."

존슨이 여전히 웃음 띤 얼굴로 대답했지만 진성의 이맛살은 찌푸려졌다.

"지금 문제라고 하셨습니까?"

"예, 미스터 진."

"무슨 문제인데요?"

"지금 미스터 진이 준비하고 계신 군수품 문제지요."

"수출 위반 품목이 아니에요. 모두 한국 정부 승인을 받았고 케냐에서도 수입 허가가 났습니다."

그때 여직원이 그들 앞에 커피 잔을 내려놓았으므로 대화가 끊겼다.

본 공장에서는 손님이 누구든 무조건 인스턴트커피를 내놓는다. 다른 것을 마시고 싶으면 따로 주문을 하는데 이쪽에서 손님한테 묻지 않는 것이 불문율로 되어 있다.

다시 방에 넷이 되었을 때 존슨이 입을 열었다. 이제 존슨의 얼굴에 웃음기가 지워져 있다. 푸른 눈동자가 똑바로 진성을 응시했다.

"바이어가 제임스지요?"

진성이 숨만 들이켰으나 존슨이 말을 이었다.

"먼저 저희들 신분부터 밝히는 것이 예의인 것 같습니다. 저희들은 CIA 직원입니다."

이제는 고경준이 숨을 들이켜는 소리가 크게 났다. 존슨이 그쪽을 보았다가 다시 진성에게 말했다.

"제임스는 그 화물을 반군에게 넘길 겁니다. 아마 최종 단계에서 도착지를 나이로비 북동쪽 임시 비행장으로 옮길 겁니다. 그렇게 되면 어떻게 되는지 아시지요?"

"……."

"당신은 이곳에서 화물 대금의 절반만 받고 끝나게 되겠지요. 그리고 임시 비행장에 시체가 버려질 가능성이 많습니다."

"……."

"아니, 화물기에 같이 탑승하신다면 비행기 안에서 당하게 될지도 모릅니다."

"니미 씨발."

갑자기 옆쪽의 고경준이 한국어로 욕을 하더니 어깨를 부풀렸다.

"그 씨발놈을 우리가 먼저 죽이지요. 여기서 돈 받고 말입니다."

이것도 한국말이다.

오후 6시 반.

일찍 퇴근한 진성이 소공동의 커피숍 안으로 들어서자 기다리고 있던 사내가 자리에서 일어섰다. 진성 또래쯤으로 검은 뿔테 안경을 끼고 서류 가방을 옆에 놓았다. 성실한 직장인 차림이다.

"어, 기다렸냐?"

앞자리에 앉으며 진성이 묻자 사내가 가방에서 서류를 꺼내면서 대답했다.

"10분쯤 되었어요."

사내는 이동철. 진성의 고등학교 2년 후배로 부동산 사무소를 운영한다. 그러나 본업은 흥신소다. 부동산 업무는 직원에게 맡기고 자신은 '심부름센터' 일을 하는 것이다.

이동철이 서류를 진성에게 넘겨주면서 말을 잇는다.

"윤상화는 남자관계가 깨끗해요. 지금 만나는 놈은 없습니다."

진성이 윤상화의 뒷조사를 시킨 것이다. 지급으로 의뢰했더니 사흘 만에 결과를 가져왔다.

"사는 곳이 마포구 서교동으로 거기서 부모하고 셋이 살아요. 4녀 중 막내딸인데 다 출가하고 혼자만 남은 거죠."

"이건 너무 싱겁잖아?"

이맛살을 찌푸린 진성이 이동철을 노려보았다.

"그 미모에 몸매도 섹시한 애가 남자가 없다니. 이게 말이나 되냐? 그 애는 비서란 말이다. 사장실에만 2년이야. 회사에서도 사장과 썸씽이 있다고 소문났는데. 너, 이 일 그만둬야겠다."

"집안이 좋아요. 윤상화 아버지가 전에 대한은행장이었습니다."

"집안 좋은 것이 무슨 상관이야?"

"큰언니가 한흥상사 사장 부인입니다."

그 순간 진성은 입을 다물었다.

다음 날 오전.

해성섬유로 내려가는 차 안에서 고경준이 뒷좌석에 있던 진성을 룸 미러로 보면서 물었다.

"보스, 제임스 건은 어떻게 처리하실 겁니까?"

CIA에서 왔다는 존슨과 마이클을 만난 지 사흘이 되었다. 진성은 고경준을 함구시켜 놓은 채 아무에게도 그 이야기를 하지 않은 것이다.

이제는 앞쪽을 응시하면서 고경준이 말을 이었다.

"제 생각을 말씀드릴까요?"

진성은 창밖만 보았고 고경준의 목소리가 열기를 띠었다.

"여기서 화물 준비를 끝내고 나서 제임스를 불러 반값을 받고 나서 시간을 버는 것입니다."

"......"

"핑계는 제가 100개라도 댈 수 있습니다. 1개당 1개월만 시간을 끈다면 1백 개월, 한 10년을 그놈이 여기서 지내게 되겠지요."

"......"

"그러다가 병 걸려 죽든지 속이 터져서 죽든지 할 것이고."

그때 핸드폰 벨이 울렸으므로 고경준은 입을 다물었다. 진성의 핸드폰이었다. 핸드폰을 본 진성이 곧 귀에 붙였다. 바로 존슨이었기 때문이다.

"예, 존슨 씨."

운전을 하고 있던 고경준이 놀란 듯 차의 속력을 줄였을 때 존슨의 목소리가 울렸다.

"미스터 진, 결정하셨습니까?"

그날 상황을 설명해 준 존슨이 어떻게 할 것인지를 결정하라고 했던 것이다.

방법은 두 가지다.

첫째, 포기.

둘째, 진행.

물론 그 진행 방법은 조금 전 고경준이 떠든 방법과 다른 것이다. 고경준은 같이 들었으면서 제멋대로 이야기를 했는데 그것은 위험했기 때문이다.

그때 진성이 대답했다.

"진행합시다."

그 순간 고경준이 룸 미러로 진성을 보았고, 존슨은 잠깐 입을 다물었다. 진성이 심호흡을 하고 나서 말을 이었다.

"케냐에 도착했을 때 결과가 어떻게 되든 잔액은 지불해 주시는 것이지요?"

"정부군이 꼭 필요한 장비니까요."

존슨의 목소리가 밝아졌다.

"그래서 제가 당신을 만난 것 아닙니까? 그 화물이 반군 손에 들어가면 전세가 바뀔지도 모릅니다."

그래서 진성의 협조가 필요했던 것이다. 군수품이 반군 손에 들어갈 바에는 아예 이쪽 수출업체에 내막을 밝히고 보내지 않는 것이 낫다.

심호흡을 한 진성이 다시 물었다.

"자. 그럼 내가 어떻게 하면 됩니까?"

"내일 오전 9시에 연락드리겠습니다."

정중하게 말한 존슨이 말을 덧붙였다.

"미스터 진, 당신은 진짜 보스시군요."

진성의 별명까지 아는 것 같다.

"가시려고요?"

통화가 끝났을 때 고경준이 물었는데 목소리가 갈라져 있다. 룸 미러에 보이는 두 눈이 치켜떠졌다.

"그래, 넌 입 다물고 있어."

진성이 백미러에 비친 고경준의 눈을 잡은 채 말했다.

"입 놀리면 죽을 줄 알아."

"그럼 저도 가지요."

"입 닥치고 있어."

"보스 혼자만 가시면 제 입 닥치게 하지 못할 겁니다."

"이 자식이."

"무모한 행동은 부하가 말려야죠."

"시끄럽다니까!"

진성이 목소리를 높이자 고경준은 입을 다물었지만 운전이 거칠어졌다. 그것을 본 진성이 어깨를 부풀렸다가 내렸다.

입원실에 들어선 진성을 보자 모리스가 웃음 띤 얼굴로 맞았다.

"여어, 진. 나, 오늘 오후에 퇴원이오."

"축하합니다."

알고 왔지만 진성이 모리스와 악수를 나누었다. 모리스의 방에는 이미 퇴원 준비를 마친 박기성도 와 있었으므로 방 안 분위기가 떠들썩해졌다.

특실에는 꽃이 가득 차 있는 데다 먹을 것도 천지다. 해성섬유 양현철이 하루에도 몇 번씩 과일과 꽃을 갖다 놓았기 때문이다.

"퇴원하고 바로 공장으로 가십시다. 검사 준비가 다 끝났어요."

"나 때문에 출하가 늦춰져서 공장 피해가 많을 텐데."

모리스가 입맛을 다셨다.

"다음 오더에서 변상을 하지요."

"고맙습니다."

머리를 든 진성이 박기성을 보았다.

"난 일이 있어서 양 사장 만나고 바로 올라갈 테니까 자넨 모리스 씨하고 검사 마치고 와."

"예, 보스."

"양 사장이 오후에 차 보내줄 거야."

"알겠습니다."

모리스와 다시 인사를 마친 진성이 병원 현관으로 나왔을 때 고경준이 운전하는 차가 앞에 멈춰 섰다. 진성이 차에 오르자 차는 곧 병원을 빠져나갔다.

고경준은 사고 가해자였기 때문에 모리스한테 얼굴을 비추면 안 되는 것이다. 앞으로도 마찬가지다.

진성이 손목시계를 보더니 고경준에게 말했다.

"나, 저기 주유소 옆 찜질방에서 사우나 하고 있을 테니까 12시에 찜질방 주차장에서 만나자."

11시 5분 전이다. 진성이 말을 이었다.

"공장에 가면 양 사장이 돈을 줄 거다. 현금 5천만 원이야. 내가 양 사장한테 전화를 할 테니까 받아와."

"예, 보스."

진성이 입을 다물었고 고경준은 다시 운전에 열중했다. 무슨 돈인지 말해줄 필요도, 들을 이유도 없다는 분위기다.

"응, 왔느냐?"

책상에 앉아 뭔가를 적고 있던 아버지가 진성을 맞았다. 머리만 두어 번 끄덕일 뿐 덤덤한 표정. 이것이 아버지의 모습이다. 지난 구정 때 만나고 나서 지금이 7월 중순이니 5개월 만이다.

자리에서 일어선 아버지가 소파로 다가오면서 눈으로 앞쪽을 가리켰다.

"거기 앉아라."

낡고 좁은 방. 이곳은 대구에서 떨어진 달성군 면 소재지에 위치하는 초등학교 교장실 안이다.

요즘은 농촌 인구가 줄어들어 이곳도 전 학년이 15개 교실, 학생 수가 5백 명도 안 된다고 했다. 역사가 60년이나 된 학교여서 한때 수천 명의 재학생을 보유했던 것이 옛날이야기가 되었다.

교사는 조용했다. 토요일 오후 2시 반이다. 수업이 다 끝났지만 아버지는 온다는 연락을 받고 기다리고 있었던 것 같다. 아버지가 진성을 보았다.

"너, 무슨 일 있냐?"

"예. 곧 출장을 가게 되어서요."

"출장을 자주 가는구나."

"예."

말이 끊겼다.

아버지는 64세. 2년 후면 퇴직이다. 40년간 봉직한 교직을 떠나게 되는 것이다.

15년 전, 진성이 고2인 17살 때 어머니가 암으로 돌아가신 후에 아버지는 혼자 지냈다. 진성의 누나 진향까지 두 남매를 묵묵히 뒷바라지해 주면서 지금에 이르렀다.

요즘 아버지, 진의방의 낙이 결혼한 진향의 7살, 5살짜리 외손녀를 보는 것이라던가?

대구에서 약국을 하는 진향은 일주일에 한 번은 아버지에게 내려간다고 했다.

"참, 아버지."

진성이 생각났다는 표정을 짓고 가슴 주머니에서 봉투를 꺼내 탁자 위에 놓았다.

"아버지 생신 때 제가 외국에 가 있을 것 같아서요."

"……."

"누나한테 아버지 선물 뭘 드리면 되겠느냐고 물었더니 현금이 낫다고 하더군요."

"……."

"그래서 봉투에 3백 넣었어요."

진의방의 시선이 봉투에 머물렀다가 떨어졌다. 그러더니 이윽고 진성을 보았다.

"너, 그렇게 살 거냐?"

결국 올 것이 왔다는 듯이 진성은 쓴웃음만 지었고 진의방의 말이 이어졌다.

"오피스텔에 산다면서? 그렇게 사는 것이 어디 사는 거냐?"

"저는 아직……."

"내가 걔한테 미련이 있는 게 아냐. 그런 애는 두 번 다시 보고 싶지도 않아."

진의방의 목소리에 열기가 띠어졌다.

58

"남편이 외국 출장 나간 사이에 짐 싸고 제 친정으로 가버리다니. 그게 무슨 가약을 맺고 산 거냐?"

민영미가 집을 나간 지 1년 반. 아버지가 그 사실을 안 것은 반년쯤 되었다. 민영미가 진의방에게 전화하는 성격도 아니었고 진의방도 마찬가지였기 때문이다.

진향은 조금 눈치를 챈 것 같았지만 바빠서 확인도 못 하고 1년이 지나갔다. 그러다 지난 구정 때 들통이 났고 지금 처음 민영미와의 파탄을 추궁받는 셈이다.

진의방이 입을 꾹 다물었다가 한참 만에 다시 열었다.

"집에 기다리는 사람이 있어야 해. 그래야 마음이 평온해져. 그것이 누구든 말이다. 없는 것보다는 나은 법이다."

그 순간 진성이 숨을 들이켰다. 아버지는 무의식중에 자신의 지난날을 말하고 있는 것이다.

오후 4시 반, 진향이 약국으로 들어선 진성을 맞는다.

"어서 와. 아버지한테서 방금 전화 왔다."

다섯 평쯤 되는 약국에는 종업원 하나뿐이다.

진성을 끌고 옆집인 제과점으로 들어서면서 진향이 웃었다.

"네가 아버지한테 3백 드렸어?"

"내 앞에서는 봉투 열어보지도 않으시더니 누나한테는 이야기 잘 하네."

"다 그런 거야, 아들한테는."

"매형은?"

"지금 대학병원에. 너 자고 가면 일찍 들어온다고 했다."

"나, 저녁때 올라가."

매형 김영규도 약사로 대학병원에서 근무한다. 아이들 둘은 진향의 시어머니가 같이 살면서 봐주기 때문에 진성이 집에 들어가면 멋쩍다.

마주 보고 앉아 우유를 한 잔씩 시키고 났을 때 진성이 가방에서 서류 봉투를 꺼내 내밀었다.

"누나, 이것."

"뭐야? 나도 돈 주려고?"

진향이 이를 드러내고 웃었다. 진성보다 세 살 위인 서른다섯이지만 진성에게 어머니처럼 굴었던 진향이다. 어머니가 돌아가셨을 때 진향은 스무 살, 대학 2학년이었던 것이다. 봉투에서 서류를 꺼낸 진향이 이맛살을 찌푸렸다.

"이게 뭐야?"

봉투 안에는 오피스텔 등기부 등본, 계약서에다 적금, 보험증서, 통장과 도장 등이 들어 있었기 때문이다.

"응. 내가 외국 출장을 가는데 보관할 데가 마땅치 않아서 말야."

우유 잔을 든 진성이 말을 이었다.

"은행 금고에다 두기도 그렇고 누나가 좀 맡아줘."

"외국 어디 가는데?"

"유럽."

진성이 가슴 주머니에서 봉투 하나를 꺼내 진향 앞에 놓았다.

"진이, 선이한테 장난감 사줘."

"놔둬."

눈을 치켜뜬 진향이 봉투를 도로 밀더니 다시 물었다.

"언제 가는데?"

"일주일쯤 후에."

"언제 오고?"

"15일쯤 걸릴 거야."

그러더니 진성이 다시 봉투를 밀고 지그시 웃었다.

"누나는 나한테 안 돼. 내 속을 들여다보지 못한다는 거 잘 알고 있잖아? 그러니까 머릿속 계산기 꺼."

결국 진향하고 같이 저녁까지 먹었다. 서울 가는 차는 얼마든지 있다면서 밥 먹고 커피숍으로 진성을 끌고 들어간 진향이 말했다.

"아버지는 널 강하게 키우셨어. 하지만 그만큼 가슴이 깎이셨다."

"무슨 소리야?"

"너한테 강하게 대하실 때마다 자신에게 채찍질을 하는 아픔을 느끼셨단 말이야."

"약대에서 철학도 가르쳐?"

"널 만나고 나서 나한테 네 이야기를 다 해주는 것이 그 증거다."

"누나한테 한 절반만 나한테 해주었다면 내가 더 출세했을 텐데."

"시끄러."

그때 커피숍으로 여자 하나가 들어서더니 이쪽으로 곧장 다가왔다. 진성을 향해 웃기까지 해서 진성은 뒤쪽을 돌아봐야만 했다. 미인이다. 날씬한 몸매, 세련되었다.

"응, 어서 와."

그때 진향이 웃음 띤 얼굴로 말했고 여자가 응답했다.

"언니, 기다리셨어요?"

진성이 어깨를 늘어뜨렸다. 진향이 시간을 끈 이유가 있었던 것이다.

여자의 이름은 오현수, 진향의 약대 후배로 근처에서 약국을 경영하는

약사다. 진향이 대놓고 표현한 바에 의하면 머리도 좋고 예쁘기도 해서 콧
대가 높아지는 바람에 남자를 만나지 못했다고 했다.

　진향이 아예 작별 인사까지 하고 나가는 바람에 커피숍에는 둘이 남
았다.
　오후 7시 반, 서울행 열차는 11시 40분이었으니 시간은 넉넉하다. 그때 오
현수가 웃음 띤 얼굴로 말했다.
　"언니가 전부터 말씀하셨어요. 그래서 처음 뵌 분 같지가 않아요."
　"와이프가 도망갔다는 이야기도 해드렸겠죠?"
　"그럼요."
　오현수가 눈도 깜박 않고 대답했다.
　"아파트까지 갖고 갔다면서요?"
　"에이, 절반씩 내서 산 거니까 절반만 갖고 간 거지요."
　"어쨌든 다 줬다면서요?"
　"별걸 다 말했네."
　"근데, 혹시 바람피웠어요?"
　"들키진 않았는데."
　"그래도 성생활이나 분위기에서 눈치를 챌 수도 있지 않겠어요?"
　"뭐, 그럴 수도."
　"사랑했어요?"
　"처음이야 뭐……."
　"실은 저도 이혼했거든요."
　그때 진성이 어깨를 늘어뜨리면서 길게 숨을 뱉었다.
　"오늘 제대로 걸린 것 같은데."

"같은 느낌이 들어요."

커피 잔을 쥔 오현수가 눈웃음을 쳤다.

"커피숍에 들어오면서 진성 씨를 처음 본 순간 가슴이 철렁했거든요."

"그럼 진짜 나보고 웃었구나."

"맞아요."

오현수가 손목시계를 보더니 진성에게 말했다.

"한잔하러 가요."

"화물기는 2대. 당신은 제임스와 같은 비행기를 타지 말아야 해요."

존슨이 테이블에 지도를 펼쳐 놓고 말했다.

지도에는 인천에서 케냐까지의 비행 루트가 붉은 펜으로 그어져 있었는데 일직선이다. 인천에서 나이로비까지는 논스톱으로 13시간. 화물기 2대에 화물을 싣고 날아가는 것이다.

오전 11시.

진성은 미 대사관 건물 옆 골목의 낡은 사무실에서 존슨과 마이클로부터 작전 지시를 받는 중이다. 존슨이 볼펜 끝으로 나이로비 위쪽 부분을 두드렸다.

"나이로비 동북방 30킬로 지점에 군용 비행장이 있어요. 제임스는 화물기를 이곳에 착륙시킬 겁니다. 이미 착륙 허가서도 받았어요."

진성은 팔짱을 끼고 서서 지도를 보았다. 아직 실감이 나지 않아서 어젯밤 오현수의 모습이 떠올랐다. 그녀에게서는 향기가 났다.

"미스터 진."

존슨이 불렀으므로 진성이 머리를 들었다.

"뭡니까?"

"무슨 말인지 압니까?"

"뭘 말입니까?"

그때 존슨과 마이클이 얼굴을 마주 보더니 이제는 마이클이 말했다.

"당신들 둘이 같은 비행기를 타면 당신이 비행기 안에서 제거될 수도 있다는 말입니다. 귀찮게 케냐까지 끌고 갈 필요도 없기 때문이죠."

"……."

"화물기 안에서 승무원들이 제재할 수는 없습니다. 당신들 구역은 다르니까요."

"……."

"그러니까 일단 무사히 케냐 군용 비행장까지 가야 합니다."

"나한테 무기를 주시죠."

진성이 존슨에게 말했다.

"잘 아시겠지만 난 한국군에서 병장으로 제대했지요. 휴전선 안 GP에서 근무해서 총은 많이 쐈습니다."

"압니다. 태권도도 많이 하셨더군요."

"일대일로는 지지 않아요."

그때 존슨이 마이클을 보고 나서 말을 이었다.

"우리가 화물기 안에 권총과 실탄을 숨겨놓지요. 베레타 92F는 손에 익지요?"

"10미터에서는 백발백중이죠."

그때 존슨이 어깨를 늘어뜨리더니 숨을 뱉었다.

"진, 우리가 먼저 그쪽에 가 있을 겁니다."

놀란 진성이 시선만 주었고 존슨의 목소리가 차분하게 이어졌다.

"상황이 심각해요. 정부군이 무능해서 이번 화물도 빼앗길 정도가 되었단 말입니다. 제임스가 정부로부터 오더를 받고 반란군에 정보를 넘긴 것도 그 증거지요.”

“…….”

“정부 안에서도 반란군과 내통하는 놈들이 많아서 화물기를 도지공항으로 옮긴 겁니다.”

“…….”

“도지공항에는 반란군이 숨어 기다리고 있다가 정부군을 기습해서 화물을 탈취할 겁니다. 총격전이 심하게 일어날 거요.”

존슨의 푸른 두 눈이 번들거렸다.

“놈들이 정부군을 기습해서 화물을 탈취할 계획이지만 우리는 그것을 역이용하려는 겁니다. 아셨죠?”

“알겠군요. 함정에 빠진 것처럼 들어갔다가 역습을 한다는 것 아닙니까?”

“이번에 반란군 사령관 아운데가 직접 지휘한다는 정보가 있어요.”

“…….”

“그래서 우리도 이번 기회에 전력을 다해 아운데를 없앨 겁니다.”

이제 진성이 초점 없는 눈동자로 존슨을 보았다. 어느덧 오현수의 환영은 감쪽같이 사라졌다.

“보스, 모리스 검사도 잘 끝났으니까 오늘 회식하시죠.”

오후에 사무실로 돌아온 진성에게 정수연이 말했다. 두 손은 책상에 짚고 선 정수연이 시선을 마주치자 눈웃음을 쳤다.

“제가 대표로 왔는데요. 오늘 저녁에는 팀원이 다 모일 것 같습니다.”

“잠깐.”

정수연에게서 시선을 뗀 진성이 헛기침을 했다. 오후 1시 반이다.

"나, 사장께 보고할 것이 있어. 오늘 저녁은 어떻게 될지 모른다."

"그럼 다녀오셔서 결정하시죠."

진성이 힐끗 정수연을 노려보고는 인터폰의 버튼을 눌렀다. 몸을 돌린 정수연이 이쪽에 엉덩이를 보이면서 멀어져 간다. 탱탱한 엉덩이가 볼륨 있게 흔들렸다.

"여보세요."

비서실 윤상화의 목소리에 진성의 눈동자에 초점이 잡혔다.

"조금만 기다리세요."

비서실로 들어선 진성에게 윤상화가 말했다. 윤상화가 손으로 의자를 가리켰다.

"저기 앉으세요."

사장실에 들어가기 전에 대기하는 의자다. 진성은 의자에 앉아 윤상화의 옆모습을 보았다.

윤상화는 노트북의 자판을 두드리는 중이다. 사장의 막내 처제라고? 사장하고 그렇고 그런 사이라는 소문이 난 것을 보면 처제라는 사실을 아무도 모르는 것 같다.

부친이 대한은행장을 지냈다니 막강한 가문이다. 초등학교 교장이 부친인 내 가문은 쳐다보지도 않겠지만…….

아서라, 말아라. 내 부친이 결코 너희들에게 꿀리지 않는다. 좋아, 그래서 같이 술 한 잔 마시는 것도 관두겠다. 좀 거북해.

네가 사장의 내연녀였다면 만나서 내 내연녀로 만들 생각도 있었지, 너에게서 **빼낸** 회사 정보를 출세에 요긴하게 써먹을 수 있을 테니까. 그런데 처

66

제야? 아이구, 말아라. 나 사장하고 동서가 될 생각은 추호도 없다.

이것이 이동철로부터 윤상화의 본색을 알고 난 후에 진성의 머릿속을 떠돌던 생각이다.

그때 윤상화가 머리를 돌려 진성을 보았다. 3미터쯤의 거리여서 눈동자가 사격장의 둥근 타깃 한가운데 점처럼 보인다.

"요즘 바쁘셨어요?"

"예, 무척."

정색한 진성이 마주 보았다. 역시 정색한 윤상화가 다시 물었다.

"저한테 술 한 잔 사주시지 못할 만큼요?"

"예."

예의 뒷말로 대한은행장 따님, 하고 붙이고 싶었지만 참았다.

윤상화의 시선을 받는 순간부터 괜히 화가 가슴속에서 꾸물꾸물 치밀어 오르는 느낌이 드는 것이다. 머리를 끄덕인 윤상화가 말을 잇는다.

"그럼 제가 술 사드려도 돼요?"

시간이 없었다는데 이게 무슨 화법인가? 멍한 표정이 된 진성이 시선만 주었을 때 사장실 문이 열리더니 전용환이 나왔다.

"아니, 자네, 왜 안 들어오고 있어?"

전용환이 물었으므로 진성은 숨을 들이켜면서 자리에서 일어섰다. 윤상화가 저하고 이야기 하려고 기다리게 한 것이다.

"뭐? CIA?"

화들짝 놀란 전용환이 목소리를 높였다가 주위를 둘러보는 시늉까지 했다.

"아니, 그럼. 그 화물이……."

"예. 반란군에게 넘어갈 가능성이 있다는 것입니다."

진성이 존슨과 마이클을 만난 순간부터 오늘 브리핑을 받고 온 내용까지 보고하는 동안 이제는 전용환이 숨소리를 죽인 채 들었다. 이윽고 진성이 말을 마쳤을 때, 전용환이 어깨를 늘어뜨렸다.

"야, 권총을 가져간다고? 응?"

"예, 전쟁이 일어날 테니까요."

"그, 그러면 그 비행장에서……."

"예, 정부군이 반란군을 기습하는 것입니다, 사장님."

"그럼 너는……."

"살려면 싸워야겠지요."

"야."

"저는 이제 물러설 수 없습니다. 이미 제임스한테도 연락을 했고요. 제임스는 반군한테 연락을 했을 것이고 CIA는 정부군과 계획을 세워놓았을 테니까요."

"……."

"제가 가는 것으로 시작되는 겁니다."

이제는 눈만 크게 뜨고 있는 전용환에게 진성이 말을 이었다.

"저기, 이 일은 사장님하고 저하고 둘만 압니다. 저희 팀원 고경준이 대충 윤곽은 알지만 입을 막아놓았습니다."

숨을 고른 진성이 말을 이었다.

"CIA에서 화물기가 도지공항에 내린 즉시 저희 회사 계좌로 나머지 잔액을 입금시켜 준다고 했습니다. 물론 물품 대금 절반은 나흘 후에 제임스가 와서 검사를 끝낸 후에 받지요."

그러면 물품 대금은 전액 보장된다. 전용환이 벽시계를 보는 시늉을 했다. 6일 후에 화물기 두 대가 케냐로 떠나는 것이다.

그때 진성이 자리에서 일어섰다.

회식을 했다. 회사에서 가까운 한식당을 예약하고 불고기에 소맥을 마셨는데 팀원 전원이 참석했다. 검사를 끝낸 모리스도 귀국했으므로 박기성도 개운한 표정이다.

단골집이어서 안방을 차지한 3팀은 총원 6명. 계급 순으로 보면 진성, 박기성, 정봉호, 정수연, 고경준, 김선아였는데, 술 마실 때 분위기는 팀장 진성을 빼면 정수연이 리더다.

술도 정수연을 통해서 시키고 고기 추가도 정수연이 컨펌해야만 한다. 그것은 진성이 정수연에게 팀의 회계를 맡겼기 때문이다. 그래서 정수연이 한 걸음 더 나아가 회식을 정하고 회식 장소까지 고르는 권한을 갖게 된 것이다.

모두 술을 잘 마시는 터라 1시간쯤 지나자 소주와 맥주병이 가득 쌓였지만 취한 사람은 없다. 그때 손목시계를 본 진성이 박기성에게 말했다.

"박 대리는 들어가 봐라."

"보스, 저는……."

박기성이 손부터 흔들면서 말했다.

"2차는 끝나고 갈 겁니다."

눈을 치켜뜬 박기성의 흰 얼굴이 더 희게 변했다. 그러다 어느 순간에 붉어진다.

"넌 이 정도로 됐어. 집에 가."

진성이 머리를 저었다.

"니 와이프한테 가라고, 억지로 마실 것 없다니까."

박기성은 결혼 1년 차다. 결혼한 지 8개월째인 것이다. 결혼식이 끝나고 팀원 모두 박기성의 집에 집들이를 갔을 때 진성이 박기성 와이프한테 약속을 했다. 팀원들하고 술 마실 경우에는 10시 이전에 보내주겠다고 한 것이다.

“일어나.”

진성이 정색하자 박기성이 투덜거리며 일어섰지만 싫은 기색은 아니다.

“어쩐지 오늘은 3차까지 갈 것 같은데, 나만 빼고…….”

“3차 가면 전화할 테니까 빠져나와요.”

고경준이 박기성의 등에 대고 소리쳤으므로 정수연이 눈을 흘겼다.

“혼자 가셔.”

“자, 남은 거 마시고 2차 가야지?”

정봉호가 술잔을 들면서 정수연에게 물었다. 김선아가 힐끗 진성의 눈치를 보았을 때 정수연은 거침없이 대답했다.

“노래방 예약했으니까 거기서 입가심합시다.”

“지기미.”

고경준이 투덜거렸다.

“오늘도 노래방에서 카페로 가겠군.”

김선아의 시선을 받은 고경준이 설명했다.

“카페에서 커피 마시고 끝내는 거라고. 그것이 저 여자 레퍼토리야.”

그때 진성이 김선아에게 술잔을 내밀었다.

“자, 마셔.”

김선아가 술잔을 받았을 때 정봉호가 혼잣말을 했다.

“팀장이 김선아한테 네 번째 술을 준다.”

노래방에서도 소맥을 마셨는데 가장 먼저 취한 사람이 고경준이다. 고경준은 평소보다 더 마시려고 작정을 한 것 같았다. 소맥을 연거푸 대여섯 잔이나 퍼 마시더니 구석에 쓰러져 잠이 들었다.

"저 자식, 오늘따라 왜 저래?"

정봉호가 묻더니 머리를 기울였다.

"글쎄 말이에요."

쓴웃음을 지은 정수연이 손목시계를 보았다. 밤 9시 10분이다. 노래방에 들어온 지 30분도 되지 않았다.

진성이 술잔을 들고 말했다.

"자, 그럼 이 잔만 마시고 나가자. 시간 채울 것 없어."

"서운해요."

막내 김선아가 한마디 했지만 대세를 거스를 수는 없다. 취해서 자는 사람을 두고 놀 수는 없는 노릇이다.

"어쨌든 보스 출장 송별연 겸 김선아 신입 파티는 한 셈입니다."

정봉호가 술잔을 들고 말했다.

"자, 보스의 무사 귀환을 위하여!"

"위하여!"

정수연과 김선아가 따라서 외친 순간 진성의 시선이 누워 있는 고경준에게로 옮겨졌다. 고경준이 작정하고 취해 늘어진 이유를 알 것 같았기 때문이다.

그는 진성이 사지(死地)로 들어간다는 것을 알고 있는 것이다. 존슨과 마이클의 이야기를 직접 들었기 때문이다. 그 후의 진행 과정을 말해주지 않았고 함구시켰지만 혼자만 알고 있는 것이 부담일 것이었다.

노래방을 나온 진성이 팀원들을 향해 손을 들어 보이며 말했다.

"자, 내일 보자."

정봉호는 고경준을 부축한 채 서 있었고, 정수연과 김선아는 아직 말짱했다.

택시에 탄 진성이 핸드폰의 진동음을 들었다. 문자가 온 것이다. 그런데 발신자가 윤상화다.

'아직도 회식 중인가요? 회식 끝나고 전화해 주실 수 있어요?'

한동안 문자를 내려다보던 진성이 문자를 찍었다.

'회식 중입니다.'

그러자 바로 답변이 왔다.

'늦더라도 연락 주세요. 저도 술 마시고 있거든요.'

쓴웃음을 지은 진성이 핸드폰을 주머니에 넣고 좌석에 등을 붙였다. 술기운이 뻗치면서 눈이 감겼고, 문득 오현수의 얼굴이 떠올랐다. 오현수 같은 스타일이 자신에게 맞는지 모른다.

상대에게 부담을 주지 않으려고 하는 것부터가 부담이다. 서로 주고받는다는 의식이 있어야 된다.

그때 진성이 눈을 떴다. 그러고는 주머니에서 핸드폰을 꺼내 문자를 찍었다.

'지금 어딥니까?'

윤상화에게 보낸 것이다. 바로 대답이 왔다.

'압구정동 대동병원 옆 제나 카페.'

택시를 타면 15분이면 닿는 거리다. 심호흡을 한 진성이 답신했다.

'20분 안에 가지요.'

핸드폰의 전원을 끈 진성이 운전사에게 말했다.

"압구정동 대동병원으로 갑시다."

카페 안은 손님들로 가득 차 있었지만 낮은 재즈 음악에 덮여 은근한 분위기다. 여기서는 알코올이 달콤한 냄새를 풍긴다.

윤상화는 안쪽 구석자리에 앉아 있었는데, 친구로 보이는 여자와 둘이었다. 진성이 다가가자 친구가 웃으며 일어섰다.

"어유, 잘 오셨어요. 그럼 저는 이만."

여자가 바로 몸을 돌리는 바람에 진성이 부담 없이 윤상화의 옆자리에 앉았다.

테이블 위에는 반쯤 비워진 위스키 병이 놓여 있다. 진성이 위스키 병을 쥐면서 윤상화에게 물었다.

"왜 이렇게 서두르는 거요?"

"출장이 며칠 남지 않았잖아요?"

윤상화의 눈동자가 어둠 속에서 반짝였다.

"출장 다녀와서도 시간 많잖아요?"

그렇게 대답은 했지만 사장 전용환이 케냐 이야기를 해준 것이 분명했다. 진성이 갑자기 마음을 바꿔 윤상화를 만나러 온 것도 그것 때문이다.

집 서류와 적금 통장까지 모두 누나 진향에게 맡기고 가는 상황인 것이다. 무슨 부담?

"그래도요."

윤상화의 대답이다. 케냐 이야기를 들었다고는 말 못 하겠지.

한 모금에 위스키를 삼킨 진성이 지그시 윤상화를 보았다. 시선이 부딪히자 윤상화가 서둘러 외면한다. 회사에 있을 때와는 다른 분위기다.

밤 10시 10분, 이 시간에 만나다니.

"연애해 봤어요?"

불쑥 물었더니 또 바로 대답이 온다.

"그럼요."

"몇 번?"

"두 번."

"길었어요?"

"각각 1년쯤."

"나도 두 번 했는데. 두 번째는 같이 살았지. 산 것까지 합쳐 2년이군."

"두 번밖에 안 돼요?"

윤상화가 이제는 똑바로 진성을 보았다.

"첫 번째는 몇 년인데요?"

"그것도 2년쯤 되었네."

"그럼 두 여자?"

진성이 제 잔에 술을 채우고 윤상화의 잔에도 술을 따랐다.

"거쳐 간 여자야 열 명도 넘지. 길게 연애한 여자를 말하는 거요."

"그렇군요."

"나한테 관심 있어요?"

술잔을 든 채 진성이 묻자 윤상화가 이를 드러내고 소리 없이 웃었다.

"멋없기는."

"다 영화 같고 소설 같은 대사만 있는 게 아니오. 이게 현실이야."

"그래요, 관심 있어요."

"오늘 밤 나하고 보낼 만큼?"

그 순간 윤상화가 들고 있던 술잔을 입에 붙이더니 한 모금에 삼켰다. 그러고는 똑바로 진성을 보았다.

"왜 그래요?"

"바쁘니까, 시간도 없고."

윤상화를 응시한 채 진성이 말을 이었다.

"나에 대해서 알 만큼은 아신 것 같고."

진성이 다시 제 잔과 윤상화의 잔에 술을 따랐다.

"본색까지 다 드러낸 거지."

그때 윤상화가 술잔을 들고 말했다.

"가요."

찬 감촉이 느껴지는 바람에 진성이 눈을 떴다. 깜박 잠이 들었던 것이다.

윤상화다. 윤상화의 다리가 닿았기 때문이다. 몸을 돌렸더니 윤상화의 상반신이 닿았다. 윤상화는 가운 차림이다.

진성이 잠자코 팔을 뻗어 윤상화의 어깨를 당겨 안았다. 윤상화가 순순히 안겨 오더니 두 팔로 진성의 허리를 감아 안았다.

"보스, 제임스한테서 전화가 왔습니다."

다음 날 오후 3시가 되었을 때 고경준이 말했다. 손에 전화기를 쥐고 있다. 나이로비와는 시차가 7시간이었으니 지금은 오전 8시가 되어 있을 것이다.

다가간 진성이 전화기를 받아 들었다.

"아, 제임스 씨?"

"진, 준비는 다 되었지요?"

제임스의 밝은 목소리를 듣는 순간 진성이 숨을 들이켰다. 제임스에 대한 증오심이 끓어올랐기 때문이다.

놈은 나이로비 북방의 공항에서 자신을 배신할 놈이다. 화물을 반군에게 넘길 테니 잔액을 줄 이유가 없는 것이다.

"아, 물론이죠, 제임스."

그러나 진성의 목소리도 밝아졌다. 옆에 선 고경준의 시선을 피한 진성이 비켜서면서 말했다.

"언제 서울 오실 거요?"

"내일 오후에 도착할 겁니다."

"그럼 그때는 물품을 다 확인할 수 있을 겁니다, 제임스."

"좋습니다. 그럼 내일 뵙지요, 진."

"비행 편을 메일로 보내줘요."

통화를 끝낸 진성이 앞에 선 고경준을 노려보았다.

"넌 왜 서 있어?"

"보스, 괜찮습니까?"

"닥치고 있어. 알았어?"

"압니다."

"이건 이제 국제 문제가 되었다. 네가 입을 잘못 열면 나뿐만이 아니라 미군과 케냐 정부가 당한다."

"어떻게 하실 건데요?"

"네가 알 건 없고."

"전 보스를 이해하지 못하겠어요. 그것 아니더라도 실적이 오버되었는데……."

"너도 내 입장이 되면 그렇게 할 거다."

"아뇨, 저는……."

"저리 가, 이 새끼야."

진성이 눈을 치켜뜨자 고경준이 몸을 돌렸다.

그때 이쪽을 힐끗거리는 김선아를 본 진성이 손을 들어 불렀다. 제임스가 투숙할 호텔을 예약하려는 것이다.

"사장님이 부르세요."

인터폰에서 울리는 윤상화의 목소리는 차분했다.

오후 5시, 자리에서 일어선 진성은 부장 이주상의 시선이 꽂히는 것을 느낀다.

비서실로 들어가자 윤상화가 말했다.

"지금 기다리고 계세요."

곧장 들어가라는 말이다. 전에는 제가 앞장을 섰는데 지금은 다르다. 윤상화가 곧 외면하고 자판을 두드렸는데 얼굴이 굳어져 있다.

어젯밤부터 아침에 헤어질 때까지 그들은 제대로 된 대화를 나누지 않았다. 대화를 나누는 것 대신 그들은 다른 것에 집중한 것이다.

사장실로 들어섰을 때 소파에 앉아 있던 전용환이 웃음 띤 얼굴로 진성을 맞았다.

"거기 앉아."

앞자리를 가리킨 전용환이 먼저 길게 심호흡부터 했다.

"네가 지금 어떤 상황인지도 모르고 네 부장 놈은 널 씹고 있다."

진성의 시선을 받은 전용환이 쓴웃음을 지었다.

"네가 전주의 동성섬유에 기준 단가 이상으로 계약을 해서 회사에 2천여만 원의 피해를 입혔다는구나."

"……."

"비밀 감사 요청을 해서 내가 보류시켰는데 네 생각은 어떠냐?"

진성의 가슴이 부글거리며 끓었다. 이주상이 보복을 한 것이다. 해성섬유에 5천을 게워낸 것의 배후에 내가 있다고 확신한 것 같다. 그럴 만도 했다.

진성이 머리를 들었다. 집 안에 강도를 두고 외출할 수는 없다.

강도를 죽이고 갈 것인가? 아니면 쫓아내고? 하지만 시간이 없다.

"사장님, 감사를 지시하시지요."

전용환이 의외인 듯 시선만 주었고 진성이 말을 이었다.

"지난 반년간 어려운 오더를 소화하는 바람에 공장에 적자가 누적되었습니다. 그래서 기준 단가보다 더 높게 책정해서 손해 일부를 감면시켜 준 것입니다. 하지만."

숨을 고른 진성이 말을 이었다.

"가격을 좋게 받은 오더였기 때문에 계약 단가를 높였어도 저희들은 10퍼센트 이익을 냈습니다."

"좋아."

전용환이 천천히 머리를 끄덕였다.

"감사를 시키겠다. 그리고……."

눈을 가늘게 뜬 전용환이 지그시 진성을 보았다.

"이 부장이 널 견제한다는 것이 확실해진 상태에서 이 체제를 그대로 유지시키는 건 힘들겠어. 그렇지?"

대답할 사안이 아니라 진성은 시선만 주었고 전용환의 말이 이어졌다.

"너하고 이 부장 사이에 무슨 문제가 있는가는 내가 알 필요가 없고 듣고 싶지도 않아."

"죄송합니다."

"다녀와서 정리하자."

"예, 사장님."

"감사 걱정은 하지 마."

자리에서 일어선 진성을 향해 전용환이 웃어 보였다.

"난 너를 놓치고 싶지가 않으니까."

사장실을 나온 진성의 옆얼굴에 윤상화의 시선이 닿았다. 진성이 윤상화 쪽으로 얼굴을 돌리지 않았기 때문이다. 윤상화가 뭔가 말을 하려는 기색을 보였지만 진성은 크게 발을 떼어 비서실을 나왔다.

이주상의 비밀 감사 요청을 윤상화가 모를 리는 없다.

그것을 알고 있으면서도 어젯밤에 입을 다물고 있었다니, 조금 더 친해 졌다면 말해주었을까? 비밀 감사 대상이 된 팀장을 만난 이유는? 곧 전장으로 떠날 사내에게 호기심이 당겨서?

자리로 돌아와 앉은 진성의 응어리는 풀리지 않았다. 사건을 만든 이주 상에 대한 감정 따위는 하찮다.

그때 책상 앞으로 4팀장 조석호가 다가왔다.

진성보다 1년 선배지만 과장 진급을 같이 했기 때문에 같은 서열이다.

아시아 담당으로 작년은 22만 불 수출. 올해는 상반기가 지났어도 1백만 불도 채우지 못했다.

목표 대비 70퍼센트. 말이 많고 교활한 성격. 팀원들로부터 무시를 당하지만 이주상이나 전무 박영도의 신임을 받는다.

같은 팀원인 양연자와 호텔방에서 나오다가 5팀 팀원에게 발각된 과거가 있다.

"어이, 진 과장, 케냐 출장 가기 전에 한잔 어때? 2팀장, 6팀장이 오늘 시간 된다는데."

다가선 조석호한테서 짙은 머리 기름 냄새가 맡아졌다. 중키에 어깨가 넓고 둥근 얼굴은 언제나 웃음을 띠고 있지만 등을 보이면 가차 없이 칼을 꽂는다.

공장에서 뜯어낸 돈을 독식하는 바람에 담당자들은 따로 뜯어내는 아수라장이 벌어진 적도 있다.

"나 시간 없어. 다녀와서 한잔하지."

진성이 똑바로 조석호를 보았다.

"그때는 내가 살 테니까."

"어디 돈 나올 데 있어?"

눈을 가늘게 뜬 조석호가 웃음 띤 얼굴로 물어 진성이 따라 웃었다.

"내가 당신보다는 못하지, 안 그래?"

"뭐가?"

조석호의 웃음 띤 얼굴이 일그러졌다.

"내가 뭐가 낫다는 거야?"

"소문이 그래, 4팀장이 곧 부장 대리가 된다고. 고위층이 추천한다던데?"

"미쳤나?"

이제는 조석호의 얼굴이 찌푸려지자 전혀 다른 인상이 되었다. 찌그러진 깡통 같다.

"어떤 놈이 말도 안 되는……"

"이봐, 좋으면서 뭘 그래? 그것이 무슨 나쁜 소문이야?"

조석호는 이제 이주상 옆에서 알랑거리는 것을 삼가게 될 것이다. 그 소문을 이주상이 들으면 당장에 견제를 시작할 것이기 때문이다.

얼토당토 않는 소문이라도 제 잇속과 연결시켰을 때 손해가 날 것 같으면 당장에 안면을 몰수하는 세상이다. 특히 이곳 풍토는 더한 것이다.

"내일 제임스가 오면 바빠서 회의를 할 시간도 없겠는데."

오후 6시 반, 상담실에서 팀 회의를 주재한 진성이 말했다. 퇴근 시간이 지난 바깥 사무실은 조용하다. 진성이 박기성을 보았다.

"박 대리, 결정할 일이 있으면 미루지 말고 결정해. 내가 올 때까지 기다릴 것 없어. 알았지?"

"예, 보스."

박기성이 대답은 했지만 시선을 내렸다. 진성이 정봉호와 정수연, 고경준과 김선아를 차례로 보았다.

"케냐 일을 끝내고 카이로를 거쳐서 돌아올 거야. 그때 내가 연락을 할 테니까."

카이로에도 바이어가 있는 것이다. 그때 고경준이 물었다.

"카이로에서 바이어를 만나실 겁니까?"

"아직 어떻게 될지 모르니까."

외면한 채 진성이 말하자 고경준이 어깨를 늘어뜨렸다. 그 말뜻을 자신만이 아는 것이다.

"카이로 좋죠."

정수연이 눈을 가늘게 뜨고 말했으므로 고경준은 입맛을 다셨고, 진성이 자리에서 일어섰다. 회의가 끝났다는 표시다.

저녁밥을 오피스텔 근처에서 먹을 때는 아주 드물어서 한 달에 10번도 되지 않는다. 주로 토요일이나 일요일에 사 먹었고, 그것도 거르는 때가 많았기 때문이다.

오피스텔에 주방이 설치되어 있고 식기도 완벽하게 갖춰졌지만 진성은 밥을 해먹은 적이 드물었다.

오후 7시 반, 오늘은 일찍 퇴근한 셈이어서 진성이 오피스텔 근처의 한 식당으로 들어섰다. 밥을 먹고 들어가려는 것이다. 김치찌개를 시켜 놓고 우두커니 앉아 있을 때 주머니에 든 핸드폰이 진동했다.

윤상화다. 한동안 발신자 번호를 응시하던 진성이 핸드폰을 귀에 붙였다.

"예."

"어디세요?"

그 순간 진성이 숨을 들이켰다가 뱉었다.

"어젯밤에 무리해서 좀 쉬어야겠는데."

그렇게 말했더니 어젯밤 카페에서 나온 이후로 가장 긴 말을 했다는 생각이 들었다. 물론 윤상화한테다.

그때 윤상화가 물었다.

"나, 좋아해요?"

순간 진성의 몸이 굳어졌다. 주문한 음식을 가져온 종업원이 찬까지 내려놓는 동안 진성은 대답하지 않았고 윤상화도 기다렸다.

이윽고 종업원이 돌아갔을 때 진성이 김치찌개를 내려다보면서 대답했다.

"의식하지 않을 수 없었어."

윤상화는 가만있었고 진성은 말을 이었다.

"한쪽만 볼 수가 없었단 말이지. 당신이 실적 뛰어난 팀장을 보는 것과 같은 이치야."

"……"

"우리가 지금 어떤 세상에서 사는데? 내가 목숨을 걸고 사지에 간다는 것도 알고 있었을 것 아닌가?"

"……"

"그래서 나한테 접근했을 것이고."

사장이 네 형부가 아니냐고 물을 필요는 없는 것이다. 이 정도면 충분하다.

그때 윤상화가 말했다.

"어젯밤 비밀 감사 이야기를 해주려고 했어요. 그것 때문에 만나자고 했는지도 몰라요."

"……."

"내가 신청 서류를 받아서 사장께 드렸으니까요."

"……."

"하지만 못 했어요. 양심 때문이 아니죠. 그건 개한테 던져 줄 수 있어요."

"……."

"내가 당신 좋아해요. 그래서 더 말 못했어요. 혹시 당신이 나보다 사장 비서를 좋아하는지 몰라서. 우습죠?"

"듣고 보니까 하나도 우습지 않은데."

"지금 뭐해요?"

"눈앞에서 김치찌개가 식어 간다."

그때 윤상화가 낮게 웃었다. 그러고 보니 윤상화의 웃음소리는 처음 듣는 것 같다.

제임스는 영어 이름이지만 흑인이다. 키가 컸고 갈색 여름 양복이 잘 어울리는 50대 초반쯤의 신사다.

"진, 이번 화물이 도착하고 나서 추가 오더가 있을 거요."

공항에서 시내로 돌아오는 차 안에서 제임스가 말했다.

오후 3시가 되어 갈 무렵이어서 제임스와 진성은 곧장 대림동의 본 공장 창고로 달려가는 중이다. 바로 제품 검사를 하고 공항으로 출하시키려는 것이다.

제임스가 말을 이었다.

"오늘 검사가 끝나면 내일 대금의 50퍼센트를 입금하겠소."

"알았습니다, 제임스."

진성의 시선이 앞쪽에 앉은 고경준을 스치고 지나갔다.

"제임스, 케냐의 상황은 어때요? 뉴스를 보니까 정부군이 밀리고 있던데."

"아니, 천만에! 외신 기자들이 보지도 않고 해대는 말이지. 정부군이 곧 빼앗긴 땅을 수복할 거요."

제임스의 목소리에 열기가 띠어졌다.

"진, 당신이 직접 가보면 알 거요. 나이로비 주위는 안전합니다. 내가 보증하지."

마침내 고경준이 머리를 돌려 뒤를 보았는데 다행히 웃는 얼굴이었다. 고경준이 제임스에게 그 얼굴로 말했다.

"한 시간쯤 걸릴 것 같습니다, 제임스 씨."

"언니, 고 선배한테서 연락이 왔는데, 지금 보스는 제임스하고 공장에 계시대요."

오후 6시 반, 퇴근 준비를 하는 정수연에게 김선아가 말했다.

"알고 있어."

자리에서 일어난 정수연이 김선아를 보았다.

"나, 공장에 간다."

"보스가 오라고 했어요?"

"아니, 그냥. 일 도우려고."

"그럼 같이 가요."

김선아가 서둘러 책상을 정리하더니 정수연을 따라 나왔다. 박기성과 정봉호는 각각 외부 업무로 먼저 사무실을 나간 상황이다.

"언니, 보스가 4팀하고 사이가 좋지 않다면서요?"

정수연이 운전하는 옆자리에 앉아서 김선아가 불쑥 물었다. 차는 회사 지하 주차장을 빠져나오는 중이다.

"어디 4팀장뿐인가? 1팀장도 기회만 있으면 다리를 걸려고 하지. 다 그래. 상대가 넘어져야 내가 앞서니까."

정수연이 앞쪽을 응시한 채 말을 이었다.

"팀장 7명은 1백 미터 경주선에서 달리는 7명의 선수 꼴이야. 1등에서 3등까지는 살아남고, 4등에서 7등까지는 잘리거나 좌천, 또는 강등이지."

김선아는 정수연의 옆얼굴만 보았고 말이 이어졌다.

"매년 달리기가 반복되고 있어, 이것도 전쟁이야. 팀장급 경주 전에는 대리급 경주가, 그전에는 4년 차와 3년 차 경주가 있지."

정수연의 차도 경주를 하는 것처럼 속력을 내어 다른 차를 앞질렀다.

"우리 팀은 2년째 1위를 했어. 덕분에 박 대리가 동기들에 비해 진급이 1년 빨라졌지. 우리들 고과도 높아졌고. 모두 보스 덕분이다."

머리를 돌린 정수연이 웃음 띤 얼굴로 김선아를 보았다.

"지랄 같은 성격이지만 모두 보스를 좋아한다고. 너도 감 잡았지?"

"네, 언니."

3팀 팀원이 된 지 열흘밖에 안 되었지만 과연 그렇다.

보스는 마력이 있다. 매력이 아니라 마력(魔力)이다.

김선아가 다시 힐끗 정수연의 옆얼굴을 보았다. 아름답다. 사랑을 하면 아름다워진다는데 이 여자는 사랑을 하는가? 그 상대는 바로…….

크장
전쟁

"됐습니다."

허리를 편 제임스가 그렇게 말했을 때는 밤 11시 40분이다. 정수연이 그 순간에 시계를 보았기 때문이다. 불을 환하게 밝힌 대림동 공장 창고 안이다. 제품 검사가 끝났다는 말이다.

그때 제임스 옆에 서 있던 공장장 윤석준이 소리쳤다.

"자, 실어!"

뒤쪽에 서 있던 하역 담당 직원들이 바쁘게 움직였다. 제임스가 시계를 보더니 노트북을 박스에 놓고는 전원을 켰다.

"진, 지금 나이로비는 업무 시간이니까 대금을 입금시키겠소."

자판을 두드리면서 제임스가 말을 이었다.

"아마 내일 아침에 자고 일어나면 250만 불이 입금되었을 겁니다."

진성 뒤에서 그 말을 들은 김선아가 소리죽여 숨을 들이켰다. 이제는 수출 7개 팀의 목표와 실적을 알고 있는 것이다.

하룻밤 사이에 수출3팀의 1년 목표금액이 입금되었다. 이로써 수출3팀은 올해 목표 750만 불 중 580만 불을 달성했다. 그리고 보스가 나이로비에서 잔액을 받아낸다면 830만 불이 된다. 상반기가 겨우 지난 7월 말인데 830만 불. 올해에도 3팀은 목표를 초과 달성, 1등이다.

그때 김선아 옆으로 고경준이 다가와 말했다.

"김선아 씨, 우린 화물 실어가는 것 보고 갈 테니까 먼저 집에 가."

어느새 보스 진성과 제임스, 정수연은 창고 밖으로 나가고 있다.

"저도 같이 남아 있을게요. 잠도 안 오는데요, 뭘."

발을 떼며 말했더니 고경준이 주머니에서 돈을 꺼내 내밀었다.

"그럼 공장 밖 편의점에 가서 소주 2박스하고 안주 좀 배달시켜서 공장 직원들한테 나눠줘. 술 좀 마셔야 기운이 나."

"알았어요."

돈을 받아 든 김선아가 창고를 나왔다.

그 순간 이것이 직장인의 기쁨이라는 느낌이 든다. 일하는 즐거움, 시간이 보람 있게 느껴지는 감동.

밤 12시 반.

화물은 삼분의 이쯤 실렸다. 공항으로 보내진 후에 다시 화물기에 실려야 했지만 철저하게 규격에 맞춰 포장되어 실려 나갔다.

이제 제임스와 진성은 공장 2층의 공장장실에서 화물이 다 실려 나가기를 기다리고 있다.

"저 친구 취했어."

정수연이 말하는 바람에 김선아가 머리를 들었다. 고경준이 방금 트럭한 대를 출발시키고 나서 이쪽으로 다가오고 있다. 그런데 어깨가 늘어졌고 휘청거리는 것 같다.

정수연과 김선아는 창고 앞쪽 벤치에 앉아 소주 한 병을 나눠 마시고 있던 중이다.

"저 친구, 요즘 왜 저래? 술이 절제가 안 되나 봐."

다가오는 고경준을 향해 정수연이 혀까지 찼다.

"날 좋아하나? 난 대가 세어서 잘 안 맞을 텐데."

"언니도 참."

김선아가 웃었을 때 고경준이 다가와 벤치 끝 쪽에 털썩 앉았다. 소주 냄새가 물씬 맡아졌다.

"레이디스, 앤 레이디스."

고경준이 벤치에 등을 붙이고 트림을 했다.

"이봐, 왜 그래? 화물 체크 안 해?"

정수연이 정색하고 말하자 고경준이 눈을 흘겼다. 어둠 속에서 고경준의 눈동자가 번들거렸다.

"체크는 무슨, 공장 담당이 하는 거지."

"얼마나 마셨어?"

"소주 세 병 반."

"미쳤어."

"난 보스가 미친놈 같아."

"뭐야?"

정수연의 목소리가 높아졌다.

"말 함부로 할 거야?"

"미친놈이야."

"못 봐주겠군."

정수연이 벌떡 일어났을 때 고경준이 상반신을 세웠다.

"씨발, 못 참겠다. 너희들도 들어봐."

눈을 치켜뜬 고경준이 둘을 번갈아 보았다.

"나만 알고 있기는 싫어. 너희들도 알고 있어야 돼."

그로부터 15분쯤이 지났을 때 셋은 그 벤치에 그대로 앉아 있었는데 모두 입을 다물고 있다. 고경준이 알고 있는 내막을 다 이야기해 준 것이다.

그동안에 고경준은 술이 다 깬 것 같다. 눈동자의 초점이 잡혔고 반듯이 앉았다. 오히려 정수연의 눈동자가 자주 흔들렸고 김선아는 불안한 듯 자꾸 두리번거렸다.

이윽고 먼저 입을 연 사람은 정수연이다.

"그럼 사장은 알고 있겠지?"

"아마도."

고경준이 진을 다 뺀 것처럼 억눌린 목소리로 대답했다.

"저놈이 케냐에 도착해서 배신한다는 건 확실한 거야?"

정수연이 다시 확인하듯 묻자 고경준은 긴 숨부터 뱉었다.

"CIA가 거짓말할 이유가 없지."

"전쟁터에 가는군, 그렇지?"

"그런 셈이지."

"당신은 어디까지 알아?"

"내가 아는 건 다 말했어."

"그래서 요즘 술 퍼먹고 뻗은 거야?"

"요즘이라니?"

"회식할 때, 그리고 오늘도."

"보스 볼 때마다 가슴이 울렁거려서."

그러더니 고경준이 둘을 번갈아 보았다.

"입 다물고 있어. 말 나가면 보스가 죽어."

고경준의 시선이 이층 창으로 옮겨졌다. 불빛이 환한 공장장실이다.

"제임스가 눈치 채면 보스는 끝장이야."

"아, 씨발."

정수연이 잇새로 욕설을 뱉었지만 김선아도 모른 척했다. 욕설쯤은 충격도 아니었기 때문이다.

제임스를 호텔로 데려다준 진성이 택시정류장으로 다가갈 때는 오전 2시 반이었다.

그때 핸드폰이 진동했다. 꺼내보았더니 정수연이다. 정수연과는 공장에서 헤어졌으니 지금은 집에 가 있을 시간이다.

"응, 웬일이냐?"

대뜸 물었더니 정수연이 딸꾹질하는 소리가 났다. 그러고 나서 묻는다.

"어디세요?"

"그건 알아서 뭐하려고?"

"저, 지금 오피스텔 앞에 있거든요."

"이게 미쳤나?"

빈 택시가 왔지만 진성이 타지 않았다.

"너, 뭐 하러 거기 갔어?"

"보스 만나려고요."

"집에 안 가?"

"못 가요."

기다리던 택시가 떠나자 진성이 택시정류장의 벤치에 앉았다. 새벽의 맑은 공기가 폐 안으로 삼켜지면서 정신이 들었다. 그때 정수연이 말했다.

"고경준한테서 제임스 이야기 들었어요. CIA 이야기까지요."

"……."

"보스, 꼭 그렇게 해야 돼요?"

"……."

"도대체 왜? 무엇 때문에 목숨을 내놓고 다니는 거죠?"

"재미로."

불쑥 대답한 진성이 제 대답에 빙그레 웃었다. 그러나 목소리는 딱딱해 졌다.

"재미로 하는 거야. 그러니까 놔둬."

이제는 정수연이 입을 다물었고 진성이 손목시계를 보았다. 2시 45분.

정수연이 진을 치고 있는 오피스텔로 돌아갈 수는 없다.

"나, 제임스하고 술 한 잔 더 마시고 여기서 잘 테니까 이만 끊는다."

핸드폰을 귀에서 떼면서 진성이 머리를 돌려 뒤쪽 호텔을 보았다. 제임 스하고 다시 술을 마실 생각은 추호도 없다.

진성이 다시 핸드폰을 들었다.

"아유, 못 살아."

택시정류장 의자에 앉아 잠이 들었던 진성이 옆에서 들리는 목소리에 깨어났다. 윤상화가 서 있었다.

"일어나요."

진성의 한쪽 팔을 잡아 일으킨 윤상화가 발을 떼었는데 길가에 승용차 한 대가 주차되어 있다. 뒷좌석 문을 열고 진성을 밀어 넣은 윤상화가 운전 석에 앉더니 말했다.

"한 번 잤다고 이렇게 막 하는 거야? 자는 사람 깨워서 데리러 오라고?"

진성이 몸을 기댄 채 눈을 감았다. 차가 달리기 시작하면서 기분 좋은 진동이 느껴졌다. 차 안에 옅은 향내가 배어 있다.

윤상화가 말을 이었다.

"집으로 가?"

"아니."

"호텔로 가면 나 아침 출근 못 하는데."

"하루 결근해."

"자기는?"

'자기는' 소리에 진성이 눈을 떴다가 다시 감았다.

"난 오전 9시에 출근해서 입금 확인하고 공항에 가서 비행기에 화물 실리는 거 봐야 해."

"왜 오피스텔에 안 가?"

"혼자 자기 싫어서."

"기가 막혀."

윤상화의 차는 새벽의 도심을 빠른 속도로 질주했다.

눈을 뜬 진성이 옆자리를 보았다. 비었다.

머리를 들었더니 모텔방 안이 환했다. 아침. 침대 옆쪽 탁자의 디지털시계가 오전 7시 40분을 가리키고 있다. 4시쯤 잤지만 꿀 같은 잠을 잤다.

윤상화는 먼저 일어나 나간 듯했다. 깔끔하게 뒤처리를 했지만 잠은 몇 시간밖에 자지 못했을 것이다.

핸드폰이 울려 귀에 붙였더니 윤상화의 목소리가 들렸다.

"깼어?"

"지금 나가려고."

"난 회사 주차장이야."

"벌써?"

"자기, 옷 그대로 입고 나가도 돼?"

"그럼 어때?"

"티 나잖아?"

"니 향수 냄새가 배어서?"

"자기야."

"뭐?"

"아니, 빨리 와."

핸드폰을 귀에서 뗀 진성이 방문을 열고 나오면서 이맛살을 찌푸렸다. 문득 누나 진향에게 맡긴 서류, 통장들이 떠올랐기 때문이다.

"입금 확인되었네요."

자금부 과장 이천수가 웃음 띤 목소리로 말했다.

"현금 입금이어서 바로 찾을 수가 있답니다, 진 과장님."

"그럼 사장님께 보고해주세요, 난 공항에 가야되니까."

"그러지요."

이천수의 목소리에 활기까지 겹쳤다. 신바람 나는 보고를 받은 상사는 그 당시의 분위기를 오래 기억한다고 한다. 그것이 직장생활에서 출세의 원인이 된다. 보고를 위임받은 이천수는 지금 신바람이 나 있다.

손목시계를 본 진성이 자리에서 일어섰다.

오후 1시부터 공항에서 세관검사가 있을 것이고 화물기에 물품이 실리는 것이다. 내일 오전 8시까지는 출발 준비가 완료된다.

출발은 오전 10시 반. 진성이 박기성에게 말했다.

"나, 제임스 데리고 공항에 갔다가 5시쯤 돌아올 거야."

그리고 6시에 마이클과 마지막 미팅이다. 내일 아침은 회사에 들를 시간이 없는 것이다.

"알았습니다."

그때 고경준이 따라가려고 옆에 붙어 섰으므로 진성이 눈을 치켜떴다.

"넌 인마, 회사에 남아있어."

고경준이 숨을 들이켜더니 주춤 물러섰다.

오후 6시 10분.

소공동 미 대사관저 근처 사무실에서 진성이 마이클과 둘이 앉아 있다. 마이클은 갈색 눈동자의 백인, 피부가 거칠다.

"존슨은 이미 케냐로 떠났습니다. 지금 도지공항 근처에 있을 겁니다, 진."

마이클이 책상 위에 펴놓은 지도를 가리켰다. 도지공항이었다.

"진, 수송기는 내일 오전 10시에 출발해서 13시간 반 후에 도지에 도착합니다. 현지 시간으로는 오후 4시 반이 되지요."

진성이 잠자코 지도만 보았다.

창문을 열어놓아서 밖의 소음이 그대로 흘러들어왔다. 커피포트가 놓인 간이 주방이 있고 벽에 커다란 냉장고가 붙여졌다. 이곳이 CIA의 연락사무소 같다. 1층의 사무실은 들어가 보지도 못했기 때문에 진성은 이곳에서 존슨과 마이클 둘만 만난다.

마이클이 말을 이었다.

"진, 수송기 두 대가 이곳 격납고에 나란히 세워질 겁니다."

마이클이 활주로 끝 쪽 건물을 가리키며 말했다.

"당신이 탄 2번 기는 안쪽으로 들어가게 됩니다."

진성이 길게 숨을 뱉자 마이클이 웃었다.

"진, 커피 한 잔 드릴까요?"

"그래주시면 좋지요."

"어제 술 마셨습니까?"

"예, 밤에 작업을 해서."

마이클이 등을 보인 채 말했다.

"제임스는 이미 520만 불을 정부 측으로부터 받았습니다. 어제 다 보낼 수도 있었지요."

커피 잔을 들고 온 마이클이 진성 앞에 내려놓고 말을 이었다.

"현지에서 잔금 준다는 건 거짓말이죠. 당신을 제거하고 주지 않으려는 겁니다."

"……."

"이곳 도지공항에서 정부군으로 2개 중대가 하역 작업을 시작할 때 아운데가 지휘하는 1개 연대 병력이 이곳에서 습격해 올 테니까요."

다시 마이클이 손가락으로 이쪽저쪽을 그렸는데 방향이 네 곳인가 다섯 곳인가 헷갈렸다. 마이클이 머리를 들고 진성을 보았다.

"아운데의 반군 지휘부가 공항 안에 다 들어왔을 때 폭격이 시작될 겁니다. 그리고 헬기로 특전단이 날아오지요."

손으로 비행기가 날아가는 시늉을 하는 마이클의 갈색 눈동자가 번들거렸다.

"진, 그때까지 견뎌야 합니다. 아마 30분쯤 걸릴 겁니다."

"정부군은?"

그러자 마이클이 쓴웃음을 지었다.

"정부군은 맨 나중에 시체나 치우러 오겠지요. 이것은 CIA의 반군 소탕 작전입니다."

"……"

"제임스가 정부군 오더를 받고 반군에게 넘겨주는 배신행위를 하는 바람에 우리가 기회를 잡은 것이지요."

"……"

"제임스는 정부에서 받은 520만 불 중 270만 불을 떼어먹고 다시 반군한 테서 500만 불을 받기로 했습니다. 돈 욕심 때문에 이번에 죽게 될 겁니다."

"내가 어디로 피해야 합니까?"

그때 마이클이 탁자 밑에서 종이를 꺼내 지도 위에 펼쳤다. 항공기 평면 도다.

"진, 수송기 안의 당신 좌석은 이곳이오. 2층 뒤쪽인데 2번 기 사무장 머피가 당신을 도와줄 겁니다. 그도 우리 요원이오."

마이클이 수송기 한쪽을 가리켰다.

"이곳이 승객용 화장실인데 변기 밑의 패널을 떼면 소음기를 낀 베레타 1정과 탄창 2개가 있습니다. 베레타에도 탄창이 끼어져 있어요."

"……"

"수송기가 정지하면 곧 정부군이 올 겁니다. 그때 이곳 비상구를 열고 왼쪽으로 탈출하세요. 그것이 최선입니다."

왼쪽은 비행장 담장이다. 지도에는 선으로만 그어져 있다.

그때 마이클이 말했다.

"왼쪽은 낮은 구릉이고 잡목림이죠. 그곳까지 1백 미터쯤 거리지만 어떻게든 피해야 됩니다. 그리고……"

마이클이 말을 이었다.

"베레타 옆에 무전기가 있습니다. 채널은 10으로 돌리고 전원을 켜 놓으세요. 그럼 존슨이 연락할 겁니다."

마이클이 허리를 폈다. 이것으로 전쟁 브리핑이 끝난 것 같다.

CIA 사무실에서 나왔을 때는 오후 7시 반이었다. 1층 문 앞까지 따라 내려온 마이클이 손을 내밀어 악수를 청했다.

"진, 돌아와서 만납시다."

"270만 불은 언제 입금시켜 줍니까?"

"아, 참."

쓴웃음을 지은 마이클이 진성의 손을 쥐고 크게 흔들었다.

"내일 비행기가 출발하기 전에 회사 계좌로 입금될 겁니다."

"확인해도 되겠지요?"

"그럼요."

마이클이 다시 웃었다.

"제임스만 모르도록 하세요."

사무실 골목을 나온 진성이 핸드폰을 꺼내 들자 그사이에 문자가 5통이 나 와 있었다. 윤상화가 3통, 정수연이 2통이다.

쓴웃음을 지은 진성이 핸드폰의 버튼을 눌렀다. 신호음이 두 번 울리더니 곧 응답 소리가 들렸다.

"응, 성이냐?"

아버지 진의방 씨다.

"예, 아버지. 저녁 드셨어요?"

대사관 앞거리를 천천히 걸으면서 묻자 아버지가 대답했다.

"응. 방금 김치찌개 사 먹었다. 집 앞에 잘하는 데가 있어."

"맛있어요?"

"아, 그럼. 돼지비계가 적당히 들어간 고깃국이 맛있다."

핸드폰을 귀에 붙인 진성이 아버지하고 이런 이야기는 처음인 것 같다는 생각을 했다.

"아버지."

"응."

"죄송해요."

"뭐가 말이냐?"

"속만 썩여 드리고."

"무슨 소리를."

아버지의 목소리가 굵어졌다.

"네가 속 썩인 것 없다."

"그냥 집에 있기 싫었어요."

"내가 안다."

아버지가 너무 열심히 말했기 때문에 진성은 숨을 들이켰다. 아버지가 서두르듯 말을 잇는다.

"내가 그걸 다 알면서도 또 화를 내었다. 그래야 널 강하게 키운다고 생각했지만 내가 수양이 덜 되었기 때문이다."

"……."

"나도 네 엄마가 떠나고 나서 감당을 못 했거든. 나 혼자도 힘들었는데 어떻게 너희들까지 신경을 쓸 수 있었겠냐?"

"……."

"그런데도 이렇게 잘 커줘서 내가 고맙지. 고맙다."

마침내 진성이 건물 벽에 등을 붙이고 서서 머리를 숙였다. 눈물이 흘러내렸지만 놔두었다. 눈물을 흘리면서 행복감을 느끼다니. 진성은 잠깐 자신이 미친놈 같다는 생각을 했다.

밤 10시 40분.

핸드폰에 표시된 시간을 보면서 진성은 문득 시간이 정지되었다가 자신이 볼 때마다 움직이는 느낌이 들었다. 시간이 느리게 가는 것 같다.

이곳은 논현동 모텔방 안, 숙소인 오피스텔과는 5백 미터도 떨어지지 않았다.

핸드폰의 버튼을 누르자 신호음 두 번 만에 응답소리가 들렸다. 윤상화다.

"어디야?"

"응, 나 오피스텔에 있어."

"왜 전화 안 받아?"

"아버지하고……."

"아버지 오셨어?"

"응."

"그렇구나……."

"내가 출장 간다고 했더니……."

"아버님이 아셔?"

"자세한 건 모르고, 그냥."

"내일 회사 나올 거지?"

"아침 8시에 호텔에서 제임스하고 공항으로 출발해야 돼. 집에서 바로 호텔로 갈 거야."

"……."

"거기서 빠져나오면 나이로비에서 연락할 수 있을 거야, 나이로비는 정부군이 장악하고 있으니까."

"내가 왜 이렇게 되었는지 몰라."

"무슨 말이야?"

"극적이야."

"뭐가?"

"며칠이 될지 모르지만, 사랑해."

"나, 참."

"처음 느끼는 사랑이야. 존중해 줘."

"내가 잘했지?"

욕을 할 줄 알았던 윤상화가 가만있더니 가라앉은 목소리로 말했다.

"사랑해, 자기야. 잘 다녀와."

다음은 정수연.

윤상화와의 통화가 끝난 후부터 멍한 상태가 되어 있었기 때문에 정수연의 목소리가 TV 속 대화처럼 느껴졌다. 마치 남한테 이야기하는 것 같다.

"보스, 어디예요?"

"CIA하고 같이 있어, 교육받느라고."

"지금이 몇 신데?"

이제는 목소리가 귓속으로 파고들었다.

"내일 제임스하고 8시에 호텔에서 출발이야. 그러니까 너희들, 나오지 마. 너희들 표정을 보면 제임스가 눈치 챌 거다. 알아들어?"

"네."

"네가 고경준한테도 연락해, 다른 팀원한테도."

"알겠습니다."

"그리고 내일 오전에 출근하면 잔액이 입금되어 있을 테니까 체크하고 바로 사장실에 보고할 것. 자금 과장한테 보고 맡겨라."

"내일 입금요?"

"CIA가 대신 입금시켜 줄 거야."

"……."

"그럼 나이로비에서 연락할게."

"언제요?"

"늦어도 모레 오후쯤 되겠지."

"보스."

"잘 자."

그러고는 핸드폰을 귀에서 떼고 통화정지 버튼을 눌렀다. 그랬더니 10초쯤 후에 문자가 왔다.

"보스, 사랑해요."

이건 누가 떠밀어서 쓰게 한 것 같았으므로 부담은 조금 적었다.

오전 10시 반.

수송기 앞에 선 진성에게 제임스가 손을 내밀며 웃었다.

"진, 그럼 13시간 반 후에 도지공항에서 만납시다."

"그러지요."

수송기는 2대. 2번 기로 몸을 돌린 진성이 발을 떼었을 때 핸드폰이 울렸다. 사장 전용환이다.

"예, 사장님."

"2차 분이 입금되었다. 전액이 입금된 셈이구나."

전용환의 목소리가 열기를 띠었다.

"지금 어디냐?"

"예, 탑승하는 중입니다."

"잘 다녀와. 너한테 고맙다."

"아닙니다. 그럼 다녀오겠습니다."

"꼭 연락하고."

"예, 사장님."

핸드폰을 귀에서 뗀 진성이 트랩을 오르기 시작했다. 위쪽에서 수송기 사무장이 내려다보고 있다. 2번 기의 승무원은 넷. 조종사, 부조종사, 엔지니어, 그리고 사무장이다. 그가 바로 CIA 요원이다.

진성이 수송기 안으로 들어섰을 때 사무장 머피가 출입문을 닫고 나서 말했다.

"따라오세요."

흑인인 머피는 키가 컸고 육중한 체격이다. 수송기 내부는 거대했다. 좁은 통로를 따라 뒤쪽으로 가던 머피가 머리를 돌려 진성을 보았다.

"식사 시간에는 내가 오겠지만 미리 화장실에 가서 무기를 찾아놓으시지요."

이제 시작이다.

변기 밑의 패널을 밀었더니 쉽게 떼어졌다.

거대한 보잉 747 수송기는 굉음을 내면서 고공을 날아가고 있다.

이륙한 지 한 시간, 오전 11시 반이다.

패널 틈으로 손을 넣자 곧 비닐이 만져졌다. 비닐로 감싼 것이다. 묵직한 중량감을 느끼면서 꺼내든 진성은 베레타 92F를 보았다. 소음기까지 장착되어서 총이 길다. 탄창 두 개에는 실탄이 가득 담겨 있다. 비닐을 벗긴 진성이 안전 고리를 확인하고 나서 탄창부터 빼내 보았다. 역시 가득 실탄이 장탄되어 있다. 약실에 든 실탄까지 합하면 15발.

다시 탄창을 넣은 진성이 베레타를 손에 쥐고 흔들어 보았다. 3킬로 정도의 무게가 적당하게 느껴졌다. 이윽고 탄창을 바깥쪽 가슴 주머니에 담고 베레타는 점퍼 안주머니에 넣었다.

몸을 편 진성이 옷차림을 보았다. 일부러 주머니가 많이 달린 사파리 점퍼를 입고 왔기 때문에 겉으로 표시가 나지 않는다.

조종사와 부조종사, 그리고 엔지니어는 이륙 전에 인사만 했는데 화물기는 독일 루프트한자 소속이다.

자리로 돌아온 진성이 의자를 뒤로 눕히고는 눈을 감았다. 창문이 없어서 처음에는 갑갑했지만 시간이 지나자 오히려 안정감이 느껴졌다.

화물기는 고공을 날면서도 끊임없이 진동했다. 이제는 그것도 익숙해져서 진성은 잠이 들었다. 가슴을 누르는 베레타의 무게도 어느덧 잊혔다.

인기척에 눈을 뜬 진성은 다가오는 머피를 보았다. 안에 불을 켜 놓았지만 어둑한 실내에서 머피의 흰자위가 뚜렷하게 드러났다. 식판을 가져온 머피가 옆 자리에 놓더니 건너편 의자에 앉았다.

이곳 좌석은 의자가 나란히 4개 놓였고 앞쪽은 좁은 통로다. 그다음에 계단을 내려갔다가 다시 이층으로 올라가야 조종실이 나온다.

사방에 화물을 채운 방이었지만 이쪽에는 문이 없다. 식판에는 빵과 밀봉된 스프, 잼과 치즈, 우유팩이 담겨 있다. 밀봉된 스프는 컸고 뜨거웠는데 안에 고깃덩이가 가득 떠 있다.

"진, 착륙하고 나서 화물창이 열린 후부터 약 10분간이 기회요. 그땐 정부군이 화물기 주위에 가득 몰려있을 테니까 말이오."

머피가 식판의 음식을 먹으라는 듯 손으로 권하면서 말을 이었다.

"그때 반란군이 공격해 올 겁니다. 아마 지금쯤 주변 밀림에 가득 흩어져 있겠지요."

진성이 우유팩을 뜯어 한 모금을 삼키고 나서 물었다.

"조종사는 이 일을 전혀 모릅니까?"

"전혀."

머피가 머리를 저었다.

"화물기 승무원 중 나 하나만 알지요. 그렇군, 당신하고 제임스까지 셋이군."

주위를 둘러본 머피가 말을 이었다.

"진, 잘 들어요. 화물기가 멈춰 서고 나서 한 시간 후에 폭발합니다. 내가 화물칸 안에 폭발물을 설치해 놓았어요. 그 안에 우리는 화물기를 떠나겠지만 기억해 놓도록 하세요."

"알았습니다."

"도지에서 나이로비로 가실 거죠?"

"그래요."

"난 헬기편으로 돌아가겠지만 도지에서 국도를 따라 남하하면 나이로비가 나옵니다."

"당신은 화물기가 멈춰서면 뭘 합니까?"

"조종사하고 같이 있어야죠."

머피가 이를 드러내고 소리 없이 웃었다.

"같이 행동해야지. 특공대가 올 때까지."

두 번 자고 나서 깨었더니 12시간이 지났다. 케냐 시간으로 맞춰놓은 손목시계는 오후 3시 반. 앞으로 한 시간 남았다.

머피는 오지 않는다고 말했기 때문에 진성은 자리에서 일어나 맨손체조를 했다. 온몸의 근육을 풀려는 것이다.

다시 화물기가 착륙하고 나서 창고 앞에 멈춰 섰을 때의 행동을 머릿속으로 그렸다.

화물기의 뒷문이 열리면 서류가방을 들고 나간다. 그때는 정부군이 기다리고 있을 것이었다. 1번 기에서 내린 제임스를 만나 정부군에 화물 인계를 한다. 그때 제임스가 어떻게 나올지 알 수가 없다, 임기응변에 맡기는 수밖에.

그때 기회를 봐서 빠져나갈 수도 있다. 그러다 반군이 기습해오면 혼란에 싸일 것이고 그때가 또 기회다. 그렇지만 위험하다. 왜냐하면 바로 그 반군들의 뒤를 CIA 특전대가 기습할 것이기 때문이다.

그때 기내 스피커로 조종사의 목소리가 들렸다. 이륙 직전에 듣고 나서 12시간 만에 처음이다.

"신사 양반, 한 시간 반 후에 도지에 착륙합니다. 이상."

단 한 명의 승객을 위한 방송이어서 그런지 조종사의 목소리에 웃음기가 띠어져 있다.

의자에 등을 붙이고 앉은 진성이 앞쪽 회색 칸막이를 노려보았다. 지난 일들이 달리는 차창 밖의 불빛처럼 빠르게 스치고 지나간다. 순식간이다. 몇 년의 일이 찰나가 된다.

그러니 인간이 죽는 순간에 지난 인생이 일순간에 스치고 지난다고 했는가.

"형님, 결혼 전부터 만난 사이에요."

이동철이 시선을 내린 채 말했다. 소공동 커피숍, 탁자 위에는 사진이 여러 장 놓였다. 이동철이 말을 이었다.

"형님이 귀국하기 전에는 15일 동안 8일간 집에서 자고 갔어요."

사진은 아파트 밖으로 나오는 사내의 사진이 있다. 위쪽 사진은 먼 거리에서 찍었지만 아파트 안 침실에 셔츠 차림으로 서 있는 사내의 모습이다. 그 아파트가 진성의 아파트다.

"제가 46일 동안 체크를 했는데 17번 만났습니다. 물론 형님이 15일간 외국 출장을 나가셨을 때는 8일간 집에서 잤고요. 아주 남편 행세를 하던데요."

이동철이 이제는 머리를 들고 진성을 보았다.

눈썹이 치켜세워져 있다.

"그 새끼는 수입차 대리점 사장 행세를 하지만, 아닙니다. 정식 직원도 아닌 임시직입니다."

"……."

"민영미 씨하고 만난 지는 2년쯤 됩니다. 형님하고 결혼하시기 1년쯤 전부터로, 대리점 직원들도 다 알고 있더군요."

"……."

"잘 가는 모텔 측에 확인해 보았더니 결혼 후 2개월쯤 후부터 그놈 박상기하고 모텔에 들락거렸습니다."

"……."

"그 모텔이 형님 아파트에서 250미터 거리로, 아침에 형님이 출근하시면 민영미가 걸어서 모텔에 다녀옵니다. 점심 먹고 가서 한 탕 뛰고 집에 올 때도 있었지요. 시장 갔다가 올 때도 들러서 한 탕 뛰고."

이제는 거침없이 말한 이동철이 똑바로 진성을 보았다. 탁자 위의 사진이 모두 그것이다.

시장바구니를 들고 모텔에서 나오는 사진, 집에서 입는 트레이닝 차림으로 박상기와 나오는 사진도 있다.

그때 진성이 정색하고 이동철을 보았다.

"야, 내 것도 크다는 말 들었는데, 이놈 연장이 얼마만 한지 찍어올 수 없냐?"

그 순간 이동철이 숨을 들이켜더니 시선만 주었다.

카이로 출장 가는 날 아침.

가방을 들고 현관으로 나가던 진성이 걸음을 멈췄다.

"왜?"

뒤를 따르던 민영미가 진성을 보았다. 얼굴에 웃음이 떠올라 있다. 굵은 웨이브의 머리가 어깨에 닿았고, 분홍 원피스 차림.

진성의 시선을 받은 민영미가 눈을 가늘게 떴다.

"왜?"

"내 책상 서랍에 사진이 들었어. 나 가고 나면 봐."

"무슨 사진?"

그때 진성이 머리를 숙여 민영미의 이마에 입술을 붙였다가 떼었다.

"나, 갔다 올게."

"잘 다녀와, 자기야."

진성의 등에 대고 민영미가 말했다.

"다녀오면 내가 더 잘해줄게."

진성은 대답하지 않고 아파트를 나왔다. 책상 서랍에는 이동철이 찍은 사진 1백여 장이 들어 있다. 그리고 쪽지 한 장이 끼어졌다.

'나, 출장 다녀오기 전에 나가.'

그러니 다녀와서 잘해준다는 말에 대답할 수가 없었던 것이다.

"착륙 5분 전. 시트 벨트를 매요."

조종사의 목소리가 스피커에서 울리는 바람에 진성이 생각에서 깨어났다.

비행기가 강하하고 있는 것이 느껴졌다. 두 손으로 좌석 팔걸이를 움켜쥔 진성이 심호흡을 했다. 이제는 창밖이 보이지 않는 것이 불안했다. 등 뒤에 아무도 없는 것도 그렇다.

침을 삼켰더니 엔진 음이 귓속으로 커다랗게 울렸다. 이제 조종사는 더 이상 말을 하지 않는다. 하나뿐인 승객에게 그만큼이면 많이 한 셈이다.

비행기는 끝없이 내려앉는 것 같더니 이윽고 쿵쿵거리는 바퀴 내려가는 소리가 울렸고 다시 한참 만에 요란한 마찰음과 함께 거친 진동음을 내면서 착륙했다.

비상구부터 문이 열렸을 때는 15분쯤 후였다.

머피가 열어둔 것이다. 먼저 나가라는 눈짓을 해보인 머피가 잠자코 비켜섰으므로 진성은 비상구의 가파른 사다리를 타고 내려왔다, 한 손에 서류 가방을 들고서.

벽에 비상용 고가사다리 같은 사다리만 걸쳐 놓은 터라 거의 10미터 가까운 높이에서 내려온 것이다.

밖은 서늘했다. 오후 5시 20분.

아직 세상은 환했고 주위가 짙은 숲으로 둘러싸인 비행장은 한산했다. 낡은 경비행기 두 대가 반대편에 서 있을 뿐이다.

거대한 회색 보잉 747기 2대는 나란히 창고 옆에 세워졌는데 이미 사방에서 차량들이 달려오는 중이었다.

그때 1번 기에서 내린 제임스가 다가왔다. 제임스의 얼굴도 긴장한 듯 굳어 있다. 제임스 주위에 군인 세 명이 따른다.

"진, 사무실로 갑시다."

제임스가 옆쪽 격납고 같은 건물을 가리키며 말했다.

"저기서 하역할 때까지 기다립시다."

격납고 쪽이 왼쪽이었다. 그런데 철조망이 쳐졌고 1백 미터 가량의 황무지가 펼쳐진 건너편이 잡목림이다.

잠자코 제임스를 따라 발을 떼면서 진성이 물었다.

"하역은 얼마나 걸리지요?"

"서둘 테니까 오늘 밤까지는 끝내겠지요."

차량들이 달려오는 것이 마치 먹이에 붙는 파리 떼 같다. 트럭과 지프, 병사들을 실은 반트럭까지 60, 70대가 넘는다.

격납고로 다가가던 진성이 격납고 옆쪽의 철조망에 쪽문이 나 있는 것을 보았다. 그런데 그곳에 경비병이 서 있다.

"제임스 씨, 그럼 하역이 다 끝나고 대금을 보내실 겁니까?"

격납고 안으로 들어서며 진성이 묻자 제임스의 얼굴에 쓴웃음이 번졌다.

"서둘러 보지요, 진."

뒤를 따르는 군인들은 말이 없다.

두툼한 입술, 누런 흰자위, 마른 몸에 큰 키. 둘은 어깨에 AK-47 소총을 메었고 장교가 앞장서서 이 층으로 오르는 계단으로 다가갔다. 이 층이 사무실인 것 같다.

사무실은 넓었는데 사병 둘이 앉아있을 뿐이었다. 에어컨이 없었지만 열린 유리창으로 시원한 바람이 몰려들어 왔다. 유리창 서너 개는 깨어져 있어서 열 필요도 없다.

진성으로부터 화물 내역 서류를 받아 든 장교가 부하에게 건네주었고 부하가 느린 걸음으로 나갔다. 그때 장교가 진성에게 물었다.

"맥주 한 잔 드릴까요?"

"예, 주시죠."

그러자 장교가 자리에서 일어나 낡은 냉장고로 다가가더니 맥주 캔 두 개를 가져왔다. 그러더니 진성에게 내밀며 말했다.

"난 무암바 대령이오."

"이번 화물 인수 책임자시오."

옆쪽의 제임스가 그때서야 소개했다.

"반갑습니다."

맥주 캔을 받아든 진성이 목례를 했다. 무암바는 콧방울이 넓고 두툼한 입술을 꾹 다물고 있어서 성난 표정이다. 한 모금 맥주를 삼켰더니 미지근한 데다 오줌 냄새가 났다.

창밖으로 거대한 수송기 주변에 새까맣게 모여든 병사들이 보였다. 외침 소리가 이곳저곳에서 들렸고 병사들이 몰려다닌다.

그때 맥주 캔을 내려놓은 진성이 무암바에게 물었다.

"잠깐 바깥에서 걷겠습니다. 13시간 동안 앉아만 있어서요. 괜찮겠지요?"

"그러시지요."

무암바가 머리를 끄덕였다.

"7시쯤 아래층 식당에서 식사할 테니 그때 보십시다."

"감사합니다."

"그럼 나도."

제임스가 따라 일어섰다.

"진, 같이 갑시다."

심장박동이 빨라진 진성이 숨을 들이켰다가 곧 웃었다.

"그럽시다."

제임스도 마찬가지일 것이다. 반란군이 기습해 오기 전에 몸을 피해야 된다. 반란군이 수송기를 탈취한 후에 나타나는 것이 이롭다.

사무실을 나와 계단을 내려가면서 진성이 제임스에게 물었다.

"제임스, 언제 나이로비로 돌아갈 겁니까?"

"화물만 다 실으면 떠날 거요."

제임스가 웃음 띤 얼굴로 진성을 보았다.

"물론 그때는 진에게 잔금을 송금해 드려야죠."

그 순간 숨을 들이켠 진성이 사파리 안에 넣은 베레타의 무게를 느꼈다. 제임스의 웃음 띤 얼굴에 구멍을 내고 싶은 충동이 일어났기 때문에 총 무게가 느껴진 것 같다.

격납고를 나온 진성이 제임스에게 말했다.

"제임스, 난 저쪽까지 걸어갔다 올 겁니다. 그럼."

격납고 왼쪽 끝을 턱으로 가리켜 보인 진성이 서둘러 발을 뗐다. 지나는 병사들이 힐끗거렸지만 상관하지는 않는다. 모두 바쁘게 움직이고 있다.

뒤쪽의 화물기 조종석에 머피가 있는지 모른다는 생각이 들었지만 곧

잊었다. 이곳에 멈춰선 지 30분은 더 된 것 같았기 때문이다. 수송기 폭발이 30분밖에 남지 않은 것이다.

2백 미터쯤 걷고 나서 뒤를 보았더니 제임스는 보이지 않았다.

트럭이 옆을 스치고 지나면서 적재함에 타고 있던 병사 서너 명이 손을 흔들었다. 따라서 손을 흔든 진성이 곧 활주로 옆쪽으로 꺾어졌다. 이쪽은 철조망이 쳐진 곳이다. 수송기와는 어느덧 3백여 미터 거리로 떨어졌다.

2번 수송기는 격납고에서 1백 미터쯤 떨어져 있었는데 이미 분해된 벌레처럼 화물들이 밖으로 나오는 중이었고 병사들은 벌레를 뜯는 개미떼 같다.

철조망 가깝게 다가간 진성이 따라 걷다가 찢어진 틈을 보았다. 오래되어서 수리한 곳도 보인다. 다시 30미터쯤 더 나아갔을 때 진성은 사람 하나가 빠져나갈 만한 틈을 보았다. 이제 이쪽은 병사들이 지나지 않는다.

잠깐 멈춰선 진성이 주위를 둘러보았다. 가장 가까운 병사들 무리는 1백 미터 정도 떨어졌고 격납고는 4백 미터도 더 된다. 철조망으로 다가간 진성이 곧 몸을 빼어 밖으로 나왔다. 사파리 끝이 철조망에 걸렸지만 당기자 빠져나왔다.

곧 진성은 드문드문 잡초가 돋아난 황무지를 횡단하기 시작했다. 숲과의 거리는 70, 80미터. 반란군이 이쪽에서 올 리는 없을 것 같다. 심장박동이 빨라져서 가슴이 울렸지만 머릿속은 맑아졌다.

그때다.

황무지를 절반쯤 건넜을 때 총성이 울렸다. 요란한 총성이다. 너무 크고 요란해서 땅바닥이 내려앉는 것 같다. 깜짝 놀란 진성이 머리를 돌렸을 때 폭발이 일어났다. 수송기 이쪽저쪽에서 폭음과 함께 폭발이 일어나는 것이다.

습격이다.

몸을 돌린 진성이 앞으로 뛰었다. 30여 미터 거리를 단숨에 뛰어 잡목림으로 들어서자 폭음은 더 요란해졌다. 이쪽에서도 응사하는지 총성이 가깝다.

채널 10을 열었더니 잡음만 울리고 있다.

총성은 더욱 격렬해졌고 유탄이 잡목림에도 떨어졌으므로 진성도 엎드려 있어야만 했다. 베레타를 꺼내 쥐고 있었지만 아직 이쪽에서 인기척은 없다.

"꽝! 꽝! 꽝!"

연속으로 엄청난 폭음이 울리더니 곧 폭발이 일어났다. 이곳에서는 수송기 쪽이 보이지 않았지만 주로 병사들을 향해 쏘는 것 같다.

그때였다. 앞쪽 철조망을 넘어 10여 명의 정부군이 이쪽으로 달려왔다. 도망치는 것이다. 진성이 은폐한 아래쪽이다. 정부군이 쫓기는 것 같다.

진성이 손목시계를 보았다. 5시 55분이다.

머피가 몇 시에 폭발하도록 시한폭탄을 장치해 놓았는가? 폭음과 진동 때문인지 머릿속에서 계산이 되지 않았다.

그때였다. 갑자기 아래쪽 숲에서 함성이 울리면서 일대의 군인이 쏟아져 나왔다. 공항 쪽으로 쏟아져 나온 것이다.

반군이다. 반군이 공항으로 달려가고 있는 것이다. 저절로 몸이 움츠러진 진성이 뒤를 보았다. 이쪽에서도 쏟아져 나올 것 같았기 때문이다.

"타타타타타타!"

기관포 사격 음이다. 이쪽에서 격납고 쪽을 향해서 쏘는 것이다. 보이지는 않았지만 진성의 아래쪽 2백 미터쯤의 거리다.

"꽝! 꽝! 꽝! 꽝!"

격납고에 가려서 폭발음만 울렸지만 화염이 하늘을 붉게 물들이고 있다. 이제 반군의 공격은 절정에 닿는 것 같다. 앞쪽의 응사 음이 적어진 것이 그 증거인 것 같다.

그때 옆에 놓인 무전기의 소음이 커졌으므로 진성이 주파수를 조정했다. 무전기는 핸드폰 두 개를 겹친 것만 한 규격이다. 주파수를 다시 맞추자 갑자기 말소리가 울렸다.

"헬로."

"헬로."

서둘러 무전기를 귀에 붙인 진성이 응답했다.

"거기 누구십니까?"

"나 머피요. 진입니까?"

머피였던 것이다.

"지금 어딥니까?"

머피가 묻자 진성이 주위를 둘러보았다.

"뒤쪽 잡목림, 아래쪽에서 반란군이 울타리를 넘어가고 있어요."

"난 격납고 끝 쪽인데 여긴 이미 다 제압되었어요."

그때 진성은 무전기를 귀에서 떼었다. 바로 옆쪽 관목림을 헤치면서 병사 둘이 나타났기 때문이다. 둘은 옆모습을 보이며 지나가고 있었다. 카키색 군복, 검은 피부, 손에 AK-47을 쥐었고 머리에 헝겊으로 된 모자를 썼다. 반군이다.

거리는 5미터밖에 되지 않았으므로 진성은 숨을 삼키고 손에 쥔 베레타를 치켜들었다.

둘인가?

그때 뒤쪽에서 외침소리가 나더니 또 하나가 나타났다. 그런데 거리가 가깝다. 진성의 오른쪽으로 2미터 거리를 지난다. 그 순간 병사가 머리를 돌려 진성을 보았다. 풀숲에 가려 병사의 상반신만 보인다. 놀란 병사가 눈을 크게 뜬 순간 진성이 베레타의 방아쇠를 당겼다.

"퍽!"

진성에게는 엄청나게 크게 들렸지만 주위는 수많은 총성으로 뒤덮여 있다.

그 순간 얼굴에 총탄을 맞은 병사가 풀숲으로 빨려들 듯이 엎어졌다. 진성이 앞을 보았을 때 병사 둘은 뒷모습을 보인 채 이미 10미터쯤 앞을 달려가고 있다.

진성은 몸을 굴려 병사로부터 떨어졌다. 나뭇가지에 몸이 걸려서 멈춘 진성이 문득 무전기를 놓고 왔다는 것을 깨닫고는 이제 기어서 돌아가 다시 무전기를 찾아 들고 돌아왔다. 병사 둘도 이미 철조망을 건너 안으로 들어가고 있다.

그때 총성이 급격히 줄어들었다. 반란군이 정부군을 장악한 것이다. 숨을 들이켠 진성이 무전기에 채널을 맞췄다.

"머피."

부르자 곧 머피가 말했다.

"반군이 장악했어."

머피의 목소리가 긴박했다.

"우리는 아직 격납고 안에 있지만……"

그때였다. 엄청난 폭음이 울리면서 격납고 지붕 위로 수송기의 동체가 솟아올랐다. 수송기가 폭발한 것이다.

불기둥이 격납고 지붕 위까지 뻗쳤고 온갖 파편이 하늘을 뒤덮었다. 마치 하늘에서 갖가지 물품을 뿌리는 것 같다.

진성이 숨을 죽였다. 대폭발이다.

그때 무전기에서 다급한 머피의 목소리가 울렸다.

"시작이야."

함정으로 들어온 반란군에 대한 CIA의 공격이 시작될 것이라는 말이다. 진성은 베레타를 고쳐 쥐었다.

이것이 전장이다. 시작이란 말의 뜻은 그다음 순간에 나타났다.

"쉐에엑! 쉐에엑! 쉐에엑!"

하늘을 가르는 수십 가닥의 파공음에 진성은 소름이 끼쳐 어깨를 움츠렸다. 마치 하늘을 잡아 찢는 소리 같았다. 다음 순간이다.

"꽈꽈꽈꽈꽝! 꽈꽝!"

엄청난 폭음이 연달아서 터지면서 화염이 솟아올랐다. 아직 수송기의 불기둥이 꺼지지 않은 상태에서 불기둥이 수십 군데에서 터졌다.

"쉐에엑!"

다시 파공음과 함께 이번에는 더 가까운 곳에서 폭발이 일어났다.

"꽝, 꽝, 꽝, 꽝! 꽝!"

다음 순간 진성은 숨을 들이켜면서 땅바닥에 납작 얼굴까지 묻었다. 앞쪽 격납고가 대여섯 발의 폭탄을 동시에 맞으면서 대폭발을 일으킨 것이다.

지붕이 뒤집히면서 하늘로 떠올랐고 옆쪽은 폭발과 함께 바짝 주저앉는다. 얼굴을 땅바닥에 묻은 진성의 머리 위로 돌연 폭음이 울렸다.

"타타타타!"

캐터필러의 폭음이다. 어느새 헬기가 다가온 것이다.

머리를 든 진성은 바로 머리 위로 지나는 헬기 편대를 보았다. 폭음 때문에 헬기 캐터필러 소리를 듣지 못한 것이다. 미사일은 헬기에서 쏘았다.

어느새 격납고는 주저앉아 화염에 휩싸였고, 그 때문에 시야가 트여 앞쪽에서 불타오르는 수송기 2호기가 보였다. 그 옆쪽 1호기는 이상하리만큼 말짱했다.

헬기 편대는 더 늘어났고 사방에서 기관포와 미사일을 쏘아대는 바람에 공항은 아수라장이 되었다. 달리던 트럭이 미사일을 맞아 공중으로 떠올랐고 기관포 사격을 받은 병사들이 사방으로 찢겨 떨어졌다. 이제는 반군이 도륙을 당하는 것이다.

그때 진성은 이쪽으로 달려오는 병사 두 명을 보았다. 정신없이 달려오는데 헬기 편대는 그들을 보지 못한 것 같다. 제발 옆으로 비켜가기를 바랐지만 둘은 진성의 정면으로 달려온다. 엎드린 진성을 보지 못하고 뒤쪽 헬기 편대에만 신경을 쓴다.

거리가 30미터에서 금방 20미터, 곧 10미터가 되었다. 진성의 정면이다. 이제 둘의 부릅뜬 눈과 벌린 입까지 다 보인다.

진성은 베레타를 두 손으로 쥐고 방아쇠를 당겼다. 엎드려 쏴 자세다.

"퍽! 퍽! 퍽! 퍽!"

거의 나란히 달려오던 둘은 5미터 거리에서 각각 얼굴과 목, 가슴, 배를 두 발, 세 발씩 맞고 쓰러졌다. 달리는 탄력이 있었기 때문에 진성의 바로 앞까지 몸이 던져졌다. 피비린내가 와락 풍겨왔고 아직 숨이 덜 끊어진 병사 하나의 손이 풀을 쥐어뜯었다.

진성은 몸을 뒹굴어 자리를 또 피했다. 이번에는 무전기를 놓치지 않았다. 눈을 치켜뜬 진성이 10미터쯤 옆으로 뛰어 다시 잡목림에 몸을 던지듯이 엎드렸다.

그때 무전기에서 부르는 소리가 들렸다.

"진! 진!"

다른 목소리다. 진성이 소리쳐 응답했다.

"나요! 누구요!"

"나, 존슨이오! 어디 계시오?"

진성에게는 구세주의 목소리처럼 들렸다.

그로부터 10분쯤이 지났을 때 울타리 쪽으로 군인 둘이 나타났다. 특공대다. 군복을 입었지만 맨머리였고 하나는 입에 담배까지 물고 있다. 앞쪽 전장은 총성이 드문드문 울리는 것이 전투가 끝난 것 같다. 이제 어둠이 덮이는 저녁 무렵이다.

그때 담배를 뺄은 사내가 꽥 소리쳤다.

"코리안!"

"여기 있어!"

벌떡 일어선 진성이 대답하자 사내 하나가 짧게 웃었다.

"따라와!"

존슨이 보낸 병사들이다. 진성이 그때까지 손에 쥐고 있던 베레타를 허리춤에 찌르고는 다가가자 담배를 뺄어낸 사내가 물었다.

"뭐야? 베레타를 쥐고 있었나?"

"나도 여기서 싸웠어."

"갓 댐!"

서로 얼굴을 마주 본 둘이 웃었다.

둘을 따라 불에 타오르는 격납고를 지나 1번 기 옆으로 갔더니 군인들 사이에 끼어 있던 존슨이 진성을 먼저 알아보았다.

"진, 살아있어서 반갑네."

군복 차림의 존슨이 진성의 손을 쥐었다.

활주로는 난장판이었고 헬기의 캐터필러 소음으로 귀가 막힐 정도였다.

주변에 흩어진 수많은 차량은 모두 불에 타거나 부서졌고 쓰러진 시체와 부상자가 수백여 명이다.

이쪽저쪽에는 포로로 잡힌 반군이 무더기로 몰려있었는데 정부군도 분류시켰다. 헬기는 수십 대였는데 특공대원 수백 명이 전체를 장악하고 있다.

"아운데를 잡았어, 진."

진성의 어깨를 감싸 안고 옆으로 빠져나온 존슨이 열기 띤 목소리로 말했다.

"참모도 사살했어. 반군은 궤멸된 것이나 마찬가지야."

"제임스는?"

진성은 그것이 궁금했다. 그때 존슨이 진성의 팔을 끌었다.

"내가 그놈을 보여주려고 하는 거야."

활주로에 어둠이 덮였지만 특공대는 사방에 강력한 라이트를 평면으로 비춰 놓았다. 눈이 부실 만큼 밝다. 시체를 건너뛰고 불타는 트럭을 비켜 한 무리의 포로가 모인 곳으로 다가갔을 때 존슨이 말했다.

"저기 저놈."

진성은 반란군 포로 수십 명 사이에 섞여 앉아 있는 제임스를 보았다. 모두 두 팔을 들고 머리 위에 깍지를 끼고 있었는데 제임스도 마찬가지다. 진성을 본 제임스가 눈을 치켜뜨고 입을 딱 벌리더니 슬그머니 입이 닫혔다.

그때 제임스 앞에 선 존슨이 진성에게 물었다.

"이놈은 이제 처형할 거야. 진, 할 말이 있나?"

제임스가 들으라고 한 말 같다. 진성이 제임스를 돌아보며 말했다.

"내가 잔금을 받아야겠는데."

"참, 그렇군."

존슨의 얼굴에 쓴웃음이 번졌다. 이미 잔금은 서울을 떠날 때 CIA가 치른 것이다. 존슨이 머리를 끄덕이며 말했다.

"잊고 있었어."

진성이 제임스에게 한 걸음 다가갔다. 그러자 주위에 꿇어 앉아 있던 반군들이 무릎걸음으로 비켜났다.

"어떠냐? 돈 낼 거냐?"

"내지. 내고말고."

제임스가 떨리는 목소리로 말했다. 눈이 번들거리고 있다.

"목숨만 살려준다면."

그로부터 세 시간쯤이 지난 오후 10시 경.

나이로비로 달리던 승용차가 길가에 멈춰 섰다. 뒤에 따라오던 두 대의 승용차가 따라서 멈춰 섰고 앞차에서 내린 존슨과 진성이 뒤차로 다가갔다.

어둠에 덮인 도로 위로 수십 대의 군용 트럭이 스치고 지나갔다. 도지공항을 정리하고 돌아가는 정부군이다. 이제 도지공항은 다시 정부군이 장악했고 잡힌 포로들은 나이로비로 싣고 가는 것이다.

뒤차로 다가간 존슨이 뒷좌석을 향해 손짓을 하자 두 사내와 그 둘 사이에 앉아 있던 제임스가 내렸다. 지나는 트럭의 전조등 빛에 제임스의 불안한 표정이 보였다.

두 사내는 흑인이었지만 CIA 요원이다. 둘은 제임스의 양팔을 잡고 도로 밖의 어둠 속으로 나아갔고 뒤를 존슨과 진성이 따른다.

"진, 진!"

머리를 돌린 제임스가 끌려가면서 뒤를 따르는 진성을 보았다.

"돈을 다 송금했지 않아, 진?"

제임스는 진성에게만 말한다.

"진, 나를 어떻게 하려는 거야?"

제임스의 목소리가 떨렸다. 4시간 전에 제임스는 존슨의 계좌로 1천만 불을 송금했던 것이다. 자신의 전 재산이라고 했지만 정부군과 반군에게서 받은 물품 값이다.

도로에서 50미터쯤 황무지로 들어서자 이제는 트럭의 전조등 빛도 비치지 않았다. 별빛이 황무지에 낮게 깔려서 제임스의 표정은 드러났다.

두 사내가 제임스의 어깨를 눌러 땅바닥에 꿇어 앉혔다. 이제 상황을 짐작한 제임스가 무릎을 꿇더니 안간힘을 쓰듯이 말했다.

"진, 살려줘! 진!"

제임스는 진성에게만 애원을 했다. 그때 존슨이 머리를 돌려 진성을 보았다.

"진, 네가 처리할 테냐?"

어느새 존슨은 손에 권총을 쥐고 있었는데 소음기도 끼지 않았다. 존슨의 시선을 받은 진성이 잠자코 손을 내밀었다. 그러자 존슨이 웃음을 지으면서 권총을 내밀었다. 역시 묵직한 베레타 92F. 베레타를 받아든 진성이 먼저 안전장치를 내렸다. 이제 제임스는 진성을 올려다본 채 몸을 돌리고 있다.

그 순간 진성은 바로 총구를 돌려 제임스의 이마를 겨누고 방아쇠를 당겼다.

"타앙!"

황무지에 총성이 요란하게 울렸고 제임스가 벌떡 뒤로 넘어졌다.

"굿."

머리를 끄덕인 존슨이 몸을 돌리면서 말했다.

"오늘 밤에 하이에나가 와서 뼈도 다 씹어 먹을 거야."

오전 9시 반.

인터폰이 울렸으므로 정수연이 전화기를 들었다.

"네, 정수연입니다."

"여기 비서실."

윤상화의 목소리다.

"어머, 언니."

윤상화는 정수연의 1년 입사 선배로 꽤 친한 사이다. 그때 윤상화가 물었다.

"사장님께서 알아보라고 하셔서, 팀장한테서 연락 왔어?"

"아뇨, 아직."

"지금 어디 있지?"

"나이로비에는 도착했을 거예요."

"도착했다는 연락은 왔어?"

"아뇨, 그것도……."

"이쪽에서 연락은 했고?"

"아뇨. 연락이 안 돼요. 핸드폰도 꺼놓아서요. 그리고……."

심호흡을 하고 난 정수연이 말을 이었다.

"통화를 할 상황도 아니거든요."

"왜?"

"보스가, 아니 팀장이 하지 말라고 했어요."

정수연은 숨을 죽였는데, 당연히 왜? 하고 또 물을 것 같아서다. 그러나 윤상화는 말머리를 돌렸다.

"연락 오면 사장님이 기다리고 계신다고 전해줘."

전화기를 내려놓고 정수연이 어깨를 부풀렸다가 내리면서 투덜거렸다.

"지랄, 돈은 다 들어왔는데 무슨 걱정이야?"

그 시간에 상담실에서 이주상과 조석호가 마주앉아 있었는데 둘의 얼굴에는 웃음이 떠올라 있다.

"동성섬유가 기준 단가보다 30퍼센트나 많이 받은 건 사실이야. 감사반이 금방 체크했어."

이주상이 의자에 등을 붙이고는 어금니를 물었다가 풀었다.

"진성이 그놈, 이제 빠져나올 수 없어."

"그럼 차액이 얼마나 나는 겁니까?"

"감사반장한테 전화해 봤더니 3천5백이라는군."

"사장이 감싸고돌았지만 이젠 그놈도 끝이군요."

"증거가 뻔한데 사장이 펄쩍 뛰겠지. 감사반을 내려 보낼 때부터 이미 진성이는 끝난 거야."

"사장이 그런 일에는 철저하니까요."

"내가 전무님한테도 이야기해 놓았어."

"전무님한테 말씀입니까?"

"전무님도 가만 안 두겠다는 거야."

조석호가 심호흡을 했다.

전무 박영도는 경리통으로 사장 전용환의 고교 3년 선배가 된다. 대기업 일신전자 경리부장으로 근무하다가 전용환이 삼고초려를 해서 모셔온 인물인 것이다.

박영도와 이주상이 대학 같은 과 선후배 관계였으니 학연으로 따지면 이주상과 사장 전용환은 사돈의 팔촌쯤 된다.

　"그런데 지금 진성이는 케냐에서 뭘 하는 겁니까?"

　조석호가 묻자 이주상이 눈을 가늘게 떴다.

　"뭘 하다니? 정부군에 재고품 팔았잖아? 250만 불 입금시켰다고 떠들썩한 거 못 봤어?"

　"3팀 박 대리한테 들었는데, 진성이가 전쟁터에 갔다는 겁니다."

　"박기성이가 그랬다고? 웬 전쟁?"

　"글쎄, 케냐가 내전 중이긴 한데……. 박기성이한테 우리 팀 윤 대리가 들었다는 겁니다."

　"그 자식이 전쟁터로 들어가?"

　"물불 안 가리는 놈이긴 하죠."

　"박기성이 불러서 물어봐야겠지?"

　"슬쩍 부르세요. 3팀 놈들은 똘똘 뭉쳐서 해먹고 있으니까요."

　조석호의 얼굴에 쓴웃음이 번졌다.

　"박기성이가 그래서 위아래 놈들한테 차이고 있는 거 아닙니까?"

　눈을 뜬 진성은 몇 초 동안 천장을 바라보다가 벌떡 상반신을 일으켰다. 이곳이 나이로비라는 것을 깨달았기 때문이다. 나이로비 중심가에 위치한 힐튼호텔 방 안이다.

　어젯밤에 도착해서 존슨과 위스키를 나눠 마시고 새벽 1시가 되어서야 잠이 들었던 것이다. 탁자에 부착된 디지털시계가 오전 8시 반을 가리키고 있다. 침대에서 일어난 진성이 냉장고로 다가가 생수병부터 꺼내 들었다.

　내전 중이었지만 어제 반군 사령관 아운데를 생포했으니 전세가 정부군에 유리하게 전개될 것이다.

　욕실에서 씻고 나왔을 때는 9시가 되어갈 무렵이다. 서울 시간은 오후 3
시다.

　그때 전화벨이 울렸으므로 진성이 서둘러 전화기를 들었다.

　"여보세요?"

　"깼어?"

　존슨이 말을 이었다.

　"진, 아래층 식당에서 봅시다."

　같이 술을 마신 터라 깨어날 시간을 아는 것 같다.

　잠시 후에 식당으로 내려간 진성을 식탁에 앉아 있던 존슨이 맞았다. 커
피 잔만 놓고 기다리던 존슨이 웃음 띤 얼굴로 말했다.

　"진, 12시에 출발하는 에어프랑스 티켓을 사놓았어. 파리행이야."

　잠자코 시선만 주는 진성을 향해 존슨이 말을 이었다.

　"전쟁이 끝나면 살아남은 병사는 쉬어야지. 공이 있으면 훈장도 받고."

　존슨이 주머니에서 쪽지 하나를 꺼내 진성에게 내밀었다.

　"포상도 받고 말이야."

　"뭡니까?"

　종이를 받은 진성이 펴 보았다. 자신의 이름 밑에 숫자가 여러 개 적혀 있
다. 맨 밑에는 스위스 베른 은행이라고 써놓았다.

　머리를 든 진성에게 존슨이 말했다.

　"짐작했겠지만, 어제 제임스한테서 송금 받은 돈이야."

　"……."

　"당신 이름으로 5백만 불을 입금시켰으니까 파리에 가서 좀 쉬었다 가도

록 해."

"……."

"거기 베른 은행 지점에 가면 돈 다 찾을 수도 있을 테니까 실컷 써보기
도 하고."

4장
큰 세상

"여보세요?"

수화기에서 전용환의 다급한 목소리가 울리자 진성의 가슴이 짠해졌다. 이제야 핸드폰의 전원을 켜고 첫 통화를 한다.

"사장님, 접니다."

"안다. 지금 어디냐?"

"예. 나이로비에 있습니다."

정확하게 말하면 힐튼호텔을 나와 존슨과 함께 공항으로 달려가는 중이다.

오전 10시. 한국 시간은 오후 4시다.

"일 다 끝났어?"

다시 전용환이 물었다.

"예, 끝났습니다."

"아이구, 다행이다. 여기서 뉴스도 나왔다. 내가 얼마나 걱정했는지 모른다."

도지공항의 뉴스가 나온 것이다. 산산조각이 난 2번 기도 방영되었을 테니 간이 철렁했겠지.

"반군 대장 아운데도 체포되었다면서?"

"예."

"너도 현장에 있었어?"

"예."

내 손으로 제임스까지 쏴 죽였다고 하면 전용환은 기절초풍할 것이라는 생각이 들었지만 말하지는 않았다. 겨우 정신을 차린 전용환이 다시 물었다.

"그럼 언제 돌아올 거냐?"

진성의 시선이 옆에 앉은 존슨의 얼굴을 스치고 지나갔다. 지금 파리로 간다고 말할 필요는 없다.

"예. 이곳에서 마무리할 일이 있어서 며칠 있어야 할 것 같습니다."

"그래, 알았다."

전용환의 긴 숨소리까지 울렸다.

"내가 한숨 돌렸다."

"회사야?"

통화를 끝냈을 때 존슨이 물었으므로 진성이 머리를 끄덕였다.

"사장이오."

승용차는 공항을 향해 속력을 내어 달려가는 중이다. 운전석에 앉은 흑인 사내의 등을 보던 존슨이 진성에게로 머리를 돌렸다.

"진, 앞으로 우리하고 거래하고 싶어?"

"그야 물론이죠."

존슨의 시선을 받은 진성이 웃었다.

"뻔한 사실을 왜 묻습니까?"

"난 우리하고 당신을 말하는 거야."

존슨이 엄지를 구부려 진성을 가리켰다.

"당신 회사가 아냐, 진."

"상관없습니다, 존슨."

"우리는 상관이 있어."

정색한 존슨이 진성을 보았다.

"우리하고 거래한다는 건 앞으로 회사 측에 비밀로 해야 돼, 진."

"상관없습니다. 얼마든지 꾸미면 되니까요."

그러자 존슨이 얼굴을 펴고 웃으며 주머니에서 꺼내 준 쪽지를 받은 진성이 머리를 끄덕였다.

"당신이 쪽지를 꺼낼 때마다 난 가슴이 뛰어요, 존슨."

"군수물자 중개상인데 이라크와 아프가니스탄에 군수품을 공급하고 있어."

"고맙습니다, 존슨."

파리에서 쉬고 가라는 것은 다 이것 때문이었던 것이다.

그때 존슨이 웃음 띤 얼굴로 말을 이었다.

"우리 수수료는 20퍼센트요, 진. 수수료 송금 계좌는 내가 나중에 말해 드리지."

진성이 바로 머리를 끄덕였다. 대가 없는 호의는 수상한 것이다.

이제 개운하다.

"통화했어."

사장실에서 나온 전용환이 웃음 띤 얼굴로 윤상화에게 말했다. 전용환은 외출 차림이다. 윤상화가 무슨 말인지 모르겠다는 표정을 짓고 있었으므로 전용환이 말을 이었다.

"진성이 말야."

"아, 네."

"나이로비에 있다고 방금 전화 왔다."

"네."

"며칠 거기에 더 있겠다는군."

발을 떼면서 전용환이 말을 이었다.

"어휴, 그 자식 대단해."

뒤를 따르는 윤상화를 돌아보며 전용환이 말을 이었다.

"너, 진성이 귀국하면 내가 정식으로 소개시켜 주랴?"

"아뇨, 싫어요."

질색을 한 윤상화가 머리를 저었다.

"놔두세요, 형부."

급해서 형부 소리까지 나왔다. 그것을 본 전용환이 쓴웃음을 지었다.

"야, 그놈이 이혼 경력은 있지만 쓸 만한 놈이다. 너한테 딱 맞아."

"어디가요?"

"뱃심이 그리고 장악력이. 넌 그런 놈이 어울려."

"전 생각 없어요."

호흡을 가눈 윤상화가 이제는 얼굴을 펴고 웃었다.

"절 가만두시는 게 돕는 거예요, 사장님."

전용환이 방을 나가자 자리로 돌아온 윤상화가 벽시계를 보았다. 오후 4시 반이 되어가고 있다. 케냐 시간은 오전 10시 반일 것이다. 조금 전에 사장한테 전화를 했다면 곧 연락을 해올지도 모른다는 생각이 들었으므로 윤상화는 자리에 앉았다.

전용환은 요즘 들어 진성에 대한 이야기를 의도적으로 자주 하는 것 같다. 그러다 오늘 마침내 정식으로 소개시켜 준다는 말까지 내놓았다.

팀에서 진성의 전화를 받은 사람은 팀장 대리를 맡고 있던 박기성이었다.

"보스!"

진성의 목소리를 들은 박기성이 소리쳤고 금방 정봉호와 김선아가 옆으로 다가갔다. 고경준과 정수연은 그 소리를 듣고도 자리에서 일어나지 않았다.

"지금 어디십니까?"

박기성이 소리치듯 묻자 옆쪽 4팀에서도 돌아보았다.

"나이로비다."

진성이 담담한 목소리로 말했다.

"일 다 끝났고, 난 며칠 있다가 귀국할 테니까 팀원들한테 그렇게 전해."

"예, 알겠습니다."

"사장님한테는 보고했다."

"예."

그러고는 통화가 다 끝났으므로 박기성이 전화기를 든 채 주위를 둘러보았다. 다 들었지? 하는 표정이다.

퇴근시간이어서 회사를 나온 정수연의 뒤를 고경준과 김선아가 따라 나왔다.

"약속 있어?"

로비 앞에서 고경준이 그렇게 물었으므로 정수연이 이맛살부터 찌푸렸다.

"그건 왜 물어?"

"술 한잔하자. 이야기할 것도 있고."

"뭔데?"

"팀 이야기야. 감사 문제도 있고."

정수연의 시선이 옆에 선 김선아에게로 옮겨졌다. 너는 왜? 하는 표정이다.

"제가 들은 이야기가 있어서요, 언니."

"네가 벌써 정보원 역할을?"

정수연이 발을 뗴었다.

"저기, 돼지껍질 집으로 가."

잠시 후에 돼지껍데기 안주로 소주를 파는 식당에 셋이 둘러앉았다.

오후 6시 반.

퇴근한 남녀들로 식당 안도 활기에 차 있었고 껍데기를 굽는 냄새가 진동했다. 고경준이 입을 열었다.

"전주 동성섬유 사장이 작년에 보스한테 3천을 줬다고 감사반에 자백을 했다는 거야."

숨을 죽인 정수연을 향해 이번에는 김선아가 말을 이었다.

"감사반 신입에 제 동기가 있어요. 걔가 이번에 서류 정리하려고 감사팀을 따라갔는데 제가 물어보았더니 말해주었어요."

"잘했어."

김선아에게 칭찬부터 하고 난 정수연이 눈을 치켜떴다. 표독스러운 얼굴이 되었다.

"나도 알아. 그 씨발놈. 작년에 6천을 오버시켜 줬더니 그 절반을 가져왔지."

고경준도 심호흡을 했다. 알고 있는 것이다. 그때 진성은 그 돈을 팀원 4명에게 5백씩 나눠주었다.

정수연이 다시 잇새로 말을 뱉었다.

"배신자 같은 놈. 은혜를 원수로 갚아? 내가 그럴 줄 알았어."

"어떻게 하지?"

술잔을 든 고경준이 이맛살을 모으고 정수연을 보았다.

정수연은 성격이 급한 데다 독했지만 치밀했다. 고경준이 한 수 접고 들어가는 것도 그 때문이다.

정수연이 한 모금에 술을 삼키고는 긴 숨을 뱉었다. 어느덧 돼지껍데기가 다 익었지만 젓가락도 들지 않는다.

그때 정수연이 김선아에게 물었다.

"썼대?"

"네?"

"자술서 썼냐구?"

"그건 잘……."

"확인해 봐, 지금."

정수연이 고경준을 보았다.

"정 선배한테 전화해서 오라고 해."

"여기로?"

고경준이 주머니에서 핸드폰을 꺼내 들었다. 명령에 복종한 것이다.

진성이 정수연의 전화를 받았을 때는 오후 8시 반.

파리에 도착한 지 30분밖에 되지 않았을 때다. 공항에서 시내로 달려가는 택시 안이다. 핸드폰 전원을 켠 지 얼마 되지 않아서 전화가 온 것이다.

"보스?"

진성의 목소리를 듣자 정수연이 되물었다. 정수연의 목소리가 잠겨 있다. 한국과 파리 시차는 7시간. 지금 한국은 오전 3시 반이다.

"응. 이 시간에 안 자고 웬일이냐?"

"지금 잠을 잘 상황인 줄 알아요?"

정수연이 빽 소리치는 바람에 진성은 피식 웃었다. 목소리가 잠긴 것은 술을 마셨기 때문인 것 같다.

"너, 집이야?"

다시 물었더니 잠깐 있다가 정수연이 말했다.

"정 선배하고 고경준, 박 대리까지 다 불러서 한잔했습다."

"잘했다."

"내가 주도해서 한탕 했습다."

"이 자식 혀가 꼬부라졌네."

"박 대리도 불러냈다니까요."

"왜?"

"급하니까, 팀이니까."

"글쎄, 왜?"

"동성이 보스한테 3천 주었다는 자술서를 썼어요."

진성이 눈만 껌뻑였고 정수연의 말이 이어졌다.

"개새끼죠, 그쵸? 이주상이가 최 사장을 윽박질렀대요. 자백을 하면 오더를 계속 밀어주겠다고."

134

"……."

"치사한 놈들 아녜요?"

"너, 술 많이 마셨니?"

"양주 두 병을 다섯이 깠어요."

"양주?"

"소주 먹다가 양주로 입가심했죠."

"……."

"보스, 우리 회사 하나 차려요. 치사한 놈들 모시고 살기 싫어요."

"자."

"못 자."

"얼레?"

그때 전화가 끊겼으므로 진성은 길게 숨을 뱉었다. 정수연이 실수로 통화를 끝낸 것 같다.

오전 9시 반.

전무실에서 나온 이주상이 자리로 돌아와 앉았을 때 조석호가 다가와 섰다.

"어떻게 되었습니까?"

목소리를 죽이고 묻자 이주상이 심호흡을 했다. 엄숙한 표정이다.

"10시에 감사반장하고 나, 그리고 전무님이 사장실에 보고하러 가기로 했어."

조석호가 어깨를 늘어뜨렸다. 감사가 어떻게 진행되고 있는가는 둘 다 알고 있는 것이다. 조석호가 말했다.

"이제 진성이도 끝났군요."

감사반장은 기조실 소속으로 부장이다. 깐깐한 성격에 외통수. 거기에다 감사반에만 17년을 근무한 45세의 전문가다. 전공은 회계 업무였으니 적성에도 딱 맞고 성격도 어울렸다.

그런데 진급을 못한 이유가 도무지 다른 부서에 맞지 않았기 때문이다. 그래서 감사반장 유경택은 60세까지 감사반장을 지내다가 정년퇴직한다고 소문이 났다.

유경택이 보고를 마치기까지는 15분밖에 걸리지 않았다. 사장 전용환이 일절 묻지도 않고 말을 자르지도 않은 채 듣기만 했기 때문이다.

사장실에 모인 감사 결과 브리핑 참석자는 네 명. 전용환과 전무 박영도, 감사반장 유경택과 무역부장 이주상이다.

입을 다문 유경택이 심호흡을 두 번 했을 때까지 방 안은 조용했다. 박영도와 이주상은 전용환의 얼굴을 직시하지 못하고 외면한 채 숨을 죽이고 있다.

자. 어떤 반응이 나올 것이냐?

그때 전용환의 시선이 이주상에게 옮겨졌다.

"3팀은 팀장 대리가 잘 해낼 수 있을까?"

그 순간 이주상이 어깨를 부풀렸다가 내렸다.

"예, 그래도 당분간은 제가 직접 관리해야 될 것 같습니다."

"그렇지."

머리를 끄덕인 전용환이 말을 이었다.

"그럼 진성이가 올 동안 이 부장이 3팀 대행을 맡지."

"예, 사장님."

대답부터 했던 이주상의 얼굴이 잠시 후에 굳어졌다.

팀장 대행이라니? 겸임이라는 말이 빠진 것이 꺼림칙했다.

그때 전용환이 말했다.

"그럼 부장직은……."

전용환의 시선이 박영도에게로 옮겨졌다.

"박 전무가 부장 직무를 겸임해 주시도록."

여기서는 겸임이다.

"예, 사장님."

박영도가 바로 대답했을 때 전용환의 시선이 다시 이주상에게로 옮겨졌다.

"뭐, 다른 뜻은 없으니까 진성이 올 동안 팀을 맡도록. 어차피 회사 내에 인사 이동할 때가 되었으니까 말야."

"예, 사장님."

"그럼, 끝냅시다."

전용환이 외면한 채 말했으므로 모두 자리에서 일어섰다.

이제는 박영도도 껄적지근한 얼굴이 되어 있다.

"전무님, 무슨 일이지요?"

사장실을 나온 이주상이 박영도 뒤를 따르다가 마침내 물었다. 전무실 앞이다. 몸을 돌린 박영도가 이맛살을 찌푸린 얼굴로 이주상을 보았다.

"심상치가 않아."

"예? 왜요?"

"가만 보니까 자네한테도 책임이 있어."

"제가 왜요?"

이주상이 펄쩍 뛰었다.

3팀장과 공장의 영합 관계가 의심스럽다고 감사 의뢰를 한 것이 이주상

137

이다. 그리고 그것이 사실로 판명되었다. 상을 줘야 되지 않은가 말이다.

그때 박영도가 말했다.

"지금 생각해보니까 아침 일찍 감사반장이 사장실에 들어갔다가 나온 게 심상치 않아."

"……"

"내가 동성 감사 결과를 들으려고 출근하자마자 불렀더니 유 부장이 사장실에 들어가 있더군."

"……"

"먼저 보고를 한 거야. 그리고 나중에 우리를 불러 다시 보고를 받은 것이고."

머리가 복잡해진 이주상이 한 걸음 물러서더니 길게 숨을 뱉었다. 그때 박영도가 몸을 돌리면서 물었다.

"뭐, 인수인계할 것 별로 없지?"

"이것 봐라."

그 시간에 사장 전용환이 책상 위에 놓인 서류를 눈으로 가리키며 말했다.

"읽어봐."

다가선 윤상화가 서류를 보고는 숨을 들이켰다.

'진술서'다. 진술서가 네 장이나 있다. 먼저 앞쪽에 펼쳐진 것부터 읽었다.

뒤쪽 소파에 있는 전용환은 딴전을 피우고 있다.

진술서.

수출 3팀 정수연.

저는 2014년 11월, 전주 동성섬유에서 리베이트로 받은 3천만 원 중 5백만 원을 받아쓰셨음을 진술합니다. 3천만 원은 본인이 직접 최성기 사장한테서 받아 팀장 진성에게 전달했으며 팀장은 팀원 넷이 모인 자리에서 각각 5백씩 분배해 주었습니다. 이것이 사실임을 진술합니다.

2015년 7월 24일. 수출3팀 정수연.

다음 진술서도 비슷한 내용이다.

진술서의 주인은 박기성 대리, 고경준, 정봉호다. 3팀은 신입사원 김선아만 빼고 전원이 진술한 것이다.

머리를 든 윤상화가 전용환을 보았다.

"이거 어떻게 된 거죠?"

윤상화도 조금 전 감사반장의 보고 내역을 알고 있는 것이다.

그때 전용환이 쓴웃음을 짓고 말했다.

"어젯밤 12시가 넘었을 때 수출3팀 사원들이 우리 집에 찾아왔어."

"예?"

놀란 윤상화의 얼굴을 본 전용환이 쓴웃음을 지었다.

"난 그런 일 처음이다. 아마 다른 기업에서도 사장 집에 밤 12시에 사원 놈들이 쳐들어온 것이 처음일 거야. 그것도 제 팀장을 구하려고 말야."

"……."

"내가 화가 나서 그놈들을 만났다가 진술서를 받고 그놈들한테 집에 있던 양주를 두 병 줘서 돌려보냈어."

"참, 형부도."

"그래서 아침 일찍 감사반장을 불러 진술서를 보여주고 나서 시치미를 딱 떼고 간부들 모아놓고 감사보고를 시켰다."

"그랬군요."

"어때?"

"뭐가요?"

"진성이 그놈 멋있잖니?"

"뭐가요?"

"제 팀원 장악하고 있는 거 봐라. 그놈이 진짜 보스다."

"리베이트 먹은 건 확실하잖아요?"

"돈을 다 나눠줬다고 하잖아? 3천 받아서 제 몫은 1천 챙겼지만 아마 그 돈도 제가 다 안 먹었을 거다."

"기가 막혀서."

"이 자식이 사장님한테 하는 소리 좀 봐."

"형부는 그 사람한테 빠졌군요."

"그렇다."

그래 놓고 전용환이 눈을 가늘게 떴다.

"넌 너무 꼬는 거 같은데, 그거 진심이냐?"

점심시간이 되었을 때 회사 근처의 순댓국 식당에서 3팀 팀원 넷이 모였다.

박기성만 뺀 넷이다.

"박 대리가 쥐약 먹은 쌍통을 하고 있는데 좀 불안하네."

정봉호가 순댓국을 깔짝거리면서 말했다.

"어젯밤에는 우리한테 강간당한 기분이었을 거야."

"말씀 참 험악하시네."

순댓국을 삼킨 정수연이 웃었다.

"지가 어쩔 거야? 놔둬요."

고경준이 한마디 했다. 어젯밤은 정수연이 주도한 쿠데타였다.

정봉호와 나중에 박기성까지 불러내어 진술서를 쓰게 한 정수연이 사장 집으로 쳐들어간 것이다. 그야말로 목숨을 건 쿠데타다.

진술서 이야기를 하자 박기성은 펄쩍 뛰었다가 정수연이 '그럼, 나둬라. 내가 박 대리님도 받았다고 쓸 테니까 어차피 마찬가지다.' 하고 선포하자 마침내 제 손으로 썼다.

고경준이 이래 죽으나 저래 죽으나 마찬가진데 이왕이면 멋있게 죽자고 한 말도 효과를 봤을 것이다. 정봉호는 진술서 이야기를 듣더니 히죽거리면서 차라리 잘되었다고 했다.

그것이 어젯밤 사연이다.

"그런데요."

팀의 정보원이 된 김선아가 다시 입을 열었다. 이제는 김선아의 말을 모두 경청한다.

"감사반에서 들었는데 이 부장이 3팀장 대행이 된다고 했어요."

"지랄하네."

고경준이 잇새로 말했다.

"씨발. 놈이 뭘 한다고? 공장 찾아다니면서 리베이트나 걷을라고?"

"저기……."

김선아가 말을 이으려고 했지만 고경준의 화가 점점 더 솟구쳤다.

"얼씨구나 했겠지. 도적놈! 이제 신바람이……."

"그만!"

정수연이 손바닥을 펴 입 앞에다 바짝 붙였으므로 고경준이 머리를 젖히면서 말을 그쳤다. 정수연이 김선아를 보았다.

"말해."

"이 부장의 부장 직위가 공석이 된 것 같아요. 이 부장이 그것 때문에 회의 끝나고 밖에 나가 들어오지 않는대요."

그 순간 둘러앉은 셋이 서로의 얼굴을 보았다. 그러더니 정수연이 먼저 입을 열었다.

"우리 진술서가 먹혔다."

정수연의 눈에 금방 눈물이 고였다.

사장한테서 받은 양주 두 병을 포장마차로 갖고 가서 마신 다음 집에 돌아왔다가 진성에게 전화를 했던 것이다.

술에 취해서 횡설수설했지만 진술서를 써 들고 사장 집에 갔다는 말은 하지 못했다. 동성 자술서하고 술 마신 이야기만 길게 늘어놓다가 전화가 끊겼던 것이다.

파리. 인터콘티넨탈 호텔의 로비.

19세기 후반에 세워진 이 건물은 자체가 박물관 같다. 나폴레옹 3세의 황후가 자주 들렀던 유서 깊은 호텔 로비에 진성이 한 사내와 마주 보고 앉아 있다.

오전 11시 반.

근처 가게에서 옷을 사 입고 구두까지 바꿔 신은 진성은 다른 모습이다.

앞에 앉은 사내는 자이단. 검은 머리에 눈동자도 검고 피부는 햇볕에 그을렸다. 아랍계 같다. 존슨이 소개시켜 준 군수품 중개상이다.

자이단이 지그시 진성을 보면서 입을 열었다.

"지금까지는 일본에서 물품을 가져갔는데 별문제가 없었지요."

자이단의 얼굴에 희미하게 웃음이 떠올랐다. 곧고 큰 콧날, 단정한 입술

위로 멋진 콧수염이 붙어 있다. 양복도 몸에 딱 맞아서 마치 영화에서 튀어 나온 사내 같다.

자이단이 말을 이었다.

"하지만 존슨의 소개를 무시할 수가 없지요. 잘 아시겠지만 말입니다."

알긴 뭘 알아? 하고 내쏘아 주고 싶은 충동이 일었지만 진성은 따라 웃었다.

중개상은 중개 역일 뿐이다. 바이어인 미군 당국에서 갈아치우면 끝장이다. 생산자는 제품을 들고 경쟁을 벌이지만 자이단은 로비가 무기다.

자이단이 주머니에서 접힌 서류를 꺼내 내밀었다.

"이건 이번에 이라크에 납품할 군수품 목록 일부죠. 체크해보세요."

서류를 받아 펴본 진성이 숨을 삼켰다.

다양한 품목에 단위는 만 단위다. 서류는 석 장이나 되었고 품목은 127 가지. 엄청난 물량이다.

시선을 뗀 진성이 자이단을 보았다.

"납기는 언제까지죠?"

"3개월."

"가격은 언제까지 드리면 됩니까?"

"사흘 안에 가격 결정을 했으면 좋겠는데요, 미스터 진."

"좋습니다. 거래 조건은?"

"미국 정부에서 정상적인 신용장 거래로 합니다."

진성이 천천히 머리를 끄덕였다.

가격에 20퍼센트를 추가하여 존슨에게 줘야 하는 것이다. 거기에다 생산자, 중개자의 이윤을 떼어야 하니 가격은 원가에서 최소한 50퍼센트 이상 높여야 한다.

"알겠습니다. 가격을 낼 수 있도록 샘플이 필요한데요."

서류를 챙기면서 진성이 말하자 자이단이 웃었다.

"샘플은 내 창고에 있습니다. 준비되면 보고 가시지요."

자리에서 일어선 자이단이 손을 내밀면서 은근하게 물었다.

"필요하신 것 없습니까? 파리에서는 돈만 있으면 다 조달됩니다."

"서울도 그래요."

자이단의 손을 잡은 진성이 따라 웃었다.

"진, 충고하는데."

그날 저녁 파리에 도착한 존슨이 진성에게 말했다.

"이쪽 군수품은 당신이 지금까지 겪은 것과는 다른 세상이야. 큰 세상이지."

인터콘티넨탈 호텔의 바 안이다.

어둑한 바 안에 낮고 감미로운 음악이 덮였고 주위를 오가는 남녀의 실루엣이 꿈결처럼 흐느적거린다. 달콤한 향기, 드문드문 켜진 등, 천장에서 희미하게 흔들리는 화려하며 웅장한 샹들리에……

존슨의 말대로 전혀 다른 세상이다. 존슨이 나폴레옹 코냑 잔을 들어 올리면서 웃음 띤 얼굴로 진성을 보았다.

"큰 세상에 대비해야 하네, 진."

"준비되었어요, 존슨."

따라 웃은 진성이 한 모금 술을 삼켰다.

자신이 있는 것이다. 약육강식의 사회라는 것은 알지만 팀장이 되면서 보스로서의 자질도 끊임없이 연마했다. 그것은 자기희생, 욕심의 절제, 도전 의식, 그리고 끊임없는 공부 등 여러 가지다.

오너라. 다 받아들일 준비가 되어 있다.

술잔을 내려놓은 진성이 치켜뜬 눈으로 존슨을 보았다.

"존슨, 군납 규모는 얼마나 됩니까?"

"전 세계의 미군을 포함한 각국 정부에 영향력을 행사하고 있지."

바로 대답한 존슨이 빙그레 웃었다. 옆 등의 빛을 받은 이가 하얗게 드러났다.

"모두 합하면 일 년에 삼백억 불쯤 될 거야, 진."

"……."

"군수품 중개인이 수십 명이지. 자이단은 그중 하나지만 소규모 중개인에 속하네."

"……."

"자네는 자이단에게 납품하는 7, 8명의 납품 업체 중 하나이고."

"존슨."

심호흡을 한 진성이 똑바로 존슨을 보았다.

"날 중개인으로 키워주시오."

진성의 두 눈이 번들거렸다.

"난 제조업 출신이라 바로 가격도 낼 수 있어요, 존슨."

"이번에 자이단을 통해 이라크에 납품을 하면서 익숙해지도록 해."

정색한 존슨이 말을 이었다.

"짐작하고 있었겠지만 우리도 호흡이 맞는 중개인이 필요했던 상황이야."

그것이 이번 케냐 오더를 하면서 증명된 셈이다.

잔에 술을 채운 존슨의 얼굴에 웃음이 떠올랐다.

"진, 자네가 황야에서 제임스의 머리에 구멍을 낸 순간부터 큰 세상에 뛰어든 셈이네."

밤 12시 반.

방에 돌아온 진성이 커튼을 열고 창밖을 보았다. 하루 방값이 1천 불이나 되는 스위트룸이다. 맑은 공기가 폐 안에 흡입되면서 시원한 밤바람이 피부를 스치고 지나갔다.

그렇다. 인생의 계기는 사소한 것에서부터 시작되는 법이다.

이번 이라크 군수품과 더 큰 세상으로의 계기도 케냐의 오더를 받아들인 것부터 시작되었다. 그러나 그것은 우연이 아니다. 적극적인 성품, 도전적인 자세가 계기가 되었던 것이다.

내일 존슨이 CIA 고위층을 소개시켜 준다고 했다. 이미 진성에 대해 이야기가 되어 있는 것이다. 현장 중간 관리인 존슨이 결정할 사항이 아니었던 것이다.

탁자에 놓인 핸드폰을 들고 버튼을 눌렀다. 서울은 이제 오전 7시 반이다. 곧 신호음이 떨어졌다.

"보스."

정수연이다. 출근 준비를 하고 있었는지 목소리가 맑다. 이쪽은 나폴레옹 코냑에 취한 상태다. 진성이 입을 열었다.

"내가 팩스로 목록을 보낼 테니까 원가 계산 자료를 갖고 파리로 와."

놀란 듯 정수연은 듣기만 했고 진성이 말을 이었다.

"그래. 너하고 고경준 둘이 오는 것이 낫겠다. 내가 조금 있다가 사장님한테 연락해서 너희들 출장 승낙을 받을 테니까."

"보스."

정수연이 말을 잘랐다.

"무슨 일인데요?"

"오더라고 했지 않아? 목록 보낸다고."

"어딘데요?"

"이라크."

"보스, 동성 문제가 걱정되지 않아요?"

"별로."

"왜요?"

"그까짓 것으로 날 자르겠냐?"

"자른다면요?"

"잘려야지."

"그럼 지금 이라크 오더는요?"

"회사에서 못 하는 거지."

그래놓고 진성이 물었다.

"어떻게 되었는데?"

"반전이 있었어요."

"무슨 반전?"

그때 정수연이 이번에는 화제를 바꿨다.

"고경준하고 둘이 가요? 오늘 출발해야 돼요?"

"회사로 목록 팩스가 갈 테니까 원가 계산 자료 챙겨 갖고 와."

"알겠습니다. 그럼 사장님한테 말씀해주세요."

그러더니 생각난 듯 덧붙였다.

"이 부장한테 보고하지 않으셔도 될 겁니다. 그건 파리에서 만나서 말씀 드리죠."

한 시간쯤 자지 않고 기다렸다가 진성은 전용환의 핸드폰으로 전화를 했다.

"어, 너냐?"

전용환이 마치 친동생의 전화를 받는 것처럼 반긴다. 오전 8시 반이니 지금은 출근한 시간이다.

"예, 사장님. 진성입니다."

"알아, 인마."

"저, 여기서 바이어를 만났는데 군수품 오더 오퍼를 내야겠습니다."

"뭐? 또?"

전용환의 목소리에 웃음이 섞여졌다.

"오더는 이 자식이 싹쓸이하는군."

"운이 좋았습니다."

"어디 지역인데?"

"이라크입니다. 그래서……."

진성이 말을 이었다.

"저희 팀 정수연하고 고경준 둘을 파리로 보내주시지요."

"그래야지."

"오더 끝나면 바로 보고 드리겠습니다."

"그래, 수고한다. 그런데 참……."

잠깐 말을 멈췄던 전용환이 다시 마음을 바꾼 듯이 말했다.

"아니, 네 팀원들한테 듣는 것이 낫겠다. 그럼 너무 무리하지 말고 돌아와라."

전용환의 목소리는 부드럽다.

오전 1시.

그때서야 씻고 침대에 누웠던 진성이 핸드폰의 벨소리를 듣고 상반신을 일으켰다. 핸드폰을 집어 들었더니 윤상화다. 한동안 발신자 번호를 응시하던 진성이 핸드폰을 귀에 붙였다.

"여보세요."

"몸 괜찮아?"

윤상화가 물었으므로 진성의 얼굴에 웃음이 떠올랐다. 어울리지 않는 대사다. 윤상화라면 '왜 전화 안 해?'라고 해야 맞다.

진성이 되물었다.

"넌 괜찮아?"

"뭐가?"

윤상화가 끌려들었다. 심호흡을 한 진성이 윤상화의 알몸을 눈앞에 떠올렸다. 윤상화한테는 이 분위기가 맞다.

"나 지금 침대에 누워 있다."

"하긴 거기 새벽이겠네."

"술 한잔했어."

"고생 많았어."

"지금 내 옆에 프랑스 여자가 누워 있어. 이름이 소피라고 해."

"그거, 텍스 끼고 해."

바로 윤상화가 대답하는 바람에 진성이 어깨를 늘어뜨렸다. 아무래도 이것은 억지다. 어울리지 않는다. 잘못했다.

"장난이야."

"괜찮아. 나한테 화풀이해도 돼."

윤상화의 목소리가 차분해졌다.

"심란했을 테니까."

"뭐가?"

"다 잘 풀렸으니까 신경 쓸 것 없어."

"글쎄, 뭐가?"

"사장님이 자기 팬이잖아? 친동생처럼 생각하고 있던데, 뭐."

"그건……."

하마터면 네 형부니까 그렇게 잘 아는구나 하고 비꼴 뻔했던 진성이 어깨를 늘어뜨렸다.

그때 윤상화가 말했다.

"목소리 듣고 싶어서 전화했어."

"아, 해봐. 네가……."

그때 통화가 끊겼으므로 만족한 표정이 된 진성이 핸드폰을 귀에서 떼었다.

오전 11시.

진성이 오늘은 리츠호텔 로비에서 두 사내와 마주 보고 앉아 있다. 존슨과 다글라스다. 다글라스는 회색 머리에 마른 체격, 잿빛 눈에 매부리코가 인상적인 50대의 사내로 바로 존슨의 상사였다.

인사를 마쳤을 때 다글라스가 웃음 띤 얼굴로 진성을 보았다.

"서울에서 화물기를 타고 오셨을 때부터 보고를 들었어요. 마침 우리도 당신 같은 전문가가 필요한 터라 서로 잘된 일입니다."

긴장한 진성이 머리만 숙였고 다글라스의 말이 이어졌다.

"우리가 거래해 온 중개상들은 정보가 유출될 뿐만 아니라 가격이 높고 때로는 담당자와 밀착해서 부정행위를 합니다."

다글라스의 얼굴에 쓴웃음이 번졌다.

"이번에 당신은 자이단 오더를 끝내고 나서 직접 오더를 받게 될 겁니다.

이해하시죠?"

"이해합니다."

어깨를 편 진성이 정색하고 다글라스를 보았다.

"서울로 돌아가면 수출입 회사를 설립하겠습니다. 그래서 차기 오더는 그 회사를 통해서 받도록 할 겁니다."

"그래야죠."

머리를 끄덕인 다글라스가 다시 웃었다.

"유능한 팀장이라고 들었습니다."

"당분간은 한흥상사 팀장을 겸임하다가 나오겠습니다."

"그렇죠. 갑자기 움직이면 회사에 타격이 있을 테니까요."

다글라스의 잿빛 눈동자가 똑바로 진성에게 옮겨졌다.

"진, 세계 각지의 군수품 오더가 아마 수십억 불이 넘을 겁니다."

정수연과 고경준이 도착한 것은 다음 날 오전 11시경이다.

인터콘티넨탈 로비에서 기다리던 진성이 다가오는 둘을 보고 눈을 가늘게 뜨면서 물었다.

"너희들 둘, 별일 없는 거냐?"

"보스, 미쳤어요?"

웃으면서 안길 기색이던 정수연의 분위기가 순식간에 뒤집혔다. 효과 만점이다. 고경준은 싱글벙글 웃기만 한다.

둘은 예약된 방으로 들어가더니 벌어진 입이 다물어지지 않았다. 둘 다 스위트룸으로 잡아놓은 것이다.

"보스, 우리 출장비가 하루 이백오십 불인 거 아세요?"

하루 방값이 1천 불이라고 했더니 정수연이 비명처럼 되물었다. 이번에도 고경준은 웃기만 한다.

"씻고 옷 갈아입고 12시까지 아래층 식당으로 나와라. 내가 기다리고 있을게."

둘을 방으로 밀어 넣은 진성도 행복한 표정이다.

식당으로 내려온 진성이 둘을 기다리면서 커피를 마시고 있을 때 정수연이 먼저 왔다. 씻지도 않고 옷도 갈아입지 않았다.

"왜?"

그렇게 물었더니 정수연이 눈을 흘겼다.

"보스하고 둘이 있으려고."

"야."

"회사 이야기는 고경준 왔을 때 같이 하기로 하죠. 보스, 저 보니까 좋아요?"

"그럼."

"팀원으로 만나서?"

"그럼."

"진짜 파리에서 나 한번 안아주지 않으면 끝낼 거야. 팀원이고 지랄이고."

그 이야기를 하려고 먼저 온 것 같다.

이야기는 고경준이 했고 정수연은 시치미를 뗀 얼굴로 딴전만 피웠다. 그렇지만 고경준이 말을 마쳤을 때 진성이 정수연의 옆얼굴에 대고 물었다.

"너, 어쩌려고 그랬어?"

정수연이 힐끗 시선을 주었다가 접시에 놓인 소시지를 포크로 찍었다. 점심으로 뷔페를 먹고 있지만 셋은 딱 한 번만 음식을 가져왔고 그것도 거의 먹지 않았다. 진성이 입맛을 다셨다.

"한밤중에 술을 처먹고 사장 집에 쳐들어가다니. 그것도 쫄다구들이."

둘은 제각기 먹는 시늉을 했고 진성이 말을 이었다.

"참 나, 기가 막혀서."

"그때 말이죠."

마침내 정수연의 입이 열렸다. 손에 쥔 포크를 흔들면서 정수연이 똑바로 진성을 보았다.

"우리가 잘리면 보스하고 회사 하나 차리려고 했죠. 적어도 내 생각은요."

진성의 시선을 받은 정수연이 눈웃음을 쳤다.

"보스도 의리상 가만있지는 못할 테니까 말이죠. 그땐 내가 부장쯤 되는 거지."

"……."

"고경준 씨는 과장쯤 되고."

그때 진성이 말했다.

"이번 이라크 오더 끝나고 회사 하나 세워야 돼."

놀란 정수연이 포크를 쥔 채 몸을 굳혔고 고경준의 입이 딱 벌어졌다. 진성이 말을 이었다.

"당분간은 양쪽 일을 해야 될 것 같다. 한흥상사와 새 회사."

다음 날 오전 10시 반.

진성과 팀원 둘은 호텔방 안에서 자이단에게 오퍼를 제출했다. 전날 오후부터 오늘 아침까지 밤을 새워 가격을 산출한 것이다.

군수품의 총 가격은 3,750만 불. 한흥상사의 올해 전체 수출 목표보다 250만 불이 많았고 수출3팀의 올해 목표보다는 6배가 많다.

자이단이 잠자코 오퍼시트를 받더니 진성에게 말했다.

"진, 사흘이면 가격과 납기가 결정될 겁니다. 그동안 이곳에서 기다리실 거죠?"

"그래야지요."

"난 이걸 들고 이라크에 갑니다."

손목시계를 보는 시늉을 한 자이단이 자리에서 일어섰다.

"직접 만나서 이야기할 것이 많으니까요."

자이단을 배웅하고 다시 방으로 들어왔을 때 고경준이 하품을 했다. 가격을 내느라고 새벽 4시에야 잠깐 눈을 붙였기 때문이다.

"보스, 좀 자겠습니다."

고경준이 방을 나가면서 말하자 정수연도 따라 나갔다.

"좋아. 저녁때 술이나 한잔하자."

둘의 뒷모습에 대고 말한 진성도 침실로 들어갔다.

127가지의 품목을 일일이 원가 계산을 하고 거기에다 이윤과 수수료까지 적절하게 추가시키는 작업은 고도의 집중력을 요구한다. 더구나 경쟁 단가라는 것이 있어서 이쪽에서 일방적으로 가격을 낼 수만은 없는 것이다. 경쟁사에서 낸 가격과 기존 가격과의 균형도 필요하다.

옷을 벗어던진 진성이 침대로 발을 떼었을 때 전화벨이 울렸다. 방에 비치된 전화다. 전화기를 들고 귀에 붙였더니 곧 정수연의 목소리가 울렸다.

"보스, 나, 거기 가요?"

"자."

"기회가 왔어요."

"전화 끊는다."

"끊지 마."

"이 자식이."

"사랑한다면 할 거예요?"

"너, 까불래?"

"사랑해요."

그러더니 정수연이 먼저 전화를 끊었다. 갑자기 기습 펀치를 맞은 느낌이 들었으므로 진성의 이맛살이 찌푸려졌다.

오후 8시.

윤상화가 식탁에 앉았을 때 언니 윤정화가 물었다.

"너, 그이가 수출팀장을 소개시켜 준다고 했다던데, 어때?"

"형부가 그런 말도 해?"

윤상화가 되묻자 어머니 백 여사가 눈을 동그랗게 떴다.

"응? 누구? 누구를 소개시켜?"

오늘 사장 전용환은 저녁 약속이 있어서 아직 퇴근하지 않았다. 그래서 윤상화가 낮에 언니 집에 들른 어머니를 데려가려고 들렀다가 함께 저녁을 먹게 된 것이다.

"아냐, 아무것도."

윤상화가 얼른 말을 막았지만 윤정화는 물러서지 않았다.

"어머니, 회사 수출팀장 하나가 있는데, 중호 아빠가 애 소개시켜 주려고 해."

"응? 그래?"

어머니가 식탁에 바짝 다가앉았다. 얼굴에 생기가 떠 있다.

"나이는 몇이고? 집안은 어때? 중호 아빠가 골랐다면 꽤 마음에 드는 모양이구나. 그렇지?"

"아냐, 아냐."

윤상화는 어머니와 언니의 압력에 더 이상 부정만 할 수는 없다는 것을 깨달았다. 어머니는 지금까지 여러 번의 중매 제의를 윤상화가 미루고 무시한 것에 대한 반감까지 쌓여있는 상태다.

"꽤 능력은 있는 모양이야."

남의 일처럼 그렇게 던졌더니 이번에는 언니가 달려들었다.

"너도 싫지 않은 눈치라고 하던데?"

"어머나, 내가?"

"너 아니면 누구야? 내가 지금 유령한테 혼잣말하니?"

"내가 괜히 이 집에 왔어."

"이게 말하는 것 좀 봐."

"누구냐? 이름이?"

어머니가 정색하고 끼어들었다.

"내가 한번 봐야겠다."

"제발 오버하지 마."

윤상화가 눈을 치켜떴다.

"그 남자 이혼남이야. 와이프가 출장간 사이에 도망쳐서 이혼했다구."

치명적이다.

이것으로 어머니는 입을 다물게 될 것이다. 언니도 그런 말은 처음 들었는지 입만 딱 벌리고 있다. 윤상화가 마무리를 했다.

"남자는 괜찮아. 하지만 내가 뭐가 급하다고 서둘러야 돼? 그럴 필요는 없어."

이것으로 둘의 입은 다물려졌다. 남자가 괜찮다고 한 것이 히든카드라는 것을 둘은 눈치채지 못했을 것이다.

156

심호흡을 한 윤상화가 문득 정수연의 얼굴을 떠올렸다. 정수연이 진성과 함께 있는 것이다.

저녁식사는 호텔 근처의 한식당을 찾아가 오랜만에 불고기를 먹었다. 한국 음식에 소주까지 마시게 되자 분위기는 밝아졌다. 진성은 말할 것도 없고, 정수연과 고경준도 요즘 10여 일간 계속 긴장하고 있었기 때문이다.

이제 모여서 빅 오더 오퍼까지 낸 상황이다. 더구나 미래의 계획까지 듣게 된 터라 분위기가 빨리 달아올랐다.

"보스, 사무실을 차린다면 우리 둘만 데려가실 겁니까? 박 선배하고 김 선아는요?"

고경준이 묻자 정수연이 끼어들었다.

"별걸 다 상관하고 있네. 지가 무슨 새 회사 인사부장이야?"

"이게, 정말."

그때 진성이 말했다.

"처음에는 너희들 둘이 도와줘야 돼. 그 후에 상의하기로 하자."

"그러죠."

순순히 머리를 끄덕인 고경준이 말을 이었다.

"박 대리는 신의가 없습니다. 이번에도 팀 정보를 여러 곳에 유출했고 조 과장과 이 부장하고 자주 접촉했습니다. 보스께서 알아두셔야 해요."

"보스도 알아."

다시 정수연이 끼어들더니 진성을 보았다.

"보스, 박 대리가 유일산업에서 2천 받은 건 모르시죠?"

진성의 표정을 본 정수연이 이를 드러내고 웃었다. 취기가 오른 눈 주위 가 상기되어 있다.

"얌전한 척하는 개가 도둑질을 한다구요."

진성이 잔에 술을 채웠고 정수연이 말을 이었다.

"제가 유일산업을 맡았을 때가 석 달쯤 되었으니까 돈은 그전에 처먹은 것 같아요."

고경준도 모르고 있었는지 시선만 주었고 정수연이 말을 이었다.

"문제는 계약금 올려줄 입장이 안 되었으면 돈을 돌려주든지, 아니면 저한테 말해서 유일한테서 돈 먹었으니까 네가 계약금 좀 올려줘서 해결해 달라고 부탁을 했어야 되는데, 아무 짓도 안 한 거죠."

"……."

"그것이 박 대리 성격이에요."

"그래서 어떻게 했는데?"

고경준이 묻자 정수연이 어깨를 부풀렸다가 내리더니 입을 다물었다.

"씨발놈."

고경준이 외면한 채 욕을 했고 진성은 한 모금 소주를 삼켰다.

그 대답은 진성이 해줄 수 있다. 정수연은 자신의 오더를 유일산업과 계약할 때 2천만 원 정도의 계약금을 올려주었을 것이다.

유일산업을 박기성한테서 떼어 정수연이 관리하도록 맡긴 것은 그 때문이다. 그전에도 부정이 있었던 것이다. 눈치채고 공장을 바꿨는데 마무리도 제대로 해주지 않았다.

"그래서 이번에 그 새끼가 정수연이 진술서 쓰라고 하니까 순순히 썼군."

생각났다는 표정을 짓고 고경준이 말하더니 길게 숨까지 뱉었다.

"대단하다. 정수연이 대리 놈한테 목줄을 매놓고 있었구나."

다음 날 오전 늦게 일어난 정수연이 욕실에서 나왔을 때 전화벨이 울렸다. 오전 9시 반이다. 어젯밤 늦게까지 과음했기 때문에 오늘은 연락할 때까지 쉬기로 한 것이다.

전화를 받았더니 진성이다.

"내 방으로 와."

숨을 들이켠 정수연이 뭐라고 대꾸하기 전에 진성의 말이 이어졌다.

"고경준도 오라고 했다."

그로부터 10분쯤 후에 정수연과 고경준은 진성의 방 소파에 나란히 앉아 있다. 오늘로 파리에서 나흘째를 맞는다. 자이단은 내일이나 모레쯤 만나게 될 것이다.

진성이 벽시계를 보았으므로 둘의 시선도 고풍스러운 벽시계로 옮겨졌다.

오전 9시 45분.

자동적으로 서울 시간이 떠오른다. 오후 4시 45분.

그때 진성이 탁자 밑에서 봉투 2개를 꺼내 둘 앞에 놓았다. 묵직한 봉투다.

"봉투에 이만 불씩 들었다. 그것 가지고 쇼핑을 하든지 뭘 하든지 써."

정수연은 봉투만 보았지만 고경준은 재빨리 집어 들었다. 내용물을 꺼낸 고경준의 입에서 탄성이 터졌다. 1백 불짜리 지폐 묶음 두 뭉치다.

"이야! 보스, 고맙습니다."

"이게 무슨 돈이죠?"

정수연이 움직이지도 않고 물었으므로 진성의 얼굴에 웃음이 떠올랐다.

"내가 제임스를 쏴 죽였다."

진성이 손으로 권총 모양을 만들더니 봉투에 대고 쏘는 시늉을 했다. 달러 뭉치를 쥔 고경준이 몸을 굳혔고 정수연의 눈썹이 치켜 올라갔다.

"이마 한복판을 쏘았지. 도지공항에서 나이로비로 가는 길가의 황무지였어."

"……."

"밤이었지. 그것이 제임스가 갖고 있던 돈이야. 블러드 머니지."

실은 어제 은행에서 비밀계좌도 확인할 겸 해서 찾은 돈이다. 진성이 눈으로 정수연 앞에 놓인 봉투를 가리켰다.

"우린 앞으로 저런 피 묻은 돈을 만지게 돼. 가져가."

"받을게요."

정수연이 손을 뻗어 봉투를 쥐었을 때 진성의 목구멍이 좁혀지는 느낌을 받았다. 정수연의 맨 팔꿈치와 팔, 그리고 섬세한 손가락을 본 순간 강한 성욕을 느꼈기 때문이다.

"그럼 오늘 자유 시간을 주시는 겁니까?"

고경준이 떠들썩하게 물었으므로 진성은 그때서야 숨을 내뿜었다.

존슨은 오늘 말끔한 양복 차림에 넥타이를 매었다. 몸을 움직일 때마다 옅은 향수 냄새까지 맡아졌다.

오후 12시 40분.

둘은 호텔 레스토랑에서 점심을 먹는 중이다. 존슨과 점심 약속을 했기 때문에 진성은 방을 미리 예약해 놓았다.

"진, 자이단은 내일 사인된 오퍼시트를 갖고 올 거야."

포크를 내려놓은 존슨이 말을 이었다.

"가격은 다 컨펌되었으니까."

"잘되었군요."

"당신이 20퍼센트 올린 가격에서 5퍼센트를 당신 계좌로 넣겠어."

"감사합니다."

자이단도 공식적으로 5퍼센트인 것이다. 오더가 선정되고 자금 입금이 되면 비공식으로 지급되는 20퍼센트 수수료 중 5퍼센트가 진성의 몫이 된 셈이다. 이것은 이미 다글라스와도 합의가 된 사항이다.

그때 냅킨으로 입술을 닦은 존슨이 말을 이었다.

"진, 이라크 오더를 시작하고 나서 시리아에 가줘야겠어."

"시리아에?"

머리를 든 진성이 존슨을 보았다.

시리아는 전쟁 중이다. IS가 시리아 북부를 지배하고 있는 터라 미군기가 지금도 매일 폭격을 한다.

그때 존슨이 말을 이었다.

"다마스쿠스에서 하리스란 자를 만나야 돼. 그자는 국방부 차관으로 군납 책임자야."

"……."

"부패한 놈이지. 놈은 해외 계좌에 이미 3억 불 가까운 돈을 숨겨놓고 있지."

진성의 시선을 받은 존슨이 쓴웃음을 지었다.

"그런 놈이 우리에겐 더 이용하기가 좋지만 말야."

"나도 포함됩니까?"

"당신은 달라, 전혀."

정색한 존슨이 머리까지 저었다.

"당신의 평판을 우리가 모를 줄 알았어? 우린 즉흥적으로 당신을 선택한 것이 아니야."

"고맙군요."

"어쨌든 하리스한테 가서 오퍼를 받으라구. 이번에 그놈에게 갈 예산은 1억 불이야."

진성이 숨을 들이켰다. 1억 불짜리 군수품 오더인 것이다.

물 잔을 든 존슨이 차분한 표정으로 진성을 보았다.

"진, 어떻게 진행되는 오더인지 짐작하겠지?"

진성이 머리만 끄덕였다.

미국은 지금도 시리아의 아사드 정권과 적대 관계다. 그러나 테러 단체인 IS는 그보다 먼저 제거해야 할 공적인 것이다. 따라서 아사드 정권을 공식적으로 지원할 수 없다. 아사드 정권이 IS에 전복되는 것을 막으려면 비공식으로라도 지원해주는 수밖에 없는 것이다.

이것이 진성을 내세운 이유다.

"하리스 그놈은 전에 자이단과 짜고 우리 지원금을 횡령했어."

긴장한 진성을 보자 존슨이 쓴웃음을 지었다.

"일본에서 군수품을 수입했는데 이억 불 중 육천만 불 물량이 쓰레기를 넣은 박스였지. 하리스와 자이단, 일본 군납업자 셋이 짜고 우리 자금을 빼돌린 거야. 도둑놈 연합이지."

진성이 길게 숨을 뱉었다. 금방 이해가 된 것이다.

일본 군납업자 입장에서 보면 전혀 손해 볼 일이 없다. 그저 시킨 대로 하기만 하면 된다. 쓰레기를 채워서 박스 수를 맞추라면 맞추면 끝난다. 그래서 2억 불을 네고했지만 실제 군수품 나간 건 1억 4천만 불어치였으니 그것만 받으면 된다.

그럼 차액 6천만 불은?

아마 대부분을 하리스가 가져갔을 것이다. 하리스가 갑이고 자이단이 을이기 때문이다. 일본 군납업자는 병쯤 되겠지. 물론 하리스가 차액을 다

162

먹지는 못했을 것이다. 직위를 유지하려면 더 고위층에 상납을 했겠지.

머리를 든 진성이 웃음 띤 얼굴로 존슨을 보았다.

"자이단이 그 사실을 당신들에게 알려주지 않았군요?"

박스에 쓰레기를 채워 물량과 가격을 높인다는 사실을 자이단은 당연히 알고 있어야 된다. 검사 책임까지 있기 때문이다.

그때 존슨이 쓴웃음을 지었다.

"하리스와 짠 것이지. 아마 얼마쯤 받아먹었을 거야. 수수료까지 포함하면 그놈도 막대한 금액을 챙겼지."

자이단을 떼는 이유다. 길게 숨을 뱉은 존슨이 말을 이었다.

"속고 속이는 세상이야, 진."

"진실은 언젠가는 드러나지요."

진성이 바로 대답했지만 숨겨지는 일도 많을 것이었다. 그러나 진성은 또 하나의 교훈을 얻는다. 영원한 갑은 없는 것이다.

갑질을 한 하리스는 큰일 났다.

이번에는 진성이 먼저 전화를 했다.

오후 3시 반.

존슨과 점심을 먹고 호텔방으로 돌아온 후다. 정수연과 고경준은 돈 쓰러 갔는지 연락도 없다. 한국 시간은 밤 10시 반. 윤상화가 신호음 세 번이 울리고 나서 전화를 받는다.

"나야."

"응."

"지금 집이야?"

"응."

"지금 똥 싸냐?"

"……."

"똥 싸는 소리가 났는데."

"용건이 뭐야?"

"네 생각이 나서."

"무슨 생각?"

무심코 물었겠지만 진성은 심호흡을 하고 나서 흐름을 바꿨다.

"세상이 참 크다는 걸 깨달았어. 큰 세상을 누리려면 큰 생각이 필요해."

"……."

"도전과 성취."

"……."

"절제와 희생."

"지금 어디야?"

이번에는 가라앉은 목소리로 윤상화가 물었다.

"호텔방."

"거기는 오후 4시도 안 됐구만. 정수연이랑은 어딨어?"

"밖에. 놀러 나갔어."

"자기는?"

"지금 너한테 전화하잖아?"

"나 보고 싶어?"

"응."

윤상화가 긴 숨을 뱉고 나서 말했다.

"빨리 와. 나도 보고 싶으니까."

그러고는 통화가 끊겼다.

백화점에서 옷을 고르는 정수연의 뒤에 서서 고경준이 물었다.

"보스가 우리 둘이 이렇게 같이 있는 것을 질투하지 않을까?"

머리만 돌린 정수연의 표정을 보자 고경준이 어깨를 늘어뜨렸다.

"뭔 개소리여? 하는 표정이군."

"뭐 해? 내 뒤만 따라다니지 말고 거기도 뭐 사라니까?"

"살 게 없어."

"그럼 아래층 커피숍에서 기다려."

"심심해서."

"그래서 내 다리만 보는 거야?"

"다리는 무슨, 엉덩이지."

"아, 씨발."

정수연이 몸을 돌렸더니 고경준은 한 발짝 물러섰다. 매장 직원이 다가 왔다가 둘의 분위기를 보더니 몸을 돌렸다.

그때 고경준이 다시 물었다.

"네가 보스하고 했느냐 안 했느냐로 내기를 건 놈들이 많아. 그 비율을 알고 싶지 않냐?"

"미친놈들."

"7 대 3이야. 7이 뭔지 아냐? 했다야."

"……."

"넌 감추려고 기를 쓰지만 보스를 보는 눈빛을 보면 금방 표시가 나. 눈 빛에 전기뱀장어가 품는 전류가 흐르는 것 같거든."

"씨발놈."

"네가 전기뱀장어란 말은 아니다."

다시 몸을 돌린 정수연이 옷을 고르면서 말했다.

"맘대로 해라. 나는 전기오징어다."

"전기오징어도 있냐?"

"저리 안 가?"

다시 다가왔던 매장 직원이 주춤거렸으므로 정수연이 불렀다.

"이거 입어 봐도 돼요?"

자이단과 다시 만났을 때는 다음 날 오후 2시가 되었을 때다.

진성은 방에서 정수연, 고경준과 함께 기다리고 있었는데 이미 존슨으로부터 이야기를 들은 터라 표정 관리가 쉬웠다.

"가격 그대로 컨펌되었습니다."

사인이 되어 있는 오퍼시트를 탁자 위에 놓으면서 자이단이 말했다. 사인은 이라크 국방부 구매국장 명의다. 서류를 받아든 진성이 얼굴을 펴고 웃었다.

"수고하셨습니다, 자이단 씨."

정수연과 고경준에게는 말해주지 않았기 때문에 둘의 얼굴에 활기가 떠올랐다. 이때가 상사맨에게 가장 행복한 순간인 것이다. 훑어본 서류를 정수연에게 건네자 고경준이 옆에 붙었다.

그때 자이단이 말했다.

"신용장은 파리은행 발행이고, 선적 서류만 제출하면 네고가 됩니다."

정상적인 At Sight 방식이다. 가격 3,750만 불. 선적 기간은 3개월 후.

3,750만 불에서 자이단에게 공식적으로 지급할 수수료는 5퍼센트인 187만 5천 불, 존슨 몫은 750만 불이다. 존슨은 그중에서 187만 불을 다시 진성의 계좌로 송금시켜줄 것이었다.

서류를 체크한 정수연이 진성에게 말했다.

166

"보스, 이상 없습니다."

정수연의 목소리가 떨렸다. 지금까지 받아본 계약서 중 가장 큰 금액인 것이다.

그날 저녁.

파리 샤를드골 공항의 비즈니스 라운지에 셋이 둘러앉았다. 정수연과 고경준은 이코노미 티켓을 회사에서 받아 왔지만 이곳에서 진성이 요금을 더 내고 비즈니스 좌석으로 바꾼 것이다.

"이번 오더 도중에 내가 시리아로 가서 새 오더를 받을 것이고, 그건 새 회사 이름으로 받는다."

오렌지 주스 잔을 든 진성이 둘을 둘러보며 말했다.

"그 새 회사가 한흥상사나 다른 기업체에서 물품을 가져가는 거야."

"그렇군요."

대번에 알아들은 정수연이 보조개를 만들면서 웃었다.

"이제 한흥상사가 을이 되네요. 우리가 갑질을 하고."

"전용환 사장님도 을이 되는군."

고경준이 말을 받았지만 둘의 반응을 보더니 무안한 듯 입맛을 다셨다. 둘이 못 들은 척했기 때문이다.

"보스, 직원을 더 채용해야 되지 않겠어요?"

정수연이 묻자 진성이 머리를 끄덕였다.

"그래야지."

"한흥상사에서 데려가시려구요?"

"아니. 다른 곳에서."

머리를 젓는 진성의 얼굴에 쓴웃음이 번졌다.

"들어가서 바쁘겠다."

"이런 일로 바쁜 건 행복한 거죠."

정수연이 말을 받았다.

"전 벌써부터 보스가 되어서 팀원들한테 리베이트 나눠주는 꿈을 꾼다구요."

"이런 젠장."

마침내 진성이 짧게 소리 내어 웃었다. 그러자 고경준이 혼잣말을 했다.

"큰일 났군. 리베이트 먹을 생각부터 하다니……. 위험한데, 저 여자."

"그렇군."

진성도 머리를 끄덕였다.

"쟤는 저러다가 부하한테 목줄 잡힐 것 같다."

"참, 박기성이 어젯밤 이주상, 조석호하고 셋이 술을 마셨답니다. 김선아가 따라가서 확인했대요."

정수연이 말했다.

이젠 뒤에 직급도 붙이지 않는다.

5장
배신

"그러면 새 조직을 만들지."

3,750만 불짜리 오더시트를 내려다보면서 전용환이 말했다.

태연하려고 여러 번 심호흡을 하고 있었지만 말끝이 떨렸고 귀가 빨갛게 달아올라 있다. 그것을 모른 척한 진성의 심장박동도 빨라졌다.

이것은 적어도 전용환이 순수한 인간이라는 증거는 될 것이다. 그리고 이 사람은 나를 좋아하고 있다. 돈 먹은 것이 확실한데도 팀원 진술서를 받았다는 이유로 사건을 덮었다. 그리고 오히려 내부 고발을 한 직속 상사를 팀장으로 좌천시킨 상태다.

머리를 든 전용환이 진성을 보았다.

"회사 내부 상황 들었지?"

이주상이 3팀장 직무 대행으로 내려앉은 전무후무한 사건을 묻는 것이다.

이주상은 청천벽력 같은 인사 조치를 받고 나서 이틀간 회사를 나오지 않았다가 출근했는데, 지금은 자리를 비웠다. 어제까지만 해도 진성의 자리에 앉아 있었다고 했다.

이것이 직장인의 비극이다. 싫으면 나가야 한다. 나가서 다른 일을 잡고 처자식을 먹여 살려야 하는 것이다. 다른 대책이 없으면 수모를 견디면서 자리를 지켜야 한다.

진성이 대답했다.

"예, 사장님."

"널 특수부장으로 승진시키고 회사 6층을 특수부로 개조하겠다."

전용환이 열기 띤 눈으로 진성을 보았다.

"네 보고를 듣고 결심을 했어. 6층에 특수부 사무실, 전용 상담실, 회의실, 쇼룸을 만들 테니 부원은 네가 뽑아라."

"사장님, 그건……."

"아니."

손바닥을 펴 진성의 말을 막은 전용환이 말을 이었다.

"이번 이라크 오더로 특수부 올해 실적이 4,500만 불이 넘어. 그런데……."

전용환이 입술을 부풀리며 웃었다. 비틀린 웃음이 되었다.

"나머지 6개 수출팀 올해 예상 목표가 얼만지 알지? 2,850만 불이다. 그런데 그것도 달성이 어려워."

"……."

"6개 팀이 2,850만 불이란 말야."

전용환의 목소리에 열기가 띠어졌다.

"너희들 특수부는 4,500만 불. 이번 결정에 불만을 품는 놈이 있다면 파면시켜야지, 그런 놈은 미친놈이니까."

"……."

"그런 놈은 이순신을 험담하는 원균 같은 놈이다."

갑자기 이순신이 나왔기 때문에 진성이 숨을 죽였지만 이런 상황에서는 어떤 비유를 갖다 붙여도 맞게 되어 있다. 입을 다문 진성을 향해 전용환이 말을 이었다.

"인사발령은 곧바로 내일 낼 테니까 나머지 직원의 승진, 채용은 너한테 맡기겠다. 그러니까 너도 서둘러."

사장실을 나올 때 자리에 앉아 있던 윤상화가 머리를 들고 진성을 보았다.

아까 들어갈 때 윤상화의 자리는 비어 있었던 것이다. 시선이 마주쳤고 3초쯤 부딪친 채 떼어지지 않았다.

서울에 도착했을 때는 어제 오후 2시 반이었다.

도착하자마자 전용환한테 전화로 보고를 하고는 오피스텔로 돌아가 오늘 아침까지 잔 것이다. 지금까지의 피로가 한꺼번에 덮쳐온 것 같았기 때문에 14시간 동안이나 꿈도 꾸지 않고 잤다.

서울을 떠난 후에 2주 만의 귀향이다. 2주 동안 쌓였던 긴장이 풀린 것 같다. 그래서 아침에 일어났을 때 몸이 개운했다.

"안녕."

3초의 정지 상태가 끝나 발을 떼면서 진성이 말했더니 윤상화가 입을 벌렸다. 그러나 1초쯤 벌렸다가 그냥 닫았고 그사이에 진성의 몸은 윤상화의 앞을 지났다. 문을 열고 나올 때까지 뒤쪽에서 아무 소리도 들리지 않았다.

비서실을 나온 진성은 사무실로 돌아가지 않았다.

엘리베이터를 타고 지하 1층 카페로 들어선 진성이 정수연에게 인터폰을 했다. 소공동의 지상 8층, 지하 2층의 한흥상사 빌딩은 입주업체도 모두 인터폰으로 연결되어 있다.

"난데."

정수연이 전화를 받자 진성이 말했다.

"나, 지하 1층 카페로 들어왔는데 여기서 임시 회의를 할 테니까 모두 내려와."

"카페에서요?"

정수연답지 않게 되물었다가 곧 통화가 끊겼다. 그리고 10분쯤 지났을 때 술 냄새가 잔뜩 배었고 어둑한 카페의 홀에서 수출3팀의 임시회의가 열렸다. 팀원은 진성 이하 김선아까지 6명, 모두 참석했다.

진성이 둘러앉은 팀원을 훑어보고 나서 입을 열었다.

"방금 사장님 만나고 왔는데 내일 자로 수출3팀이 특수부로 변경되고 건물 6층 전체를 사용하게 된다."

모두 숨을 죽였다. 정수연까지 눈만 치켜뜨고 있다.

"물론 특수부장은 나야. 일단 나만 특수부 부장으로 확정되었고 부원도 내가 선발, 승진 발령까지 내게 맡긴다고 했다."

여전히 모두 시선만 준다.

"그래서 일단 정봉호, 정수연, 고경준 셋을 과장, 대리 발령을 내고 각각 1, 2, 3과 팀장을 맡기기로 했다."

진성의 시선이 말석의 김선아에게로 옮겨졌다.

"물론 김선아, 너도. 넌 네가 1, 2, 3팀 중에서 선택해라."

그러고는 진성이 박기성 대리를 보았다.

"박 대리, 넌 안 되겠다. 그냥 4층에 남아라."

자리에서 일어선 진성이 넷만 훑어보며 말을 이었다.

172

"난 사장께 말씀드리고 오늘부터 사흘간만 쉴 테니까 너희들은 사무실 지키도록. 6층 공사하는 것도 봐야 하니까."

"어이, 정 대리."

뒤에서 부르는 소리에 정수연과 정봉호가 동시에 머리를 돌렸다.

그들은 엘리베이터 앞에 서 있었다. 박기성과 김선아도 함께 돌아보았다. 고경준이 다가오고 있었는데 정색한 표정이다.

고경준이 정수연을 손짓으로 불렀다.

"정 대리, 나 좀 봐."

숨을 들이켠 정수연이 발을 떼었고 김선아는 어금니를 물고 웃음을 참았으며 정봉호는 어깨를 부풀렸다가 한마디 했다.

"자아식."

그러나 박기성은 잠자코 머리를 돌렸다. 얼굴은 하얗게 굳어 있었다.

"왜?"

다가간 정수연이 묻자 고경준이 정색하고 말했다.

"나한테 고 대리, 해봐."

"지랄."

"넌 나한테 정 대리 소리 첨 들은 거야. 네가 날 부를 영광을 줄게."

"그래, 고 대리."

"됐다."

어깨를 부풀렸다가 내린 고경준이 주위를 둘러보았다. 엘리베이터는 올라가는 중이고 지하 1층 복도는 비었다.

"방금 보스하고 같이 소변보다가 지시받았는데."

둘은 같이 화장실에 간 것이다. 화장실을 나온 진성은 다시 카페로 들어갔다. 사장한테 인사 내용을 보고하려는 것 같다.

고경준이 말을 이었다.

"보스는 그동안 사무실 알아보고 회사 등록한다고 했어. 그러니까 우리 둘이 이곳 사무실 이전, 분위기 체크 잘 하라는 거야."

"씨발, 양쪽 사무실이 동시에 설립되는군."

"야, 여자 입이 왜 그러냐?"

"내가 보통 여자냐?"

"박 대리 얼굴 봤지?"

"인과응보. 자업자득."

"씨발놈. 그동안 보스 덕분에 살아온 것도 모르고……."

"그만해 둬, 이젠 끝났으니까."

몸을 돌린 정수연이 힐끗 카페 쪽을 보았다. 눈빛이 전기오징어 같다.

오후 3시.

대구로 달려가는 KTX 안에서 진성이 전용환의 전화를 받았다. 자리에서 일어나 객차 밖으로 나온 진성이 핸드폰을 귀에 붙였다.

"정봉호, 정수연, 고경준을 네 말대로 내일 자로 특수부 1, 2, 3팀장 대리 발령을 내겠다."

"감사합니다, 사장님."

"김선아는 2팀장 대리 정수연 팀으로 간다니 그쪽으로 발령을 낸다."

"네, 사장님."

"그리고."

숨을 한 번 호흡한 시간이 지난 후에 전용환이 말을 이었다.

"특수부 실무팀을 지원할 기획과가 필요하다. 네 생각은 어떠냐?"

"그렇습니다."

진성도 전에 전용환한테 무역부에 기획조정과가 필요하다고 역설했던 것이다. 그런데 수출 물량이 미비한 터라 물량이 커지고 나서 보자고 했었다.

그때 전용환이 말했다.

"기획과에 비서실에 있는 윤상화를 과장 대리로 승진시켜 보내려는데, 네 생각은 어떠냐?"

숨을 죽인 진성의 귀에 전용환의 말이 이어졌다.

"윤상화가 기조실에서 근무하다가 비서실로 왔거든. 그리고……."

전용환이 열심히 말을 잇는다. 마치 사장이 부장한테 인사 청탁을 하는 꼴이다.

"정수연보다 1년 선배라는구나."

"예, 사장님."

"그리고 본인도 원하고 있어. 어떠냐?"

"예, 저는 괜찮습니다."

"됐다."

전용환의 목소리가 밝아졌다.

"내일 오후에 발령을 내지."

예상했던 대로 30분쯤이 지나 KTX가 대전을 지났을 때 윤상화의 전화가 왔다. 다시 객차 밖으로 나온 진성이 핸드폰을 귀에 붙였다.

"여보세요."

"방해하지 않을게."

불쑥 말한 윤상화가 조금 가라앉은 목소리로 말을 이었다.

"수출팀에서 일하고 싶었어. 그것이 내 꿈이야."

"너, 특수부에 와서도 그따위로 할 거야?"

"뭐가?"

"뭐가?"

"뭐가요?"

윤상화의 분위기가 조금 밝아졌다.

"싫은 건 아니지…… 요?"

"조건이 있어."

"뭔데…… 요?"

"내가 코를 만지면 바로 따라 나올 것."

"……."

"그땐 만나자는 표시니까, 알았지?"

"……."

"코를 만지고 나서 뒷머리를 만지면 그건 그날 밤 같이 보내자는 뜻이야."

"지금 어디야?"

윤상화가 불쑥 묻는 바람에 진성이 저절로 바로 대답해 버렸다.

"KTX."

"집에 인사하러 가는구나."

그러더니 윤상화의 긴 숨소리가 났다.

"오늘 밤 자고 싶었는데."

그러더니 통화가 끊겼다.

"응, 왔구나."

약국부터 먼저 들렀더니 진향이 활짝 웃으면서 반겼다. 서울에서 출발하기 전에 연락을 한 터라 진향은 이미 외출 준비를 한 채 기다리는 중이다.

오후 5시가 되어가고 있다.

"아버지하고 저녁 먹고, 올라가기 전에 지난번처럼 현수 만나고 가."

차에 오르면서 진향이 말을 이었다.

"지난번 만나고 나서 너한테 호감이 가는 모양이야. 오늘 너 온다고 했더니 시간 나면 연락하래."

진향이 차를 능숙하게 운전하면서 웃었다.

"요즘 애들은 의사표현이 확실해. 우리처럼 빼고 감추는 게 없어."

의자에 등을 붙인 진성이 길게 숨을 뱉었다.

사람들은 너무 효율성 위주로 생활한다. 떡 본 김에 제사 지낸다는 말이 그래서 나왔는가?

"아버지, 회사를 하나 차리려구요."

진성이 말하자 진의방 씨가 머리를 들었다.

집 근처의 한식당 방 안이다. 게장백반을 시켜놓은 세 사람이 거의 식사를 마친 참이었다.

"회사를 차려?"

되물은 것은 진향이다. 진향의 시선을 받은 진성이 머리를 끄덕였다.

"수출 대리인 역할을 해야 될 것 같아요."

진성이 아버지와 누나를 번갈아 보면서 이번에 외국인 바이어를 만났는데 수출 대리인 역할을 권했다는 것, 당분간 양쪽 회사에서 일을 해야 될 것 같다는 것 등을 설명했다.

CIA나 전쟁 지역 군수품 이야기를 쏙 뺐더니 그럴듯한 회사가 만들어졌다. 회사를 차리지 않는 것이 미친놈이다.

다 듣고 난 진의방이 말했다.

"남한테 해코지하면 안 된다."

"알고 있습니다."

"너무 욕심 부리지 마라."

"예, 아버지."

"인간사 새옹지마다."

이것이 아버지의 인생철학이다.

언제 뒤집힐지 모르니 일희일비할 필요가 없다는 것이다. 하도 많이 들었기 때문에 진성도 이제는 징이 박혔다.

저녁을 마친 진성이 식당 앞에서 아버지와 작별했을 때는 오후 7시 40분이다. 아버지 집에 잠깐 들렀다가 간다던 진향이 진성에게 다가와 말했다.

"야, 현수한테 전화해봐. 기다리고 있을 거다."

진성의 시선을 받은 진향이 웃었다.

"걘 까다로운 앤데 너한테 꽂힌 것 같아. 요즘 애들은 이해를 못하겠어."

"누난 지금 내 험담하는 거야, 뭐야?"

정색하고 진성이 물었지만 진향은 이미 몸을 돌린 후였다.

아버지하고 하룻밤 같이 자면서 이야기를 해보려고 내려왔던 진성이다. 지난번도 마찬가지였다. 그런데 아버지를 만나면 마음이 달라진다. 번번이 후회를 하면서도 그렇다.

전화를 했더니 오현수는 금방 나왔다.

"오빠, 오늘 밤 자고 갈 거지?"

커피숍에 앉자마자 오현수가 물었으므로 진성이 피식 웃었다.

"누나가 넌 까다로운 여자라던데 왜 이러냐?"

"그건 사람에 따라 다르지."

정색한 오현수가 진성을 보았다.

"오빠는 까다로운 남자라는 소리 안 들었어? 내가 보기엔 그런데."

"나도 사람에 따라 달라진다는 건가?"

"편하게 느낀 거야, 우린."

"하긴 그렇다."

머리를 끄덕인 진성이 시킨 커피를 입도 안 대고 일어났다.

"한잔 마실까? 너하고 있으면 술도 잘 들어가."

"그렇다고 오버하진 마."

웃음 띤 얼굴로 오현수가 따라 일어섰다.

반쯤 열어놓은 베란다 유리문으로 습기 띤 밤바람이 몰려들어왔다.

오현수와 진성이 서로를 바라보고 있다.

"오빠, 우리 어젯밤에 만났을 때부터 지금까지 이야기 얼마나 한 줄 알아?"

아침에 룸서비스로 시킨 계란프라이를 먹으면서 오현수가 생각난 듯 물었다.

오전 7시 반.

둘은 알몸에 가운만 걸치고 창가에 놓인 식탁에 앉아 있다. 진성의 시선을 받은 오현수가 눈웃음을 쳤다.

"다 합쳐서 10분도 안 돼."

진성이 소시지를 삼키고 나서 커피를 한 모금 마셨다. 오현수가 말을 이었다.

"말이 필요 없어. 그냥 눈만 보면 돼."

"……."

커피 잔을 내려놓은 진성이 자리에서 일어섰다.

"나, 또 외국 나가야 될 것 같아. 그래서 몇 달간 너 못 만나."

"신경 쓰지 않아도 돼."

따라 일어선 오현수가 진성의 뒤로 다가가 허리를 끌어안았다.

"가끔 연락이나 해주면 돼."

진성은 문득 오현수가 상처를 많이 받아온 것 같다는 생각이 들었다.

"로버트라고 합니다."

사내가 한국식으로 깍듯이 머리를 숙여 인사했다.

"로버트 먼디입니다."

회색 머리칼에 잿빛 눈동자의 백인이다. 키는 진성보다 작았지만 1미터 80센티쯤으로 건장한 체격. 양복의 어깨와 팔 근육이 두드러졌다.

악수를 나눈 진성과 로버트는 마주 보고 앉았다.

오후 2시 반.

이곳은 소공동 럭키호텔 라운지다. 커피를 시키고 나서 진성이 바로 용건을 꺼내었다.

"마이클한테서 이야기 들었어요. 8군 군속으로 일했다구요?"

"예, 지난달까지 근무했습니다."

로버트가 고분고분 대답했다.

마이클이 보내준 자료를 보면 로버트는 28세. LA의 UCLA를 졸업하고 미 8군 군속으로 3년을 근무했다. 보급 담당이었으며, 행정 업무에 적격이라고 추천했다. 내성적인 성격이지만 업무는 꼼꼼하게 처리한다는 것이다. 그리고 마이클은 참고란에 이렇게 적었다.

'동성애자이나 편견을 갖지 말기를 바람.'

그것을 읽은 진성은 로버트가 소속 부대에서 편견으로 피해를 본 것 같다는 생각이 들었다.

진성이 다시 물었다.

"로버트, 내가 지금 어떤 회사를 만들려고 하는지 알지요?"

"마이클한테서 들었습니다, 보스."

보스라는 칭호가 우스웠으므로 진성이 피식 웃었다.

"로버트, 군속이었을 때도 상관한테 보스라고 불렀소?"

"마이클이 당신은 보스라고 했습니다."

"그런가?"

"마이클한테 제 추천서에 제가 동성애자라는 것을 밝혀달라고 부탁했는데 그렇게 썼던가요?"

"읽었소, 로버트."

"편견을 갖고 계시지는 않지요?"

"업무에 방해가 되지 않는다면."

"전혀 없습니다, 보스."

어깨를 편 로버트의 두 눈에 생기가 떠올랐다.

"그럼 취업이 된 것인가요, 보스?"

진성이 머리를 끄덕였다. 로버트는 내부 서류 업무가 적격이다.

로버트와 헤어지고 한 시간 후.

진성의 앞에는 이동철이 앉아 있다. 이동철은 오늘 받은 오더가 무엇인지 받아 적으려고 메모장과 볼펜을 쥐고 있는 것이 꼭 북한 지도자 앞의 간부 같은 자세다.

"네 회사 직원이 몇 명이냐?"

불쑥 진성이 묻자 이동철의 눈동자가 흔들렸다가 곧 멈췄다.

"부동산 일은 한 명이 뛰고 저하고 제 후배 하나가 이 일을 하고 있는데요."

이 일이란 흥신소, 즉 심부름센터 일이다.

머리를 끄덕인 진성이 다시 물었다.

"네 한 달 수입은 얼마나 돼?"

"예, 대충……"

"정직하게 말해, 이 새끼야."

"요즘 일거리가 좀 줄었습니다. 그래서 한 달 4, 5백. 거기서 애들 나눠주면 제 몫으로 2백쯤……"

"내 회사 총무과장을 해라."

진성이 정색하고 말을 이었다.

"그 회사 때려치우고 너하고 네 직원 둘 다 데려와. 넌 총무과장으로 월 5백, 네 직원들 월급은 네가 책정해라."

"형님, 무슨……"

"무역회사야."

심호흡을 한 진성이 입을 열었고 아예 메모장을 내려놓은 이동철이 경청했다.

이동철과 헤어졌을 때는 오후 5시 반.

택시 안에서 진성이 정수연의 전화를 받았다.

"보스, 아세요?"

정수연이 불쑥 물었는데 날이 서 있다. 진성은 소리 죽여 숨을 들이켰다.

정수연은 깜짝 놀란 것 같다. 오전에 특수부 편성에 대한 이사회 승인이 났고 예산과 배치까지 확정이 되고 나서 지금 인사 공고가 나갔을 것이다.

"뭔데?"

시치미를 뗀 진성이 묻자 정수연이 쏟아 붓듯 말을 이었다.

"글쎄, 특수부 1, 2, 3팀장으로 정 선배하고 저, 고경준 씨가 대리 진급을 하면서 임명되었어요."

"그래, 축하한다."

"그런데, 보스."

"뭔데?"

"비서실 윤상화 씨가 특수부 기획팀 대리로 발령이 났어요."

"그래, 알고 있어."

"알고 계셨어요?"

"그래. 기획팀은 필요해. 내가 3팀장이었을 때도 무역부에 기획팀이 필요하다고 했지, 너도 알잖아?"

"그런데, 윤상화 씨가……."

"회사에서 체제를 갖춰준 거야."

"보스는 알면서도 왜……."

이제는 정수연이 진성에게 시비를 걸었다.

"왜 저한테 말해주지 않았어요?"

"나도 조금 전에 알았어."

그리고는 진성이 덧붙였다.

"너도 윤상화하고 사이가 좋지 않아? 다른 놈이 오는 것보단 낫지 않아?"

"그거야 그렇지만……."

"그럼, 왜?"

진성이 다그치듯 묻자 정수연의 재치가 작동했다.

"윤상화는 눈치가 빠르다고요. 우리 계획을 눈치채면 어떡해요?"

진성도 심호흡을 했다. 그러나 그건 나중 일이다.

"지금 우리가 그런 것 따질 상황이냐? 놔둬."

진성이 자르듯 말하자 정수연은 대답하지 않았다. 이성을 찾은 것 같다. 그러더니 갑자기 생각난 듯 물었다.

"보스, 어디세요? 오늘 밤에 뭐해요?"

한흥상사를 배신한다는 생각은 해본 적도 없는 진성이다.

이번 새 회사의 창립도 같은 맥락이다. 오더를 받아서 한흥상사에 넘겨주는 것이니 오히려 위험 부담도 덜어주는 역할을 하게 되는 것이다.

어느 정도 새 회사의 기반이 굳어지면 한흥상사는 떠난다. 그러나 특수부와의 오더 관계는 이어지게 될 것이었다. 이것이 진성의 계획이다.

진성이 오피스텔 근처 단골 식당에서 저녁을 먹었을 때는 오후 7시 반이었다.

식당을 나왔을 때 윤상화의 전화가 왔지만 진성은 받지 않았다. 이제는 같은 식구가 되었기 때문이다.

새 회사의 창립 준비가 기존 건물이 있는 데다 부 편성만 바뀐 특수부 체제보다 더 빨리 되었다. 그것은 도지무역의 총무과장 이동철이 발군의 실력을 발휘했기 때문이다.

부동산 업무까지 해온 터라 알아본 지 한 시간도 안 되어서 방배동의 3층 빌딩을 전세로 빌렸으며 세무서 신고, 거기에다 전화와 팩스 개통, 사무실 집기까지 다 갖췄다.

그다음 날에는 사장실, 회의실, 상담실, 쇼룸 공사를 시작해서 이틀 만에 마쳤고 공사를 끝낸 날 도지무역 현판식까지 했다.

물론 현판식에는 이동철과 로버트, 그리고 총무과 직원 둘만 참석했으나 근처의 식당, 술집, 커피숍에서 가져온 화환이 30여 개나 되었다. 멋모르는 지역구 국회의원 사무실에서도 화환이 왔을 정도다.

현판식이 끝났을 때는 오후 5시경이었는데, 6시에는 도지무역 사무실에 전 직원이 모였다.

이것이 창립 멤버다.

상석의 진성을 중심으로 원탁에는 좌에서 우로 정수연, 로버트, 하석기, 이동철, 장주만, 고경준까지 여섯이 앉았다.

도지무역이란 상호는 진성이 지었는데, 케냐행 화물기가 도착했던 공항 이름을 붙인 것이다. 그 공항 이름이 도지였고 그곳에서 진성이 큰 세상에 눈을 뜬 셈이었다. 알을 깨고 나온 공룡의 느낌이 들었던 곳이다. 그러나 그 이유는 아무에게도 말해주지 않았다.

진성이 영어로 말했다.

"나하고 정수연, 고경준은 당분간 비상근 근무야. 그렇지만 업무에 차질은 없을 테니까 걱정 마."

진성의 얼굴에 웃음이 떠올랐다.

"지금 이라크 오더가 시작되었고 난 열흘쯤 후에 시리아로 들어가 도지무역의 오더를 받아온다. 그때까지 도지무역의 체제는 완벽하게 갖춰져야 돼.”

“보스, 업무팀에 직원이 필요합니다.”

로버트가 말하자 진성이 머리를 끄덕였다. 로버트는 업무팀장이다.

“영업팀도 마찬가지야. 곧 채용이 될 거다.”

영업팀은 비상근인 정수연, 고경준이 팀장이다. 그들을 대신해서 도지무역 사무실에서 근무할 직원도 필요한 것이다.

진성의 시선이 총무팀의 하석기, 장주만에게로 옮겨졌다.

“너희들도 영어는 배워둬라. 이런 상황에서는 노력만 하면 곧 익숙해질 거야.”

그들에게는 한국말을 했다. 부동산 사무실에서 일하다가 졸지에 무역회사 사원이 된 둘이 일제히 머리를 숙였다.

“선아한테 이야기할까요?”

그날 밤 회식 자리에서 정수연이 물었다.

회식은 저녁을 먹고 나서 럭키호텔 지하 바에서 했는데 외국인 손님이 대부분이다. 한 병에 50만 원짜리 양주 3병을 시켜놓고 방에 들어가 마신 것이다.

정수연의 말을 들은 고경준이 먼저 나섰다.

“보스, 김선아한테는 알려줘야 될 것 같습니다. 정수연하고 붙어 있다 보니까 피하기도 쉽지 않을 것 같구요.”

진성이 머리를 끄덕였다.

“먼저 의사를 묻고 데려와.”

“당연히 같이 행동하겠다고 하겠지요.”

정수연이 상기된 얼굴로 진성을 보았다.

"걔가 보스를 얼마나 좋아하는데요?"

그때 로버트가 진성에게 말했다.

"보스, 밖에 제 친구가 와 있는 것 같아서요. 잠깐 나갔다 오겠습니다."

진성이 머리를 끄덕이자 로버트가 방을 나갔다.

"로버트는 이곳 종업원들도 아는 눈치더군요. 여자들한테 인기가 있는 것 같아."

고경준이 지나가는 말처럼 말했을 때 이동철이 피식 웃었다.

"고 형, 로버트는 호모요, 동성애자라구."

"어?"

놀란 고경준이 진성을 보았고, 정수연은 숨을 들이켰다. 하석기와 장주만은 웃음만 띠고 있는 것이 알고 있는 것 같다.

진성이 술잔을 들고 말했다.

"알고 있었어. 업무에 지장이 없는 한 상관없다."

"그렇군요."

술기운으로 얼굴이 붉게 달아오른 정수연이 머리를 끄덕였다.

"날 보는 눈빛이 달랐어요. 그저 목석을 보는 것 같았거든. 이상하더라구."

그때서야 고경준이 쓴웃음을 지었고 이동철은 외면했다.

특수부 사무실이 정상적으로 가동된 것은 그 이틀 후였으니 큰 회사일수록 업무 진행 속도가 늦다는 것이 증명되었다.

오전 9시.

회의실에서 팀장 회의가 열렸다. 진성과 정봉호, 윤상화, 정수연, 고경준이 원탁에 둘러앉아 있다.

사무실은 오늘 자로 가동되었지만 업무는 진성이 귀국한 다음 날부터 시작되었다. 이라크 오더 3,750만 불의 신용장이 오픈되었고 디테일이 계속해서 넘어왔기 때문이다. 3,750만 불의 오더는 3개 팀이 나눠서 진행하는 중이다.

진성의 시선이 팀장 넷을 스치고 지나갔다. 윤상화도 이쪽을 바라보고 있었으므로 시선이 섬광처럼 부딪치는 느낌이 들었다.

그때 진성이 윤상화에게 물었다.

"윤 대리가 이 분위기에 맞춰야 될 거야. 무슨 말인지 아나?"

"알 것 같습니다."

"내가 윤상화한테 맞출 수는 없지. 그렇지 않나?"

"그렇습니다."

모두의 시선이 윤상화에게 모였다. 윤상화의 눈 주위가 조금 상기되었지만 시선은 진성에게 맞춰져 있다.

그때 진성이 말했다.

"내가 공석일 때 특수부를 관리할 사람은 윤상화다. 모두 그렇게 알고 있도록."

진성의 시선이 세 명의 팀장에게로 옮겨졌다.

"기획팀장이 업무 파악하도록 적극 협조해 줘라, 알았나?"

"예."

대답을 고경준 하나만 했으므로 진성이 나머지 둘을 흘겨보았다. 그때서야 정봉호가 대답했다.

"알겠습니다."

정봉호는 윤상화보다 입사가 반 년 빠른 데다 무역부의 고참이기도 한 것이다. 진성의 시선이 정수연에게로 옮겨졌다.

그때 정수연이 물었다.

"보스, 출장은 언제 가세요?"

화제를 돌렸다.

그날 오후에 특수부에 신입사원 9명이 보강되었다.

엊그제 입사한 신입이 아니라 특수부의 신입이다. 그중 김선아 동기가 다섯, 2년 차가 넷으로 각각 4개 과에 분산 배치된 것이다. 미리 선발된 9명을 각 팀장이 협의 끝에 분산한 것이어서 후유증은 없다.

그리고 이번 인사에서 김선아에게 특별한 보직이 주어졌다. 소속은 정수연의 제2팀에 두고 특수부장 진성의 보좌 역으로 임명된 것이다. 부장이 주최한 팀장 회의에서 결정된 사항이다.

그래서 정수연이 따로 김선아를 회의실로 불러서 설명했다.

"너를 내가 부장 비서로 하자고 했더니 보스가 펄쩍 뛰더라고."

회의실에 둘밖에 없었지만 정수연은 목소리를 낮췄다.

"그건 도지무역에서나 그러자는 거야. 하긴, 여기선 부장 비서가 어울리지 않긴 해."

"근데 언니, 제 업무는 뭐죠?"

"연락."

정수연이 말을 이었다.

"보스 지시를 도지무역에 전달하는 것이지, 통화는 한계가 있으니까."

"그렇구나."

정수연한테서 도지무역 합류를 권유받자 두말 않고 승낙한 김선아다. 커다랗게 머리를 끄덕인 김선아가 얼굴을 펴고 웃었다.

"이제 알았어요, 언니."

"넌 보스의 최측근이 되는 거야, 그림자 역할이지."

"흥분돼요."

"나도 네가 부럽다."

"하지만 보스는 저를 어린애 취급해요. 그게 속상해요."

"속상해?"

이맛살을 찌푸린 정수연이 김선아를 째려보았다. 어깨를 늘어뜨린 정수연이 다시 정색했다.

"긴장해야 돼. 아직 정 선배도 모르고 있단 말이다."

"알고 있어요."

어깨를 부풀렸다가 내린 김선아가 반짝이는 눈으로 정수연을 보았다.

"보스는 항상 우릴 긴장시켜서 좋아요."

토요일에 어머니하고 같이 오라는 언니 윤정화의 말을 들었을 때 짐작은 했다. 과연 토요일 오후, 점심을 먹고 나서 전용환이 응접실로 윤상화를 불러 들였다.

"그래, 어떻더냐?"

전용환이 대뜸 밑도 끝도 없이 물었지만 이심전심이다. 윤상화가 앞에 앉은 전용환을 향해 쓴웃음부터 지었다.

"마치 군대 같아요."

"뭐가?"

"조직이 말이에요."

"네가 군대를 알아?"

전용환의 얼굴에 웃음이 떠올랐다.

"상명하복이 분명하단 말이지?"

"네, 부장한테 보스라고 불러요. 정수연 같은 여직원도."

"조폭 같기도 해?"

"아뇨, 존경하고 있는 것 같아요. 태도를 보면 알아요."

"그렇다니까? 제 팀장이 궁지에 몰렸다고 밤중에 술 먹고 사장 집에 쳐들어오는 놈들 아니냐? 돈 먹었다는 진술서를 들고 말이다. 너도 적응할 수 있겠어?"

"재밌어요."

"그놈, 네 남편으로 만들어 봐."

"형부는……"

눈을 흘긴 윤상화가 머리를 저었다.

"그 사람, 좋은 남편감은 아녜요."

"그건 여자의 기준에 따라 다르다."

이번에는 전용환도 정색했다.

"내가 좋은 남편감이냐? 하지만 언니는 내 장점만 바라보고 산다."

"그거야……"

"넌 언니한테 우리 부부 사는 것이 신기하다고 했다면서? 맨날 둘이 겉돌면서 사는 것 같다고 말이다."

"제가 언제……"

얼굴이 붉어진 윤상화를 향해 전용환이 말을 이었다.

"난 회사를 같이 이끌어갈 친족이 필요해. 그놈이 영업을 맡으면 우리는 손발이 맞을 거다."

결국 윤상화는 입을 다물었다.

토요일이었지만 도지무역은 모두 출근해 있다.

오늘은 한흥상사가 쉬는 날이어서 진성과 김선아까지 모두 와 있는 것이다. 이제 도지무역에도 직원이 늘어서 비상근 근무를 빼고도 8명이나 된다. 로버트의 업무 파트에 두 명, 그리고 무역 파트에 두 명이 보강되었기 때문이다.

"내가 이번에 시리아에 갈 때 같이 갈 직원이 필요해."

회의실에 둘러앉은 직원들에게 진성이 말했다.

"남자가 부담이 없겠지. 더구나 시리아는 다마스쿠스에서도 테러가 일어나는 곳이야."

그때 정수연이 말했다.

"고경준 씨는 이번 이라크 오더 때문에 밖에 못 나가요. 고경준 씨가 맡은 품목이 까다로워서 자리를 비울 수가 없거든요."

"말에 씨가 있는데."

고경준이 정수연을 노려보았다.

"넌 그렇지 않다고 직접 말하지그래?"

"예, 제가 밖에 나갈 수 있어요. 그리고……"

어깨를 부풀렸다가 내린 정수연이 말을 이었다.

"테러가 어디 남녀 가리던가요? 남자가 가면 테러 안 당하고 여자가 가면 당하는 건가요?"

"말을 참 이상하게 전개시키네."

고경준이 다시 나섰다가 진성이 머리를 젓는 바람에 입을 다물었다.

그때 진성이 말했다.

"그렇지. 테러는 사람 가리지 않아."

홀쩍 떠났다.

이번에는 대구 아버지와 누나한테 연락도 하지 않았다. 떠나기 전에 긴 회의도 하지 않았다. 인천공항으로 배웅도 나오지 말라고 했다.

사장 전용환에게도 시리아 오더를 상담하려고 파리에 간다고 했기 때문에 진성이 다마스쿠스로 가는 것은 도지무역 관계자들만 안다. 한홍상사 특수부 정봉호도 모르는 것이다.

파리를 거쳐 다마스쿠스에 도착했을 때는 오후 5시경이었다.

공항에는 하리스가 보낸 장교가 비행기 출구 앞까지 들어와 기다리고 있었기 때문에 순식간에 공항 건물을 빠져나왔다.

시내로 달리는 차 안에서 장교가 말했다.

"하리스 씨가 오늘 저녁 9시경에 호텔로 오신다고 했습니다."

검은 눈동자의 장교가 똑바로 진성을 보았다. 짙은 콧수염이 어울리는 미남이다.

"그동안 저녁식사를 하시지요."

"고맙습니다."

"전 압둘라 대령입니다."

장교가 흰 이를 드러내며 웃었다.

"하리스 차관의 보좌관이죠."

"반갑습니다."

벤츠의 뒷좌석에 압둘라와 나란히 앉은 진성이 문득 자신의 신분이 격상된 것을 실감했다. 벤츠의 앞뒤에는 경호차가 같이 움직이고 있다.

그때 압둘라가 다시 말을 이었다.

"이번에 자이단 씨가 올 줄 알았는데……. 차관께서도 조금 놀라셨습니다."

"그렇습니까?"

"자이단 씨하고 이라크에 군수품을 납품하고 계시지요?"

"예, 대령."

머리를 끄덕인 압둘라가 입을 다물었으므로 진성이 창밖으로 시선을 돌렸다.

다마스쿠스는 한때 중동의 파리라고 불리던 도시다. 그런데 베이루트와 함께 전화에 휩싸이더니 곧 쇠퇴의 길로 들어섰다.

시내로 들어서면서 부서진 건물과 차량, 해진 옷을 입은 길가의 아이들이 보였다. 벤츠는 자욱한 먼지를 아이들에게 덮어씌우면서 달려갔다.

호텔 '아라비아'는 시내 중심가에 위치한 특급 호텔이다.

중심가는 화려하고 번화해서 유럽의 대도시 못지않았다. 아라비아호텔도 대리석 외관에 내부 장식이나 종업원들의 태도도 훌륭했다.

진성은 압둘라의 안내로 7층 방으로 들어섰는데 스위트룸이다. 방이 3개나 있었고 응접실과 회의실까지 갖춰졌다.

"난 당신이 혼자 오실 줄은 몰랐습니다."

방 안에 둘이 남았을 때 압둘라가 말했다.

"최소한 경호원은 대동하고 오실 줄 알았지요."

"그렇습니까?"

쓴웃음을 지은 진성의 머릿속에 도지무역 직원들의 얼굴이 스치고 지나갔다. 그래서 동행자를 찾다가 혼자 오게 된 것이다. 아무리 동업자라고 해도 죽음을 무릅쓰게 할 수는 없었기 때문이다.

그때 압둘라가 진성에게 물었다.

"진, 부탁하실 것 없습니까?"

"없는데요."

"그럼 제가 8시 반쯤 다시 오지요."

압둘라가 정색하고 말을 이었다.

"될 수 있는 한 방 밖으로 나가지 마세요. 복도와 로비 안에 경호원들을 배치시켜 놓았습니다만 위험합니다."

진성의 시선을 받은 압둘라가 잠자코 몸을 돌렸다.

표정이 차갑다.

진성은 진동으로 떨고 있는 핸드폰의 발신자를 보았다. 윤상화다.

다마스쿠스 시간으로 오후 7시. 서울은 새벽 1시가 되었을 것이다.

진성이 핸드폰을 귀에 붙였다.

"응. 이 시간에 웬일이야?"

"거기 파리에요?"

윤상화는 파리로 간 줄 안다.

"그래, 파리야."

"전화해도 괜찮아요?"

"호텔방이야. 괜찮아."

"오늘 팀장들하고 회의를 했는데 인원을 더 이상 늘릴 필요가 없다고 해요. 내 생각에는 현재 인원 갖고는 모자란 것이 분명한데……"

"……"

"아래층 무역팀을 통폐합해서 남는 인원 중에 유능한 사원을 뽑는 게 낫지 않아요? 아래층 무역팀은 2천만 불을 50명이 한다구요. 우리는 지금 15명이 4천만 불을 해요."

"……"

"기안을 해요? 최소한 25명은 있어야 돼요. 앞으로 추가 오더가 오면……."

"기다려."

마침내 진성이 윤상화의 말을 잘랐다.

"내가 갈 때까지."

그렇게 말하는 수밖에 없다.

정수연이나 고경준은 이왕 떠날 회사니 인원 확보 따위는 신경 쓰고 싶지도 않을 것이었다. 그들에게는 도지무역 인원이 관심사다.

갑자기 혼자서 고군분투하는 윤상화에게 미안한 생각이 들었으므로 진성이 부드럽게 말했다.

"밤늦게까지 회사 생각하고 계셨구만. 수고가 많아."

"직장 생활에 이렇게 보람을 느끼게 될 줄은 몰랐어요."

윤상화의 목소리에 열기가 띠어졌다.

"모두 보스를 따르고 있는 것이 보여요. 난 정말……."

잠깐 말을 멈췄던 윤상화가 길게 숨을 뱉는 소리를 내더니 말했다.

"돌아오시면 고백할 것이 있어요."

"뭔데?"

"돌아오셨을 때……."

"지금 말해봐."

"싫어요."

"사적인 일이야?"

"그래요."

"임신했어?"

"미쳤어?"

"난 계속 끼지 않고 했잖아."

"시끄러."

"이게, 말하는 것 좀 봐."

"자기가 먼저 시작했잖아?"

윤상화의 목소리가 밝아졌다.

그렇다. 일부러 시작했다. 고백할 일이 무엇인가 짐작이 갔기 때문이다. 그러나 어차피 윤상화도 정리를 해야 된다.

이제 목표는 도지무역이기 때문이다.

8시 반에 압둘라가 먼저 도착했다. 시간을 정확히 지키는 사람이다.

"차관께선 9시 10분까지 아래층 식당으로 오실 것입니다."

앞쪽 소파에 앉은 압둘라가 말했다.

"그때 구매품 목록도 가져오실 겁니다. 이번 물량이 얼마인지 알고 계시지요?"

"압니다."

1억 불이다.

자금 계획은 CIA가 세워주는 터라 그 한도 내에서 구매품 목록을 작성하면 되는 것이다.

그때 압둘라가 리모컨으로 TV를 켰다. 아랍 음악이 울리면서 춤추는 무희가 나타났다. 화면을 보면서 압둘라가 말했다.

"진, 식사하시는 사이에 침대 옆 탁자 서랍에 권총을 넣어두겠습니다."

놀란 진성이 눈만 크게 떴을 때 압둘라가 말을 이었다.

"짐작하고 계시겠지만 하리스는 자이단과 밀착되어 있습니다. 이번에 자이단이 소외되자 당신을 제거하는 것으로 CIA에 반발하려 할 가능성이 있습니다."

진성의 시선을 받은 압둘라가 빙그레 웃었다.

"그 말을 했더니 저쪽에서 당신한테 권총을 건네주라더군요."

저쪽이란 CIA인 것이다. 압둘라는 CIA와 맥을 통하고 있는 사내였다. 다시 압둘라가 말을 이었다.

"아마 당신을 암살하고 테러단 소행으로 만들겠지요. 여기선 내가 했다고 나설 테러 조직이 5개도 넘거든요."

"……."

"당신이 제거되면 CIA는 갑자기 거래선을 만들기가 쉽지 않을 테니까요."

"알았습니다."

마침내 진성이 어깨를 늘어뜨리며 말했다. 이미 각오를 하고 온 것이다.

"소음기도 끼워주시지요. 소리가 크면 딱 질색이라서요."

하리스는 둥근 얼굴에 배가 나온 비대한 체격의 사내였다. 그러나 맞춤양복이 잘 어울렸고 몸에서는 짙은 향수 냄새가 풍겼다. 콧수염을 만지작거리는 버릇이 있었는데 손가락의 굵은 금반지가 반짝였다.

"기다렸지요?"

방으로 들어선 하리스가 손을 내밀며 웃었다.

보좌관 압둘라는 들어오지 않았으므로 방 안에는 둘뿐이다. 종업원이 들어와 주문을 받아 적었는데 진성은 음식을 하리스에게 위임했다. 이윽고 종업원이 방을 나갔을 때 하리스가 진성의 명함을 보고 나서 말했다.

"진, 이번 오더는 급합니다. 재고품이니까 한 달 만에 실을 수 있겠지요?"

"품목을 봐야겠지만 한 달은 너무 벅찹니다. 두 달은 여유를 주셔야 합니다."

하리스가 들고 온 서류 봉투를 내밀었으므로 진성이 내용물을 꺼내었다. 두툼한 서류다. 군 장비에서부터 피복, 무전기, 휴대 식량까지 다양한 품목이다.

각 구분별로 잘 정리가 되었는데 친절하게도 지난번 구매 단가까지 적혀 있다. 지난번 단가 기준으로 가격 산출을 해놓았는데 총 1억 5백만 불 물량이다.

"지난번에 자이단과 무하메드한테서 구입한 단가를 기준으로 했고 새 품목은 다른 업체의 오퍼를 참조로 했소."

하리스가 가슴 주머니에서 은으로 만든 담배케이스를 꺼내더니 뚜껑을 열고 진성에게 내밀었다. 피우라는 시늉이다.

진성이 사양하자 하리스가 담배를 입에 물었다. 곧 향긋한 담배 냄새가 맡아졌다. 진성은 담배를 끊은 지 3년이 되지만 지금도 피우고 싶은 욕망이 남아 있다.

진성의 표정을 본 하리스가 담배 연기를 내뿜으며 웃었다.

"금연하셨군요?"

"그렇습니다."

"괜히 고통을 만들어서 자신을 괴롭히시는군."

"과연 그렇습니다."

"어때요? 납기는 한 달로 안 됩니까?"

"두 달로 해주시지요. 납기에 차질이 없도록 하겠습니다."

"제품 검사는 내가 직접 합니다."

"알겠습니다."

"서울은 10년쯤 전에 간 적이 있어요. 내가 군에 있을 때인데 장관과 함께 다녀왔지요."

하리스가 다시 담배 연기를 길게 내뿜었다. 연기에 덮인 하리스의 두 눈이 가늘어졌다.

뭔가 생각하는 표정이다.

밤 11시 반.

호텔방 안에서 진성이 탁자 위에 펼쳐 놓은 구매 목록을 들여다보고 있다. 일단 가격을 체크해야 되겠지만 지난번에 구입한 품목이 대부분이어서 조정하기는 힘들 것 같다.

가격이 낮은 것을 올려달라고 해도 지난번 기준을 고집하면 곤란해진다. 그러나 1억 5백만 불의 오더다. 그래서 아직 실감이 나지 않고 꿈을 꾸는 것 같다. 가격 컨펌이 끝나면 하리스에게 사인을 해주고 정식으로 발급한 오더 시트를 받아들고 나오면 되는 것이다.

문득 탁자 위의 전자시계를 본 진성이 그쪽으로 다가가 서랍을 열었다.

그때 안에 든 체코제 CZ75가 보였다. 소음기도 옆에 놓여 있었으므로 진성이 먼저 탄창부터 확인했다. 탄창을 빼자 가득 채워진 22밀리 파라블럼 총탄이 드러났다. 다시 탄창을 끼운 진성이 소음기도 부착시키고 나서 긴 숨을 뱉었다. 그러고는 권총을 옆에 내려놓고 전화기의 버튼을 눌렀다.

서울은 이제 오전 6시가 되어 간다.

"보스, 거기 어디예요?"

다급하게 묻는 정수연의 목소리를 듣자 진성의 어깨가 저절로 내려갔다.

"다마스쿠스."

"잘 되었어요?"

"내가 조금 후에 품목과 가격을 찍어서 보낼 테니까 너하고 고경준이 가격 체크를 해."

"가격 체크요?"

진성이 상황을 설명해주고 나서 말을 이었다.

"원가계산을 내보란 말야. 그리고 나서 나한테 거기 시간으로 내일 오후 5시에 연락해."

그때는 다마스쿠스가 오전 11시다.

내일 오후 2시에 하리스를 만나 계약서에 사인하기로 한 것이다. 이른바 사인된 오더시트를 받게 된다.

그때 정수연이 말했다.

"알았습니다, 보스. 몸조심하세요."

머리를 든 진성은 손목시계부터 보았다.

오전 2시 반.

잠을 자지 않았기 때문에 응접실의 기척이 들린 것이다.

숨을 죽인 진성이 손에 쥔 CZ75를 고쳐 쥐었다. 땀이 밴 손잡이가 잠깐 손에서 떼어진 후에 묵직한 중량감이 느껴지면서 잡혔다. 압둘라의 충고를 듣고 나서 잠에 들 수가 없었던 것이다.

그때 뭔가 부딪치는 소리가 났다. 침실 앞쪽이다.

스위트룸 안의 모든 불을 꺼놓았기 때문에 어둡다. 숨을 죽인 진성이 어금니를 물었다.

이곳은 침실 건너편 회의실 옆쪽의 대기실이다. 수행원 방 앞쪽에 위치해 있어서 응접실과 침실이 비스듬한 위치에서 보인다.

궁리 끝에 진성은 이곳의 작은 소파에서 오늘 밤을 보내기로 했는데, 왕의 침실 같은 방을 놔두고 가장 구석의 수행원 방 앞쪽 옹색한 대기실이 가장 위치가 좋았기 때문이다.

머리를 비튼 진성이 응접실을 보았다. 짙은 어둠 속이었지만 침실 앞에 웅크리고 앉은 더 짙은 그림자가 보였다.

사람이다.

침실 문을 열려는 것이다. 그리고 또 있다. 응접실 왼쪽의 벽에 붙어선 물체, 둘이다.

스위트룸은 세 개의 방, 응접실, 회의실 등을 합하면 어지간한 저택만 하다. 진성이 응접실과 침실 쪽에 자연스럽게 가구들을 어질러 놓아서 조금 전의 부딪치는 소리도 그것 때문에 났다.

진성이 CZ75를 쥐고 한 걸음을 떼었다. 등만 보이는 침실 앞 사내와는 7미터쯤 거리였고 그 옆쪽에 지켜 서 있는 사내와는 10미터쯤 거리다. 괴한 둘은 7층 베란다를 통해 침입한 것 같다.

유리문을 잠갔는데 어떻게 열었을까?

다시 한 걸음 발을 뗀 진성이 벽에 등을 붙이고 섰다. 어느덧 온몸이 땀으로 범벅이 되었고 이마에서 흘러내린 땀이 눈으로 흘러들었다. 일어나서 두 걸음을 떼었는데도 그렇다.

그때 베란다에서 흘러든 바람에 바깥 냄새가 맡아졌다. 괴한들도 맡았는지 제각기 꿈틀거렸다.

그 순간 침실 앞에 웅크리고 있던 사내가 몸을 일으켰다. 그러고는 옆쪽으로 비켜서자 앞에 서 있던 사내가 다가갔다. 이윽고 사내가 문을 천천히 열었다.

사내들은 스위트룸 안에 진성 혼자만 있다는 것을 아는 것 같다. 그래서 둘은 침실에만 신경을 곤두세우고 있다.

그때 진성이 사내들의 등을 향해 CZ75를 겨누었다. 거리는 7미터. 사내들의 등판이 넓게 보인다.

"퍽, 퍽, 퍽, 퍽!"

발사음이 처음에 네 번 울렸다. 첫 발과 두 번째는 둘의 등판에 대고 쏘았고 나머지는 왼쪽 사내에게 두 발을 다 쏘았다.

"퍽! 퍽! 퍽!"

두 번째 세발은 오른쪽 사내에게 쏘았는데 모두 명중했다. 사내들이 바닥에 엎어진 후에도 세 발을 쏜 것이다.

문을 열고 복도 끝에 서 있는 경호원을 불렀더니 놀라 달려왔다.

그리고 30분쯤이 지났을 때 압둘라가 방 안으로 들어서더니 힐끗 침실 앞을 보고 나서 진성에게 말했다.

"짐 챙겨서 나가십시다."

방 안에는 경호원 넷이 들어와 있었는데 모두 차분한 표정이다. 시체 둘을 보고서도 놀란 기색도 없다. 누군지 확인하려고도 않고 경찰을 부르지도 않는다.

바로 짐을 챙긴 진성은 아라비아호텔을 나왔다.

새벽 3시 반이다.

핸드폰이 진동으로 떨었을 때는 11시 10분이다.

이곳은 아라비아호텔에서 차로 15분쯤 거리인 저택 안이다. 고급 주택가여서 2층 저택들이 즐비했고, 이차선 도로는 차량 통행도 없다.

진성은 2층 저택의 2층 응접실에서 전화를 받는다.

"보스, 가격 다 냈습니다."

정수연의 목소리는 활기가 넘치고 있다.

"평균 마진율이 37퍼센트나 됩니다. 보스, 이게 다 우리 몫은 아니죠?"

"아, 그거야 물론"

"보스, 1억 불에서 3천7백만 불 마진이에요. 가격 좋아요."

"알았다."

진성이 창밖을 보았다. 한낮이지만 하늘은 흐리다. 반쯤 열린 베란다 쪽 창을 통해 매캐한 매연 냄새가 맡아졌다. 화약 냄새 같다.

그때 정수연이 물었다.

"보스, 무슨 일 있어요?"

"아니? 왜?"

"분위기가 가라앉아 있는 것 같아서요."

"별일 없어."

"거기 여자 있어요?"

"왜?"

"저, 지금 도지에 와 있어요."

정수연의 목소리가 차분해졌다.

"여기에 오면 마치 시집간 여자가 친정집에 온 느낌이 이럴 것 같다는 생각이 들어요."

그 순간 진성이 숨을 들이켰다.

갑자기 가슴이 먹먹해졌고 코가 막혔기 때문이다. 어떤 연관이 있는지 알 수 없지만 와락 감정이 북받쳤다. 어젯밤 사건 때문일 수도 있다.

그래서 불쑥 말했다.

"널 보고 싶구나."

"저 봐, 무슨 일 있죠?"

이윽고 정수연이 물었는데 목소리가 갈라져 있다.

"보스, 괜찮은 거예요?"

"어디가?"

"보스."

"전화 끊는다. 다시 연락할게."

전화기를 귀에서 뗀 진성이 심호흡을 했다. 이제 기분이 조금 풀렸다.

"놈들은 아지즈파의 암살자들이었소."

오후 2시 반.

저택으로 찾아온 하리스가 분개한 표정으로 말했다.

"당신이 우리한테 군수품을 공급하는 대리인 역할인 것을 알고 있는 거요."

옆에 선 압둘라는 무표정한 얼굴이다.

소파에 앉은 하리스가 길게 숨을 뱉고 나서 진성을 보았다.

"진, 솜씨가 좋으신데 어디서 군복무를 했습니까?"

"한국군이었습니다."

"해병대요?"

"아니, 육군이었지요. 전방에서 근무했습니다."

"그렇군. 그런데 무기는 어디에서 구했습니까?"

"내가 부탁을 했지요. 호텔에서 받았습니다."

압둘라와 말을 맞춘 것이다. 그러자 하리스가 머리만 끄덕였다.

다마스쿠스에 CIA 요원이 퍼져 있는 것은 시리아의 개도 아는 사실이다. 진성은 CIA의 위촉을 받은 물품 공급업자인 것이다. 그에게 호신용으로 무기를 건네주는 것은 당연하다.

이윽고 하리스가 머리를 들고 진성을 보았다.

"자, 가격은 이상 없지요?"

"예, 받아들이겠습니다."

"그럼 계약합시다."

하리스가 자리를 고쳐 앉자 압둘라는 가방에서 계약서를 꺼내 탁자 위에 펼쳐 놓았다. 구매품 내역과 계약 조건이 적혀 있는 오더시트다.

1부를 받아 본 진성은 가격이 그대로 적혀 있는가를 어제 받은 리스트와 대조했다. 그러고 나서 계약 조건을 꼼꼼하게 확인했다.

납기는 2개월 후 선적. 신용장 조건은 선적 후 선하증권만 받으면 바로 은행에서 수출대금을 찾는 즉시 지불 방식. 신용장 개설은행은 파리은행이다.

이윽고 진성은 서류에 사인했다.

도지무역 대표이사 진성의 이름으로 맺은 첫 계약이다. 1억 5백만 불. 아직도 실감이 나지 않는다.

그때 자리에서 일어선 하리스가 진성에게 손을 내밀었다.

"진, 선적 전에 서울에서 봅시다."

"기다리지요."

"그런데."

하리스가 진성의 손을 쥔 채 조금 앞으로 당겼다. 둥근 얼굴에서 물기를 띤 두 눈이 번들거리고 있다.

"그 가격이 정상 가격보다 30퍼센트 이상의 마진이 포함되어 있다는 건 알고 계시지요?"

진성이 숨을 들이켰다가 뱉고 나서 대답했다. 하리스는 아직도 손을 움켜쥐고 있었는데 땀이 배어 끈적거렸다.

"예. 압니다, 차관님."

"지난번 자이단과 거래할 때는 25퍼센트를 받아서 자이단한테 5퍼센트를 주었지요. 내 몫은 20퍼센트였습니다."

하리스는 그때서야 진성의 손을 꾹 쥐었다가 놓았다.

진성이 땀에 젖은 손바닥을 바지에 문질러 닦고 싶은 것을 억누르고 기다렸다. 하리스가 말을 잇는다.

"진, 선적을 한 즉시 나한테 30퍼센트를 주시오."

"그건 곤란합니다, 차관님. 은행이 허가하지 않을 겁니다."

"내가 왜 파리은행을 선택했겠소? 그건 편의를 봐준다는 약속을 받았기 때문이오."

"하지만 30퍼센트는 너무 과합니다."

"내가 당신한테 10퍼센트를 주려는 거요."

숨을 들이켠 진성이 엉겁결에 손바닥을 바지에 문질렀고 하리스의 말이 이어졌다.

"군수품 거래에 엄청난 수수료가 포함되어 있다는 건 알고 있을 테니까."

"……."

"그 돈이 눈먼 돈이라는 건 모두 알고 있지. 내가 그 중심에 서 있는 거요."

하리스의 얼굴에 쓴웃음이 번졌다.

"잘못하면 양쪽 총을 맞고 제거되지. 목이 잘릴 수도 있어요."

"……."

"CIA는 내 해외 계좌에 얼마나 들어 있는가도 알 거요. 하지만 저울질을 해서 내 이용가치가 좀 더 무거우니까 이대로 놔두는 것이지."

"차관님, 저는 이 내용을 모두 보고하고 그쪽에서 하라는 대로 하겠습니다."

마침내 진성이 똑바로 하리스를 응시한 채 말을 이었다.

"제 생각이지만 그쪽에서도 내막을 다 알고 있을 것입니다. 알고 있는 상황에서 모른 척 받아 챙길 수는 없습니다."

"과연."

쓴웃음을 지은 하리스가 머리를 끄덕였다.

"오랜만에 깨끗한 말을 듣는군. 그쪽에서 대리인을 바꿀 만하군."

그쪽이란 바로 CIA다.

그때 하리스가 손을 뻗어 진성의 어깨를 덮었다.

"그쪽도 다 알고 있어요. 알고 있으면서도 모른 척하는 거지. 그럼 그렇게 하시오, 진."

어깨를 쥔 손에 힘을 주었다가 뗀 하리스가 몸을 돌리면서 말했다.

"당신이 쏴 죽인 두 놈은 자이단과 연결되어 있어요, 진."

"잘하셨습니다."

공항으로 달려가는 차 안에서 압둘라가 말했다.

오후 4시, 다마스쿠스발 파리행 에어프랑스는 6시 출발이다.

압둘라가 말을 이었다.

"차관은 노련한 인물이지요. 비자금도 혼자 착복하지는 않을 겁니다."

"알면서도 속아 넘어가 주는 경우도 많지요, 대령."

진성의 얼굴에 쓴웃음이 번졌다.

"난 사회생활에서 돈 욕심을 절제하도록 단련했지요. 그것이 내 첫 번째 원칙입니다."

"참고로 하지요."

따라 웃은 압둘라가 진성을 보았다.

"차관은 내가 그쪽과 연결되어 있다는 것을 아는 겁니다."

진성의 시선을 받은 압둘라가 말을 이었다.

"나를 통해 자신과 정부의 의도를 간접적으로 그쪽에 전달했던 것입니다."

"그렇겠군요."

"참. 존슨 씨가 파리에 도착하면 기다리고 있을 겁니다."

압둘라가 생각이 난 것처럼 말했다.

"오늘 호텔에서의 사건을 듣고 만나자고 한 것 같습니다."

"자이단이 보낸 암살자가 분명할까요?"

"그럴 가능성이 많지요."

압둘라가 정색하고 말을 이었다.

"아지즈파에서 추방된 청부업자인데 자이단과 안면이 있는 놈들이죠."

진성의 표정을 본 압둘라가 불쑥 물었다.

"진, 당신은 세일즈맨 같지가 않아요."

"뭐처럼 보입니까?"

되물은 진성을 향해 압둘라가 말을 이었다.

"암살자 둘을 죽이고 나서도 눈도 깜빡이지 않더군요. 프로 같습니다."

그러자 진성이 피식 웃었다.

"내가 살려면 죽여야죠. 왜 눈을 깜빡입니까?"

6장

야망

샤를드골 공항에 도착해서 입국장으로 들어섰을 때 핸드폰이 울렸다. 꺼내보았더니 존슨이다. 마치 보고 있는 것 같은 느낌이 들었으므로 진성은 주위를 둘러보았다.

오후 8시 20분.

핸드폰을 귀에 붙인 진성이 응답했다.

"예, 존슨 씨."

"곧 안내인이 갈 거야. 내가 인터콘티넨탈에서 기다리고 있겠네."

존슨의 말이 끝나기도 전에 사내 둘이 다가와 인사를 했다.

"존슨 씨 전화를 받으십니까?"

하나가 묻고 하나는 진성의 짐 가방을 들었다.

진성이 호텔로 들어서자 로비에서 기다리고 있던 존슨이 손을 내밀며 다가왔다. 짐 가방을 든 사내가 곧장 방으로 올라갔기 때문에 존슨과 진성은 로비의 구석 자리에 마주 보고 앉았다.

10시가 되어가고 있다.

어느덧 정색한 존슨이 진성에게 물었다.

"아라비아호텔에서 두 놈을 쏘아 죽였다면서? 그것도 일곱 발이나 맞췄다던데."

진성이 눈만 껌뻑였더니 존슨의 어깨가 늘어졌다. 심호흡을 한 것이다.

"진, 당신한테 제임스를 쏴 죽이라고 한 것이 잘못된 것 같군."

"그런 것 같습니다, 존슨."

이제는 존슨이 눈만 껌뻑였고 진성이 말을 이었다.

"무역회사 그만두면 킬러로 나서도 될 것 같아요. 죽이고 나서도 전혀 감동이 일어나지 않는 걸 보니까 전생에 개나 소를 죽이는 도살자였던 모양이오."

"전생이라니?"

"내가 태어나기 이전의 생 말이오. 인간의 영혼은 영원하다고 불교도들이 믿고 있지요."

"당신은 불교도야?"

물었던 존슨이 입맛을 다시더니 진성을 보았다. 말에 끌려들어 다른 이야기를 했다는 것을 깨달은 것이다.

"진, 그 암살자들은 자이단이 고용했어."

"하리스도 그러더군요."

"자이단 그놈은 지금 일 때문에 방콕에 가 있어. 거기엔 그놈 회사가 있지."

"……."

"이번 이라크 오더까지 끝내면 정리하려고 했는데 안 되겠어. 대리인을 바꿀 거야."

존슨이 둘째 손가락을 권총 총구처럼 만들더니 진성을 겨누었다.

"대리인을 도지무역으로 돌릴 것."

진성이 숨을 들이켰다.

그렇다면 한흥상사에 떨어진 3,750만 불도 도지무역 몫이 된다.

그때 외면한 존슨이 목소리를 낮췄다.

"물론 당신 말대로 자이단에게 이 현실이 전생이 되어야겠지. 놈은 그래야만 오더를 포기할 테니까."

"……."

"자이단은 연간 20억 불 정도의 오더를 소화했어. 제법 발이 넓어졌지."

"……."

"부패한 관리들하고 잘 지냈고, 특히 하리스 같은 부류가 자이단을 좋아했는데."

다시 존슨이 정색하고 진성을 보았다.

"진, 조금 빠른 감이 있지만 자이단 대역이 되어줘야겠어."

"……."

"자이단이 당신을 제거하려고 한 것이 기폭제 역할을 했어. 그놈이 먼저 시작한 거야."

머리를 든 존슨이 뒤를 향해 손짓을 했다. 그러자 뒤쪽에서 사내 하나가 다가왔다. 공항에 마중 나왔던 사내다. 사내가 테이블 옆쪽에 서자 존슨이 말을 이었다.

"진, 지금부터 당신은 경호원이 필요해. 그러니 토니를 고용하도록. 토니는 경호 책임자 겸 우리와의 연락원 역할이야."

그때 토니라는 사내가 진성의 시선을 받더니 머리를 숙여 인사했다.

"토니 브랜튼입니다, 보스."

밤 10시 반.

자리를 옮긴 진성과 존슨이 호텔 바에서 술을 마시고 있다. 바닥 조명만 켜진 어둑한 바 안에 낮은 목소리의 샹송이 깔리고 있다. 마치 무거운 안개처럼 음악이 천천히 바닥으로 내려앉는다.

구석자리에 앉은 존슨은 위스키를 물 삼키듯이 넘기면서 안주도 먹지 않았다. 세다.

"진, 하리스는 30퍼센트를 가져서 10퍼센트 정도는 위의 놈들한테 먹이고 있어. 하리스 몫은 15퍼센트 정도고."

잔에 술을 채운 존슨이 이를 드러내며 웃었다.

"당신한테 10퍼센트를 주겠다고 한 건 자이단 몫을 당신한테 주겠다는 것이지. 어차피 그놈은 먹지를 못하니까."

"그러면 이라크 오더에서 나갈 자이단의 수수료는 어떻게 됩니까?"

"대리인이 당신으로 바뀌었으니 당신 몫이지. 5퍼센트야."

"그럼 당신이 나한테 준다는 5퍼센트는 받지 않겠습니다."

"아니, 진."

쓴웃음을 지은 존슨이 한 모금에 술을 삼키고 나서 말을 이었다.

"그건 이미 결정된 일이야. 당신 포켓에 넣어."

진성이 잠자코 존슨을 보았다. 어둠 속에서 존슨의 푸른 눈동자가 번들거리고 있다.

"진, 당신 머리가 돌아가는 소리가 들리는군."

시선을 준 채 존슨이 말을 이었다.

"내 나이 43. 연봉이 수당까지 다 합쳐서 20만 불도 안 돼. 목숨을 건 직업치고는 값싼 인생이지."

정색한 존슨이 진성을 보았다.

"전처가 내 아이 둘을 키우고 있어. 내가 죽으면 아마 연금으로 30만 불쯤 나갈 거야. 내 아이들은 대학까지 정착금은 받겠지."

길게 숨을 뱉은 존슨이 다시 술잔을 쥐었다.

"그런데 내가 국고에서 나온 돈을 횡령한다고? 그건 내 마지막 남은 자존심에 똥칠을 하는 거야. 자존심을 잃은 공무원은 개나 돼지보다 못해, 그렇지."

존슨이 커다랗게 머리를 끄덕였다.

"당신 말대로 전생에 짐승이었던 놈이야."

전화벨 소리에 진성이 눈을 떴다.

핸드폰의 벨소리다. 손을 뻗어 핸드폰을 든 진성이 숨을 들이켰다. 발신자는 자이단이었던 것이다.

오전 3시 반, 자이단이 머물고 있다는 방콕은 오전 8시 반이다.

상반신을 일으킨 진성이 심호흡을 하고 핸드폰을 귀에 붙였다.

"예, 자이단 씨."

"주무시고 있는 것을 깨웠군요."

자이단의 목소리에 웃음기가 섞여 있다.

"아, 괜찮습니다. 그런데 무슨 일입니까?"

"다마스쿠스 일은 잘 끝냈습니까?"

"예, 끝내고 파리에 왔습니다."

"난 지금 방콕에 있어요."

"아아."

"언제 서울로 돌아갑니까?"

"예, 곧."

"그럼 여기 방콕에서 만나 같이 서울로 가십시다. 중간검사도 할 겸……"

진성이 숨만 쉬었고 자이단의 말이 이어졌다.

"내가 방콕에 온 김에 서울에 들렀다가 가려는 겁니다. 중간검사로 선적 전 검사를 대신합시다."

"그러지요."

선적 전 검사보다 중간검사가 훨씬 수월한 것이다. 선적 전 검사는 제품 품질에서 수량, 선적일까지 다 맞춰야 하지만 중간검사는 제품 품질이 중점 사항이다.

진성이 말을 이었다.

"제가 오늘 오전 중에 스케줄을 연락드리지요."

오전 6시.

다시 잠이 들지 못한 채 그때까지 기다렸던 진성이 존슨에게 전화를 했다. 진성의 말을 주의 깊게 듣고 난 존슨이 굳어진 목소리로 말했다.

"진, 내가 상의를 하고 나서 9시까지 호텔로 가지."

그러더니 입맛 다시는 소리를 내고 나서 통화를 끝냈다.

"보스, 어디예요?"

신호음이 떨어지자마자 정수연이 물었다. 오전 6시 20분, 서울은 오후 1시 20분이다.

이쪽에서 전화할 때까지 기다리라고 했기 때문에 정수연은 기다리고만 있었다. 윤상화하고는 다른 점이다.

"다마스쿠스에서 어젯밤에 돌아왔어."

"파리?"

"그래."

"다마스쿠스는 어때요? 살벌해요?"

"평온해."

"언제 돌아와요?"

"이라크 오더는 어떻게 진행되고 있는 거냐?"

"현재 30퍼센트 정도. 예상보다 빨라요. 납기 충분히 맞춥니다."

정수연이 시원스럽게 보고하더니 목소리를 낮췄다. 한흥상사에 있는 것 같다.

"그런데, 보스."

"……"

"윤 대리가 특수부 인원이 증원되어야 하지 않느냐고 해요. 아래층 무역 팀을 통폐합시키고 남는 인원을 보강해야 된다구요."

들었다고 말할 필요는 없었으므로 진성은 듣기만 했다.

"굉장히 의욕적이라 우리가 좀 부담스럽네요, 보스."

"……"

"정 선배는 환호하는 분위기고, 저하고 고 대리는 보스 돌아오시고 상의하자고 했지만요."

"……"

"시리아의 1억 불 오더는 아직 우리 도지 멤버만 알아요."

진성이 저도 모르게 심호흡을 했다. 도지무역을 세우지 않았다면 한흥 상사는 난리가 났을 것이었다.

"내가 다시 연락할게."

방콕에서 자이단을 만날 것이라는 이야기도 할 필요가 없다.

아라비아호텔에서 암살자 둘을 총탄 일곱 발이나 쏴 맞혀 죽였다는 이야기도. 그래서 피에 젖은 1억 불이 된 사연도 일단 혼자서 묻고 있어야 한다.

커피숍의 앞쪽 자리에 앉은 존슨이 다가온 종업원에게 오렌지 주스를 시키더니 쓴웃음부터 지었다.

"아라비아호텔에서 사살된 두 놈은 자이단과 직접 만나지 않았어. 중간 전달자를 통해 다마스쿠스에서 오더를 받은 것이지."

주위를 둘러본 존슨이 말을 이었다.

"욕심이 때로는 분별력을 흐리게 만드는 증거가 되겠어."

"자이단이 시켰다는 증거가 뭡니까?"

"방심하면 안 돼, 진."

존슨이 웃음 띤 얼굴로 주머니에서 소형 녹음기를 꺼내 탁자 위에 놓았다.

"자이단은 방콕이 현장을 떠난 곳이라고 생각했겠지. 하긴 이곳에 10층짜리 빌딩을 소유하고 여행사까지 운영하고 있으니까 다른 세상에 온 것이나 같지."

존슨이 눈으로 녹음기를 가리켰다.

"방콕 요원들이 보내온 것이네. 요약해서 편집했으니까 귀에 붙이고 듣게."

손을 뻗은 존슨이 버튼을 누르더니 녹음기를 건네주었다. 진성이 녹음기를 귀에 붙이자 곧 목소리가 울렸다.

"하리스한테서 받을 돈이 얼마지?"

자이단의 목소리다.

그때 다른 사내가 대답했다.

"1천만 불 가깝게 됩니다, 회장님."

"개새끼."

욕설을 뱉은 자이단이 말을 이었다.

"내가 이번의 시리아 오더에서 미리 내 수수료를 2천만 불 정도를 떼고 그놈한테 줄 테니까."

"알겠습니다, 회장님. 그럼 그 자금은 언제쯤 들어오지요?"

"두 달쯤 후에."

녹음이 끊겼을 때 존슨이 진성에게 말했다.

"자이단과 방콕 회사 재무담당 측근의 대화야. 자이단은 이번 시리아 오더가 다시 자기한테 오는 것으로 예상하고 있어."

정색한 존슨이 진성을 보았다.

"진, 네가 제거되면 오더는 자이단이 맡아야 돼. 어쩔 수 없어. 네 살인범을 찾으려고 시간 보낼 수는 없다고."

그러더니 존슨이 숨을 들이켰다가 뱉었다.

"자. 자이단한테 방콕에서 만나자고 해."

하리스가 암살자를 보낸 배후 인물이 자이단이라고 말해준 것도 이유가 있었다. 자이단에게 줄 돈이 있었기 때문이다. 1천만 불이나 밀렸다고 했다.

방콕행 에어프랑스의 비즈니스석에 앉은 진성이 머리를 돌려 옆에 앉은 토니에게 물었다.

"토니, 미국인이야?"

"그렇습니다, 보스."

토니가 정색하고 대답했다.

"아일랜드계 미국인이죠. 제 조상은 2백 년 전에 이민을 왔습니다."

"CIA 요원인가?"

"CIA 소속 용병이죠. 정식 직원은 아닙니다."

"그렇군. 그래서 지금은 내가 고용한 셈이군."

"그렇습니다, 보스."

토니는 29세. 미군 특수부대 상사 출신의 CIA 용병이었다가 이제는 도지무역 사장 진성의 경호원이 된 셈이다. 물론 또 다른 역할이 있다. 존슨이 말한 대로 CIA와의 연락원 역할이다.

비행기는 푸른 하늘 위에 그냥 떠 있는 것만 같다. 엔진 음만 들리지 않는다면 정지된 것처럼 느낄 것이다.

그때 토니가 진성에게 말했다.

"보스, 방콕에 도착하면 떨어져야 합니다."

"알았어."

"제가 곧 연락드리지요."

토니와는 남남처럼 행동하자는 것이다.

자이단이 방콕으로 부른 것은 중간 검사 목적이 아니다. 진성을 제거하려고 부른 것이다. 그러니 진성은 사지(死地)를 향해 날아가고 있는 셈이다. 함정으로 들어가고 있는 것과 같다.

"너희들 무슨 음모가 있지?"

술에 취한 정봉호가 정수연과 고경준을 번갈아 보았다. 그러나 눈동자가 흔들렸고 힘이 떨어졌다.

회사 근처의 포장마차 안이다. 정봉호가 할 말이 있다면서 둘을 부른 것인데 부르지도 않은 김선아도 참석해서 합이 넷이다.

"아니, 도대체……."

이맛살을 찌푸린 정수연이 정봉호의 시선을 맞받았다. 이쪽 시선이 더 강하다.

"음모라뇨? 정 선배. 누가 쿠데타라도 일으킨단 말인가요?"

"옳지, 너 말 잘했다."

술잔을 옆으로 치운 정봉호의 눈빛이 또렷해졌다.

"그래, 쿠데타. 그런 분위기가 보여."

옆쪽에 앉은 남녀 한 쌍이 이쪽을 흘깃거렸으므로 고경준이 입맛을 다셨다.

"지미, 목소리 좀 낮춥시다. 이게 무슨"

그때 정수연이 말을 받았다.

"그런 분위기라니? 말해 봐요. 도대체 누가 어쨌는데? 보스가 없으니까 막말해도 되는 겁니까?"

"아니, 이게."

"말해보라니까 그러네."

"너희들 요즘 왜 나만 쏙 빼놓고 다니냐? 응? 김선아까지 말야."

술을 마시려던 김선아가 잔을 입에서 떼었다.

정봉호의 얼굴이 더 붉어졌다.

"요즘 들어 너희들 나하고 저녁에 같이 퇴근한 적 있어? 가만 보면 둘이 쑥덕거리고, 번갈아서 낮에도 어딜 나가고, 보스하고는 수시로 연락을 하는 것 같고."

"……."

"내가 왜 너희들한테 왕따를 당해야 되지? 내가 박기성이냐? 내가 보스를 배신한 적이 있어? 내가 너희들을……"

"가만."

정수연이 손바닥을 펴서 정봉호의 입 근처까지 밀었다가 내려놓았다.

"아, 글쎄. 누가 뭐래요? 그러니깐 진정합시다."

"아니. 난 오늘 결판을 내야겠어."

정봉호가 어깨를 부풀리며 말했을 때 고경준이 나섰다.

"보스 오실 때까지 기다립시다. 보스가 다 알아서 해명해 줄 겁니다."

정봉호가 술이 깬 듯 눈만 껌뻑였으므로 고경준의 목소리가 강경해졌다.

"그때까지 정 선배는 오해 푸시고 기다리면 됩니다."

정봉호를 택시에 태워 보낸 고경준이 몸을 돌렸을 때 먼저 간다면서 지하도로 내려갔던 정수연이 김선아와 함께 다가왔다. 다시 만나기로 한 것이다.

"눈치챌 만도 해."

정수연이 먼저 말했다.

"우리끼리 너무 티를 냈어. 그래도 정 선배는 한 팀이었는데 말이야."

셋은 택시정류장에 모여 서 있다.

밤 11시 반, 그때 김선아가 말했다.

"저한테도 정 과장님이 고 대리님 없을 때 자주 물었어요. 어디 갔냐? 요즘은 둘이 마음이 떠 있는 것 같다는 둥, 그리고……"

김선아가 웃음 띤 얼굴로 둘을 번갈아 보았다.

"둘이 연애하는 거 아니냐고도 물었어요. 박 대리님 생각도 그런 것 같다고……"

"옳지."

갑자기 고경준이 눈을 크게 뜨고 정수연을 보았다.

"우리 연애하자. 그럼 다 풀린다."

"미쳤어?"

정수연이 한 걸음 물러서자 고경준이 빽 소리쳤다.

"야, 보스만 남자냐?"

지나던 행인들이 그들을 돌아보았다.

방콕 수완나품 공항에 도착했을 때는 오전 10시 반.

비행기는 밤을 새워 날아온 셈이 되었다.

공항 입국장으로 나온 진성은 앞쪽에 '진성'이라고 영어로 쓴 팻말을 들고 있는 사내를 보았다. 사내에게 다가간 진성이 물었다.

"난데, 누가 보낸 거요?"

"자이단 씨입니다. 가시지요."

사내가 진성의 가방을 받아 쥐며 웃었다. 흰색 셔츠에 바지 차림이었는데 건장한 체격의 태국인이다.

건물 밖으로 나온 그들 앞으로 검정색 벤츠가 다가와 섰다. 조수석에서 나온 사내가 가방을 트렁크에 싣더니 진성에게 뒤쪽 문을 열어주었다. 운전사까지 셋이 나왔다.

차에 오르자 금방 시원해졌으므로 진성이 길게 숨을 뱉었다. 옆에 탄 사내가 물었다.

"호텔로 모시겠습니다. 어느 호텔로 예약하셨습니까?"

"페닌슐라."

사내가 운전사에게 태국어로 지시하더니 다시 진성을 보았다.

"저는 자이단 씨의 보좌관 와푼이라고 합니다."

"반갑습니다."

"자이단 씨를 바뀌드려도 되겠습니까?"

"그러시지요."

사내가 곧 주머니에서 핸드폰을 꺼내더니 버튼을 눌렀다. 토니하고는 비행기에서 나올 때 헤어졌지만 곧 연락이 될 것이다.

그때 사내가 진성에게 핸드폰을 내밀었다.

"자이단 씨입니다."

핸드폰을 받아 든 진성이 응답하자 자이단이 말했다.

"진, 오후 5시쯤 제가 차를 보내지요. 저녁식사를 같이 하십시다."

"그러지요."

"그리고 내일 오전에 한국항공 편으로 서울로 가십시다. 내가 예약해 놓아도 되겠지요?"

"고맙습니다."

"그럼, 잘 쉬시오."

통화가 끊겼으므로 진성은 소리 죽여 숨을 뱉었다.

과연 내일 한국항공 서울행 편을 탈 수나 있을 것인가?

오후 2시 반.

호텔방 안에서 진성이 핸드폰 벨소리를 듣는다. 존슨이다.

"진, 점심식사 했습니까?"

"예."

대답은 했지만 방 밖으로 나가지 않았다. 토니하고 연락을 했지만 어디 있는지는 밝히지 않았다. 식욕도 일어나지 않았기 때문에 생수만 두 병이나 마셨을 뿐이다.

그때 존슨이 말했다.

"진, 일 끝났어요."

숨을 죽인 진성의 귀에 존슨의 말이 이어졌다.

"좋은 여행이 되시기를."

통화가 끊겼으므로 진성이 길게 숨을 뱉었다.

무슨 일이 끝났단 말인가?

그때 문에서 벨소리가 들렸으므로 진성이 숨을 들이켰다. 긴장하고 있었기 때문이다.

"누구요?"

일어서면서 물었을 때 밖에서 목소리가 울렸다.

"보스, 납니다."

토니다.

서둘러 다가간 진성이 문을 열었다. 토니가 사내 하나와 같이 들어섰다. 태국인으로 젊다.

"보스, 가방 풀지 않으셨죠?"

방 안을 둘러보면서 토니가 물었으므로 진성의 심장박동이 빨라졌다. 가방은 풀지 않았다. 옷도 갈아입지 않고 저고리만 벗어 놓았다.

"무슨 일이야?"

"가면서 말씀드리지요."

토니가 가방을 집어 태국 사내에게 건네주면서 말을 잇는다.

"오후 4시 반 비행기입니다. 보스, 가시지요."

태국 사내가 짐 가방을 들고 먼저 나갔으므로 진성이 방 안을 둘러보며 다시 묻는다.

"방금 존슨 씨 전화를 받았어. 다 끝났다던데 어떻게 된 거야?"

방 안을 둘러보던 토니가 허리를 펴면서 진성을 보았다. 정색한 표정이다.

"자이단을 제거했습니다."

엘리베이터에 둘이 탔다. 로비로 내려가는 엘리베이터 안에서 토니가 앞쪽을 향한 채 말했다.

"방콕에 들어오면 자이단은 엄중한 경비를 받는다고 합니다. 자이단의 경호대는 뚫기가 거의 불가능했다는군요."

"……."

"그런데, 오늘은 많이 노출되었어요. 공항으로 마중 나온 사내들을 쫓았더니 어렵지 않게 자이단을 찾았다고 합니다."

엘리베이터 문이 열리고 둘은 곧장 로비를 통과했다. 체크아웃을 다른 사내가 맡은 것이다.

토니가 말을 이었다.

"보스를 방콕으로 불렀을 때부터 놈은 지옥행 열차를 탄 것이지요. 이제 열차는 지옥으로 들어갔습니다."

서쪽에서 동쪽으로 날아갈 때는 시간을 빼앗기는 느낌이 들다가 그 반대로 날 적에는 시간을 번 것 같다. 지금 진성은 시간을 빼앗기는 셈이다.

비행기는 오후 4시 반 정각에 출발했다. 한국 시간으로는 오후 6시 반. 서울에는 11시가 훨씬 넘어서 도착하게 될 것이다.

이륙한 비행기가 순항고도에 올라 좌석벨트 사인이 꺼졌을 때 진성이 토니에게 물었다.

"토니, 그동안 어디 있었나?"

"호텔 안에서 보스 경호했습니다. 보스는 밖으로 나오시지 않더군요."

225

토니가 이를 드러내고 웃었다.

"자이단은 호텔로 암살대를 보내지는 못했지요."

"그렇군."

과도한 욕심이 결국 화근이 되었다.

좌석에 등을 붙인 진성이 문득 한홍상사와 도지무역을 떠올렸다. 양쪽 다 인원을 증원시키고 희망에 부풀어 있다. 그러나 도지무역으로 가기 위해서는 한홍상사 특수부는 짓밟아야 한다.

과도한 욕심 아닌가?

다시 진성의 눈앞에 전용환과 윤상화의 얼굴이 떠올랐다.

전용환이 웃는다. 3,750만 불을 가져왔을 때 기뻐하던 모습이 머릿속에 박혀 있었기 때문이다.

윤상화가 웃는다.

진성은 의자에서 등을 떼었다.

밤 12시 10분.

인천공항 입국장을 나온 진성이 어깨를 늘어뜨리면서 토니를 보았다. 진성의 시선을 받은 토니가 빙그레 웃었다.

푸른 눈동자에 색이 바랜 금발머리의 토니는 넓은 어깨의 미식축구 선수 같다.

"보스, 서울에서 경호할 필요는 없지요?"

토니가 웃음 띤 얼굴로 묻더니 무거운 가방을 치켜들었다가 내렸다.

"그럼 제가 먼저 가겠습니다."

"토니, 내일 도지무역에 찾아올 수 있겠지?"

"전화번호만 있으면 다 되지요."

토니가 택시정류장으로 다가가며 말했다.

"이제 한국생활이 시작되는군요."

그 순간 가라앉았던 진성의 심장박동이 빨라졌다.

"잘 다녀왔어?"

사장실에 들어선 진성에게 전용환이 웃음 띤 얼굴로 다가오더니 손을 잡았다. 전용환이 회사 직원에게 이런 적이 없다.

"예, 사장님."

"고생 많았지?"

얼굴 표정에 진심이 배어나고 있다.

둘이 자리에 앉았을 때 새 비서가 들어와 인삼차 잔을 내려놓고 돌아갔다.

오전 8시 40분, 회사에 출근하자마자 사장실에 들른 것이다.

"그래, 파리에서 상담은 잘 되었나?"

전용환이 묻자 진성은 심호흡부터 했다.

"예, 하지만 결과는 기다려야 할 것 같습니다."

"시리아 오더라면서?"

"예, 사장님."

사무실에 둔 가방에 시리아의 국방차관 하리스가 사인한 오더시트가 들어있는 것이다. 그리고 신용장도 사흘쯤 후에 한국의 도지무역 앞으로 개설된다. 그러면 도지무역에서 생산자를 선정해서 오더를 주면 되는 것이다.

"그런데 말야, 특수부에 인원을 더 증원시켜야 되지 않겠나?"

전용환이 정색하고 물었다.

"네가 올 때까지 기다리고 있었다."

"예, 사장님. 제가 곧 계획을 세워서 보고 드리겠습니다."

"아래층 무역부 6개 팀은 이 기회에 구조조정을 해서 3개 팀 정도로 축소시킬 예정이야."

"……."

"이 부장도 대기발령을 낼 거다. 아무래도 그 친구, 안 되겠어."

"……."

"너한테 우선권을 줄 테니 아래층 무역팀에서 데려가고 싶은 직원을 골라오면 보내주겠네."

"감사합니다, 사장님."

"그리고……."

머리를 든 진성이 다음 말을 기다리는 표정을 지었을 때 전용환이 어깨를 늘어뜨리면서 머리를 저었다.

"아니다. 나중에 이야기하자."

"예, 사장님."

자리에서 일어선 진성은 그 이야기가 뭔지 짐작이 갔다. 점점 숨이 가빠지는 느낌이다.

회의. 팀장 넷을 모아 놓고 하는 회의다.

일주일 만이었는데도 사무실이 많이 변했다. 빈 책상이 많지만 4개 팀이 정연하게 배치되었고 업무도 제대로 진행되고 있는 것이다. 진성이 먼저 윤상화에게 물었다.

"그동안 문제 없었어?"

지나가는 말처럼 물었는데 윤상화가 기다리고 있었던 것처럼 대답했다.

228

"팀원 보강이 시급해요. 이라크 오더를 끝내야 하는데 외부 지원을 받고 있는 실정입니다."

진성의 시선이 팀장들을 스치고 지나갔다. 윤상화가 말을 이었다.

"최소한 각 팀에 3명씩 12명이 필요합니다. 그것도 경력사원이 충원되어야 업무에 도움이 되겠어요."

머리를 끄덕인 진성이 수출 팀장들을 보았다.

"자, 진행 상황을 듣자."

그때 정봉호가 입을 열었다가 윤상화를 보더니 어깨를 늘어뜨렸다. 그것을 본 정수연이 말했다.

"제가 먼저 말씀드릴게요."

정봉호의 입을 막으려는 것 같았으므로 진성의 이맛살이 찌푸려졌다.

"정 선배를 어떻게 하실 건가요?"

점심시간에 회의실로 들어서자마자 정수연이 물었다. 오더 문제로 진성과 상의할 일이 있다면서 회의실로 온 것이다. 마주 보고 앉은 정수연이 그젯밤의 일을 말해주었다.

"정 선배한테도 오픈시키든지, 아니면 빨리 정리를 하는 것이 좋겠어요."

정수연이 똑바로 진성을 보았다.

"윤 대리도 신경이 쓰여요. 시간이 지날수록 윤 대리한테 미안해지는 것 같구요."

"……."

"특수부에 무척 신경을 쓰거든요. 아마 가장 애착을 갖고 있는 사람인 것 같아요."

"……."

"인원을 증원시켜야 한다고 서두르는 걸 보면 좀 안쓰럽기도 해요."

"네 생각은 어때?"

"뭐가요?"

"정봉호."

"고경준 씨하고 상의했는데 느리고 순발력이 부족하다고 해요. 제 생각은 다르지만요."

"말해봐."

"우리가 다 나가면 한홍 쪽은 치명상을 입을 거예요. 그러니까 정 선배를 남겨두고 양쪽을 잇게 하는 것이……. 어차피 도지무역의 일을 한홍상사가 맡게 될 테니까요."

"……."

"정 선배가 이곳에 남는 것이 서로를 위해서도……."

"넌 내가 하자는 대로 할 거야?"

진성이 불쑥 물었지만 정수연도 바로 대답했다.

"보스를 따라 어디든 가요."

그러더니 눈을 치켜떴다.

"배신 따위는 개나 주라고 해요. 요즘 직장생활에서 배신 따지는 놈은 병신이라구요."

오후 3시.

점심을 먹고 나서 도지무역에 와 있던 진성이 전화를 받는다. 윤상화다.

빈 상담실에 들어선 진성이 의자에 앉고 나서 물었다.

"무슨 일이야?"

"지금 어디죠?"

230

"점심 먹고 누구 만나고 있어."

"오늘 저녁에 시간 있어요?"

"무슨 일 있어?"

"할 이야기가 있어요."

"좋아, 8시에 인사동 전주식당."

핸드폰을 귀에서 뗀 진성의 얼굴이 저절로 굳어졌다.

그때 문에서 노크 소리가 들리더니 총무과장 이동철이 들어섰다. 앞쪽 의자에 앉은 이동철이 입을 열었다.

"사장님, 토니 씨한테 사당동의 오피스텔을 보여줬습니다. 좋아하던데요?"

"내 개인 경호원이니까 서울에 와 있을 때는 총무과 소속으로 관리해."

"알겠습니다. 임금은 얼마로 책정합니까?"

"그건 CIA에서 받은 임금도 알아보고 나서 결정해야겠다."

진성이 토니를 채용하게 된 사연을 말해주자 이동철이 정색하고 머리를 끄덕였다.

"형님은 목숨을 걸고 다니시는군요. 제가 도와드리지 못해서 죄송합니다."

엉겁결에 형님이라고 불렀지만 이동철은 느끼지 못한 것 같다.

그때 진성이 길게 숨을 뱉고 나서 말했다.

"내가 내 회사를 세우고 싶었다."

"지금 세우셨지 않습니까?"

되물은 이동철의 시선을 받고 진성이 쓴웃음을 지었다. 이런 이야기를 할 사람이 있다는 것에 문득 위안이 되었다.

"한흥상사는 특수부도 설립했어. 나는 양쪽에 다리를 걸치고 있는 셈이다."

"압니다. 그래서 곧 도지무역으로 넘어오실 것 아닙니까?"

그게 당연하지 않느냐는 표정을 짓고 이동철이 진성을 보았다.

"정수연 씨나 고경준 씨도 이제 도지무역에서 자리를 굳혀가고 있습니다."

그렇다.

그동안에 도지무역에서는 사원 4명을 더 채용했고 모두 무역팀에 보강시켰다. 그래서 1, 2팀장인 정수연과 고경준이 각각 사원 3명씩을 이끌고 있다.

그때 이동철이 말했다.

"형님, 그만 결단을 내리시지요. 이제는 빠를수록 좋습니다."

전주식당은 한정식 전문으로 홀이 없고 작은 방 10여 개에서 손님을 받는다. 1인 한 상에 3만 원이지만 찬이 20여 가지에 모두 정성이 들어간 맛이 난다. 물론 예약제여서 뜨내기손님은 자리를 잡기 힘들다.

8시 5분 전에 와서 기다리고 있던 진성이 8시 정각에 들어서는 윤상화에게 웃음 띤 얼굴로 말했다.

"업무 이야기를 하자는 건 아닐 테니까 긴장 풀고 예전으로 돌아가지."

"누가 긴장했대요?"

따라 웃는 윤상화가 앞쪽에 앉는다.

"존댓말도 빼봐, 자연스럽게."

다시 진성이 말했더니 윤상화가 눈을 가늘게 떴다.

"수상하네, 먼저 오버하는 것이."

"글쎄. 긴장 풀어주려고 그러는 거야."

윤상화가 머리칼을 쓸어 올리면서 진성을 보았다.

잠깐 목과 어깨 아랫부분의 팔이 드러났다. 진성의 시선을 의식한 윤상화가 몸을 굳히더니 입을 열었다.

"나, 좋아해요?"

"존댓말만 빼면 더 분위기가 나아질 텐데."

"나 당신 좋아해."

"옳지."

"그것을 전제로 이야기하는 거야, 자기야."

그때 문이 열리면서 종업원 둘이 상을 양쪽에서 받쳐 들고 들어섰다. 종업원들이 나갈 때까지 둘은 상 위에 가득 놓인 한정식 요리를 보았다.

이윽고 머리를 든 진성이 말했다.

"밥부터 먹자."

"싫어."

"1인분에 3만 원짜리야. 그리고 맛있어."

"밥 생각 없어."

수저를 든 진성이 된장국을 떠서 입에 넣었다. 머리를 끄덕인 진성이 밥에 수저를 꽂았을 때 윤상화가 말했다.

"이대로 지낼 수는 없다는 생각이 들었어. 내가 자기를 좋아한다는 확인이 서면 설수록……."

진성이 잠자코 밥을 씹었고 윤상화의 말이 이어졌다.

"특수부 일에 집중할 때도 그래. 그래서 만나자고 한 거야."

"……."

"우리 언니가 사장님 와이프야."

"……."

"내가 사장님 애인이 아니라구. 사장님이 내 형부야, 큰형부."

"……."

"이건 총무부장만 알아. 아무도 몰라. 이젠 자기까지 셋만 알겠네."

그때 수저를 내려놓은 진성이 윤상화를 보았다.

"그랬구나."

윤상화가 몸을 굳히고 진성을 보았다. 눈동자가 조금 흔들렸다.

"놀랐지?"

"그걸 말이라고? 먹은 것이 지금 식도에 꽉 막혀 있다."

"미안해. 하지만……."

"어떻게 그렇게 감쪽같이 속일 수가 있는 거냐? 더구나 사장님까지 한통속으로."

"어쩔 수가 없었어."

"나, 이거 참."

"내가 그 말을 해주려고……."

"그렇군."

초점이 흐린 눈으로 연신 머리를 끄덕이던 진성이 이윽고 긴 숨을 뱉었다.

"좋아. 아직 충격이 가시지는 않았지만 알겠다. 그런데 넌 앞으로 어떻게 할 작정이야?"

긴장한 윤상화가 숨까지 죽였을 때 진성이 말을 이었다.

"물론 오늘 밤 우리가 같이하는 건 빼고 말이야."

인사동에도 모텔이 많다. 관광객을 상대로 만든 곳이어서 분위기가 더 한국적이다.

234

한옥식 모텔 방으로 들어온 윤상화가 문득 손목시계를 보았다.

"나, 집에 전화 좀 할게."

머리만 끄덕인 진성이 저고리를 벗었을 때 윤상화가 몸을 돌리더니 핸드폰 버튼을 눌렀다. 진성이 윤상화의 뒷모습을 보았다.

밤 10시 반이다. 모텔 방에 오기는 이른 시간이다.

"엄마? 나, 수진이하고 같이 있는데 오늘 수진이네 집에서 자고 갈게."

진성이 윤상화의 뒤로 다가가 허리를 껴안았다. 윤상화가 몸을 비트는 시늉을 하다가 말을 이었다.

"응. 내일 아침에 일찍 갈게. 응? 6시쯤. 응. 술 조금만 마실게."

"나하고 너 사이를 사장님은 알아?"

"아니."

윤상화가 진성을 보았다. 윤상화가 진성의 가슴에 얼굴을 붙였다.

"몰라. 하지만 자기한테 날 소개시켜 준다고 했어."

"그렇군."

"형부는 자기하고 같이 회사를 운영하고 싶다고 했어."

윤상화의 숨결이 진성의 가슴을 훑고 지나갔다.

"부담 갖지 마. 나는 그런 생각한 적이 없으니까."

"……."

"이젠 홀가분해. 다 털어놓았어."

그 순간 진성이 들이킨 숨을 길게 뱉었다.

이제는 자신이 할 차례라는 느낌이 든 것이다.

"응, 웬일이냐?"

다음 날 오전 9시 10분.

사장실로 들어선 진성을 전용환이 맞는다. 부드러운 표정.

진성은 비서실에만 통보하면 언제든지 사장 면담을 할 수가 있다. 오늘도 10분 전에 면담 신청을 했더니 불러들였다.

"말씀드릴 것이 있습니다."

소파 앞자리에 앉은 진성이 정색하고 전용환을 보았다.

아이디어는 난데없이 떠오르지 않는다. 기반이 다져져야 솟아난다. 그동안 궁리 끝에 돋아난 생각 중에서 형성되는 것이다.

전용환의 시선을 받은 진성이 입을 열었다.

"이라크 오더 3,750만 불은 아시다시피 CIA의 협조로 수주한 것입니다."

그것까지는 보고를 했다. 케냐의 반군 수괴를 잡도록 협조해 준 보상으로 이라크 오더를 받았다고 보고한 것이다.

머리만 끄덕인 전용환에게 진성이 말을 이었다.

"그런데 이 오더를 연결했던 CIA 대리인이 이번에 살해되었습니다. CIA는 물론이고 이라크 측으로부터도 과도한 수수료를 요구한 것이 탄로가 났는데 그전에도 그런 전과가 있었기 때문인 것 같습니다."

이것은 사실 그대로다.

전용환이 숨을 죽이는 것이 드러났다. 눈만 크게 뜨고 시선을 주고 있다.

"그래서 CIA 측에서 대리인 역할을 하는 것이 어떠냐고 문의를 해왔습니다. 그래서 당장에 거절을 했지요."

여기서부터 거짓말이다.

그러나 처음 사건에 빨려 든 전용환은 경청한다.

"특수부까지 신설한 마당에 CIA 대리인 역할까지 할 수는 없는 상황 아닙니까? 그랬더니 CIA는 대리인을 물색하려는 것 같습니다. 당장 이라크분

3,750만 불과 시리아 오더까지 관리해 줄 사람이 필요하니까요."

"……."

"자이단이라고……. 예, 이번에 암살당한 베이루트 출신 대리인입니다. 그 자이단이 있을 때는 저하고 관계가 좋았기 때문에 군수품 오더가 저한테 넘어오는 게 확실했는데 만일 다른 놈이 오면 어떻게 될지 모르겠습니다. 아시다시피 군수품 오더를 받으려고 눈에 불을 켜고들 있으니까요."

자. 여기까지다. 이것이 어젯밤 윤상화를 껴안고 있다가 솟아난 생각이다.

깨질 것 없이 역으로 밀어주는 방식으로 나가자. 그리고 그것이 절반은 사실 아닌가? 원원이다. 절반을 잘 이용해야지 왜 아깝게 버리는가?

그때 전용환이 입을 열었다.

"너를 대리인으로 밀어준다는 거냐?"

"CIA는 저를 믿고 있습니다, 사장님."

"그럼 네가 그, 자이단이란 사람의 대역이 되는구나."

"그 일을 맡게 되는 것이지요."

그러고는 진성이 덧붙였다.

"자이단과 CIA가 설립한 한국지사가 있습니다. 제가 그곳도 맡게 해준다고 합니다, 사장님."

사장실을 나온 진성이 자리에 앉았을 때 보좌 역 김선아가 결재 서류를 들고 다가왔다.

모두 진성이 사장실에 들어간 것을 아는 터라 신경을 세우고 있다. 오른쪽 끝자리에 앉은 윤상화도 전화기를 귀에 붙이고 있지만 좌측 끝의 진성에게 촉각을 겨누고 있을 것이다.

김선아가 결재 서류를 놓았지만 열지 않는다. 빈 파일을 들고 왔다. 지시할 것이 있느냐고 다가와 선 것이다. 감동한 진성이 똑바로 김선아를 보았다. 귀엽다. 안고 싶다.

그러나 진성의 입에서 낮고 굵은 목소리가 흘러나왔다.

"정수연 대리한테 전해. 고 대리하고 입 딱 다물고 있으라고. 도지무역은 전혀 모르는 것으로 하라고."

"네."

얼굴을 굳힌 김선아가 결재 파일을 들고 몸을 돌렸다.

한흥상사에서 대표자가 암살당한 도지무역의 사장부터 점령군 식으로 옮겨가는 이야기로 제작된 것이다. 그러니 전혀 모르는 시늉을 해야 된다.

"무슨 일이에요?"

김선아가 떠났을 때 예상했던 대로 전화기를 내려놓은 윤상화가 다가와 책상 앞에 섰다. 사장실에 들어간 이유와 결과를 묻는 것이다.

먼저 주위를 둘러본 진성이 윤상화를 보았다.

"아침에 대리인이 암살당했다는 연락을 받았어. 이라크 오더 말이야."

"어머나."

"그 오더를 준 CIA측에서 나한테 대신 대리인 역할을 맡으라고 하더군."

"대리인요?"

"그래, 시급해. 그래서 사장께 먼저 보고한 거야."

"그럼 어떻게 해요?"

"어떻게 하긴? 너하고 사랑하는 데는 지장이 하나도 없어."

그 순간 윤상화의 얼굴이 새빨개졌다.

"말을 가려서 해야……."

그러나 얼굴이 더 빨개지는 바람에 윤상화는 심호흡을 했다.

이러는 수밖에 없다. 더 길게 설명할 필요는 없는 것이다. 나중 이야기는 사장한테 듣는 것이 자연스럽다. 이래서 부하 직원하고 불미스러운 일이 일어나면 업무상 곤란한 것이다.

진성이 윤상화를 놔두고 자리에서 일어섰다. 윤상화의 얼굴이 평상으로 돌아가려면 2분은 걸릴 것이었다.

오후 4시가 되었을 때 진성은 다시 전용환과 사장실에서 마주 앉았다.

이번에는 전용환이 부른 것이다. 전용환이 굳은 얼굴로 진성을 보았다.

"네가 그쪽으로 가면 여긴 어떻게 하지? 여기 특수부 말야."

진성이 소리 죽여 숨을 들이켰다. 전용환에게 선택의 여지가 없는 것이다.

다만 문제는 특수부다. 누가 특수부를 이끈단 말인가?

그때 진성이 말했다.

"저쪽은 CIA가 차린 회사지만 제가 대표로 옮겨간다면 한흥상사의 계열사로 취급해 주셔도 될 겁니다."

전용환의 시선을 받은 진성이 쓴웃음을 지어 보였다.

"제가 오더를 모두 한흥상사로 돌릴 테니까요."

"그럼 여기 특수부는……."

"제 생각입니다만 특수부 책임자는 윤상화 대리가 적임일 것 같습니다."

"……"

"오더 관리는 저쪽에서 하게 될 테니까 윤 대리는 한흥에서 생산을 총괄하도록 하면 될 것 같습니다."

전용환의 머리가 희미하게 끄덕여졌다.

생산 총괄은 인력 관리다. 전문적인 지식보다 통제와 균형이 필요한 역할이다.

진성이 입을 열었다.

"오후에 저쪽에 연락해 보았더니 이번에 제가 프랑스에 가서 시리아 오더 상담을 한 것이 1억 불 정도 될 것 같습니다."

전용환이 숨 삼키는 소리를 냈다. 억제하지 못하고 들이켠 것이다.

진성이 말을 이었다.

"서둘러야 될 것 같습니다. 제가 저쪽에 가서 그 오더를 받아야 한흥으로 오더를 넘길 수가 있거든요. 그렇지 않으면 CIA에서 다른 나라나 다른 대리인을 찾으면 그 오더는 물 건너갑니다."

그러고는 마지막 말을 했다.

"제가 목숨을 걸고 받은 오더입니다, 사장님."

이것은 진실이다.

진실이 절반쯤 섞여야 드라마의 리얼리티가 살아난다고 누구나 말한다. 지금 진성이 그 짝이다.

그때 전용환이 결심했다.

"그래. 자네 말대로 하지. 내가 적극 밀어줄 테니까, 거기로 가서 회사를 맡아. 그 회사 이름이 뭐라고 그랬지?"

"도지무역입니다."

그날 저녁 8시에 한흥상사 특수부의 간부 회식이 열렸다.

소공동 고려호텔 라운지의 룸 하나를 빌린 고급 파티다. 진성이 사비를 내서 60만 원짜리 양주 2병과 25만 원짜리 안주를 예약했기 때문에 분위기 있는 방을 차지했다.

"자, 건배."

술잔을 든 진성이 팀장 넷을 둘러보았다.

모두 긴장된 표정이지만 눈빛은 강하다. 모두 진성이 말한 대로 되었다.

오늘 한흥상사 특수부는 다시 체질 개편을 했다. 체제가 아니라 체질이 바뀐 것이다.

특수부는 독립 법인인 도지무역의 오더를 생산하는 역할로 특수부장 대리 윤상화가 4개 팀을 관리한다. 1팀은 정봉호가 오더 관리를 맡고 2, 3, 4팀은 품목별로 생산 관리를 맡게 될 것이었다. 그리고 특수부에 있던 정수연, 고경준, 김선아는 진성을 따라 도지무역으로 옮겨가게 되었다.

진성이 한 모금에 술을 삼켰고 모두 따랐다. 술잔을 내려놓은 진성이 윤상화와 정봉호를 보았다.

"갑자기 이렇게 되어서 나도 정신이 얼떨떨한데."

윤상화는 시선을 내렸고 정봉호는 진짜로 얼떨떨한 표정이다.

"흐름을 맞추려면 우리도 뛰어야지 어쩔 수 없어, 익숙해지는 수밖에."

잔에 술을 채운 진성이 술잔을 들고 말했다.

"열심히 뛰는 자 앞에는 언제나 길이 있다. 자, 건배!"

그 길이 순탄한 길이 아니라는 것은 김선아도 안다.

제대로 뛰는 자가 있는가 하면 넘어지는 놈, 다리를 저는 놈, 뛰는 놈, 잡아당기는 놈, 거꾸로 뛰는 놈까지 있는 것이다.

"근데요, 보스. 도지무역이 어디에 있죠? 회사에서 가까워요?"

정수연이 물었으므로 옆에 앉아 있던 고경준은 숨을 들이켰고 김선아는 외면했다. 모른 척하라고 했더니 오버했다.

정수연도 제가 오버한 걸 깨달은 듯 시선이 떼어지지 않았기 때문에 진성이 웃음을 띠고 말했다.

"글쎄, 나도 안 가봐서. 내일 찾아가 보자."

밤 11시 반.

라운지에서 헤어진 지 20분밖에 안 되었다.

"자기야."

윤상화가 코가 막힌 목소리로 불렀다.

"이제 우리 다른 회사에 있으니까 맘 놓고 연애해도 되겠다, 그치?"

진성이 심호흡을 했다.

하긴 그렇다. 부담이 없다. 그러나 대답을 못 하겠다.

그로부터 일주일 후에는 도지무역과 한흥상사의 업무가 본격적으로 가동되기 시작했다.

도지무역에서 시리아 군수품 오더 1억 5백만 불 물량을 한흥상사 특수부에 넘긴 것이다. 곧 선적될 이라크 오더 3,750만 불도 특수부에서 진행하고 있었기 때문에 특수부 물량은 단숨에 1억 4천만 불이 넘었다.

진성은 도지무역 대표이사 사장으로 취임했는데 사장실 안쪽에는 한흥상사 사장 전용환이 보낸 난 화분이 놓여 있었다.

존슨이 진성을 찾아왔을 때는 진성이 정식 대표이사 사장으로 등록까지 마친 다음 날이다. 사장실로 들어선 존슨이 방 안을 둘러보는 시늉을 했다.

"진, 방이 가난한 분위기군. 세무서 때문에 그런가?"

사장실에는 책상과 소파, 책장 하나뿐이었기 때문이다. 창가에 커피포트와 커피 잔 세트가 놓여 있는 것이 집기의 전부였다.

존슨의 시선을 받은 진성이 쓴웃음을 지었다.

"낭비를 하지는 않으려는 겁니다, 존슨. 비행기 1등석은 몸을 편하게 해주지만 비싼 책상에 앉는다고 머리가 좋아지진 않아요.”

“내가 적어놓고 써먹어야겠군.”

그때 김선아가 인삼차 잔을 들고 와 둘 앞에 내려놓고 돌아갔다. 김선아는 이제 보좌 역 겸 비서실장이다. 비서실장은 정수연이 말로만 붙여준 직책이다.

김선아의 뒷모습을 보던 존슨이 입을 열었다.

“진, 자네 팀이 몇 명인가?”

“팀원이라면 직원 말인가요?”

“아니, 세일즈팀. 다시 말하면 자네와 함께 밖에서 일을 할 수 있는 멤버.”

진성이 호흡을 골랐다. 존슨이 시선을 준 채 대답을 기다리고 있다.

도지무역에서 진성과 함께 밖에서 영업을 할 수 있는 멤버는 정수연과 고경준 둘이다. 김선아가 정예지만 아직 경험과 경륜이 모자란다. 능력이 뛰어나도 영업을 하려면 상품에 대한 전문 지식이 필요한 것이다.

“둘이 있지만 그중 하나는 여자지요.”

진성이 대답하자 존슨이 바로 물었다.

“목숨을 걸고 나설 수 있는 놈들인가?”

“그런 시험은 해보지 않았는데.”

“자네 혼자는 무리야. 그래서 묻는 거야.”

식어가는 인삼차 잔을 든 존슨이 말을 이었다.

“리비아에 오더가 있어. 그런데 잘 알다시피 아주 고약한 지역이야.”

“…….”

“우리도 위원회의 체크를 받아 시리아에서처럼 자금을 내줄 수가 없어. 이번에는 우리가 IS를 지원하는 상황이니까.”

진성의 이맛살이 모아졌다.

복잡한 일에 끌려들 것이라는 각오는 한 상태다. 시리아와 미국이 적대 관계지만 IS부터 제거하기 위해 정부군에 은밀히 군수품을 지원해 준 것은 이해한다.

그런데 IS라니? 그것도 자금을 내주지 못한다면 어떻게 하란 말인가?

그때 존슨이 말을 이었다.

"리비아 벵가지에 무스타파가 거느리는 5천 명가량의 무장 세력이 있어. 무스타파는 리비아 IS 지도자 핫산의 측근이었는데 지난달에 갈라섰어."

"……."

"그런데 그 무스타파가 군수품이 필요해. 총과 기관총, 탄약, 구형 바주카포까지. 그놈들은 구형 바주카포로 시속 80킬로로 달리는 장갑차도 맞추지. 귀신같은 놈들이야."

"그런데 자금은 어디서 받습니까?"

"무스타파."

"어디서?"

"벵가지."

존슨의 시선을 받은 진성이 쓴웃음을 지었다.

"존슨, 당신은 유튜브에서 내 머리가 몸에서 떼어지는 장면이 보고 싶지요?"

"무스타파는 목을 벤 적은 없어. 대신 화형을 하거나 총살을 시키지."

"그래서 아까 팀원 이야기를 했습니까?"

"토니 한 사람으로는 부족해. 상담 조력자도 있어야 하고."

"당신은 내가 벵가지에 가는 것으로 믿는 것 같은데요."

"강요하지는 않아, 진."

존슨이 머리까지 저었다. 정색한 얼굴이다. 그러고는 존슨이 다시 방 안을 훑어보았다.

"하지만 이 방에 들어온 순간에 자네가 갈 것 같다는 확신이 들었어, 진."

"갓 댐."

어깨를 부풀린 진성이 존슨을 노려보았다.

"고급 가구로 바꿔야겠군. 그래야 오해하지 않겠어."

"네가 말했다구? 언제?"

놀란 전용환이 묻자 윤상화가 이맛살을 찌푸렸다.

"왜 그렇게 놀라세요?"

오후 2시 반, 사장실 안이다.

특수부의 업무 보고차 들렀던 윤상화가 이야기 끝에 진성에게 신분을 밝혔다는 말을 한 것이다.

"네가 내 처제라고 했단 말이지?"

"그래요."

"언제?"

"도지무역으로 갈라서기 전에요."

"그랬더니 뭐래?"

"충격을 받았지요, 뭐."

"어디서 말했는데?"

"커피숍에선가? 그냥 이야기하다가……."

"너 진성이 좋아하지?"

"싫지는 않아요."

"그래서 네 신분을 밝힌 거지?"

"그건 아니구……."

"잘됐다. 그럼 내가……."

"형부."

정색한 윤상화가 전용환을 보았다.

"좀 기다려 주세요. 형부가 서둘 일이 아니니깐요."

전용환이 숨을 들이켰다.

그러고 보니 진성의 위상이 자신도 모르는 사이에 커져 있는 것이다.

그쪽은 바이어다. 한흥상사 수출액 거의 대부분을 차지하는 빅 바이어인 것이다. 그러고 보면 이쪽이 을이다. 예전의 진성 생각만 하고 이렇게 서둘렀다.

이윽고 전용환이 머리를 끄덕였다.

"알았다. 어쨌든 잘되었다. 이젠 사내 연애도 아니지 않냐?"

회의실에 모인 인원은 일곱. 진성과 수출 팀장인 정수연, 고경준, 총무팀장 이동철, 행정팀장 로버트, 그리고 보좌관 김선아와 경호 역인 토니까지 참석시켰다.

오후 6시.

도지무역은 어느덧 직원이 20명으로 늘어난 데다 한흥상사에서 수시로 직원들이 오가는 터라 언제나 활기가 있다.

팀장들을 돌아본 진성이 입을 열었다.

"나하고 같이 뛸 조력자가 필요해. 내 대역을 말하는 거야."

진성의 시선이 정수연과 고경준을 번갈아 보았다.

"너희들 둘이 내가 없으면 대신 나서야 될 거다."

"압니다."

대답을 고경준이 먼저 했다. 어깨를 편 고경준이 말을 이었다.

"언제든지 보스를 보좌할 준비가 되어 있습니다."

영어로 말하고 있었기 때문에 토니의 시선이 고경준에게 잠깐 머물렀다가 떨어졌다.

그때 진성이 말했다.

"오후에 존슨이 다녀갔는데 내 뜻에 맡긴다고 했지만 아무래도 리비아에 가야될 것 같다."

모두 숨을 죽였고 진성의 말이 이어졌다.

"벵가지에 가서 IS에서 이탈한 무스타파를 만나 오더를 받아야 해."

"대금은 누가 줍니까?"

정수연이 물었다.

"무스타파."

진성이 대답하자 바로 또 묻는다.

"어떻게?"

"현금 결제."

"도둑놈."

대번에 결론을 낸 정수연이 머리를 저었다.

"그 오더를 하라고 말한 놈은 미친놈이군."

"하하."

짧게 소리 내어 웃는 것은 말석에 앉아 있던 토니다. 모두의 시선이 모여지자 토니가 어깨를 웅크리는 시늉을 했다.

"실례."

"맞다."

정색한 진성이 말을 이었다.

"미친놈이나 맡을 일이지."

"보스가 리비아에 가야 되겠다는 이유를 말해보세요."

눈을 치켜 뜬 정수연이 진성을 노려보았다.

"무스타파가 존슨의 아버지라면 이해를 하겠습니다. 그 외에는 미친 수작이죠."

"첫째."

갑자기 진성이 손가락 하나를 세우며 말했으므로 다시 시선이 모아졌다.

"이 오더는 어쨌든 간에 내가 아니면 다른 놈이 한다. 다른 놈이 하는데 내가 못 한다고 할 수가 없지."

"젠장."

고경준이 낮게 한국말로 투덜거렸지만 진성이 말을 이었다.

"둘째. 오더가 성공할지 또는 화형을 당할지 알 수 없지만 성공하는 놈이 있을 거다. 내가 그 꼴을 못 보겠다."

"도대체."

어깨를 부풀렸다가 내린 고경준이 다시 한국말을 했다.

"무슨 말을 하시는지 난 해독불가라니깐."

"보스, 다시 생각하시지요."

이번에는 토니가 나섰고 로버트가 거들었다.

"보스, 벌써 1억 4천만 불 오더가 쌓였습니다. 못 한다고 하세요. 오더만 많이 받아오면 뭐합니까?"

이동철만 입을 안 열었는데 절반쯤만 알아들었기 때문이다.

예상했던 대로 정수연이 사장실로 따라왔다. 뒤를 이어서 김선아, 고경준이 따라 들어왔다.

오더 수주는 그들 몫이었기 때문이다.

"보스, 다시 한 번 말씀해 보시죠."

정수연이 앞쪽 소파에 앉자마자 말했다.

그 옆으로 고경준, 김선아가 차례로 앉는다. 진성이 시선만 주었지만 정수연이 말을 이었다.

"CIA가 밀어붙이고 있는 거죠?"

"리비아에서 IS 세력을 몰아내기 위한 대작전이라는 거다."

마침내 진성이 입을 열었다.

"리비아에서 성공하면 아프리카는 연쇄 반응을 일으켜 IS를 격멸시킬 수 있다고 했다."

"그게 우리하고 무슨 상관이죠?"

정수연이 초를 쳤지만 진성의 목소리에 열기가 띠어졌다.

"그리고 아까 내가 그랬잖아? 내가 안 하면 다른 어떤 놈이 하게 되어 있어. 그것을 왜 내가 뺏긴단 말이냐?"

"보스 안전은요?"

"미국 측이 최대한 보호해 준다고 했어."

"제가 따라가겠어요."

김선아가 불쑥 말했으므로 고경준이 놀라 시선을 돌렸지만 정수연은 어깨만 부풀렸다가 내렸다. 진성의 시선을 받은 김선아의 얼굴이 빨개졌다.

"제가 한 사람 몫은 해요. 그리고 보좌 역이기도 하구요."

"물량은 얼마나 돼요?"

정수연이 물었으므로 진성이 바로 대답했다.

"1억 5천만 불 정도."

오후 7시가 되었을 때 진성이 핸드폰 버튼을 눌렀다.

신호음이 두 번 울리더니 곧 존슨이 응답했다.

"진, 결정했어?

"갑시다."

"그럴 줄 알았어."

존슨의 목소리에 웃음기가 섞여 있다.

"우리는 기초지만 심리교육도 받지. 진, 당신은 어떤 성격으로 비치는 줄 알아?"

"관심 없어."

"야망이 보여."

눈만 치켜 뜬 진성의 귀에 존슨의 말이 이어졌다.

"야망을 품은 사내."

"사장실 집기를 보고 점친 거야, 당신은?"

"내가 곧 연락드리지, 무스타파 스케줄도 잡아야 하니까."

그러더니 덧붙였다.

"벵가지 다녀오면 사장실 집기를 좀 고급으로 바꿔, 진."

7장
보스

"다 잘렸어요."

고경준이 이마의 땀을 손바닥으로 씻으면서 말했다.

오후 2시 반.

고경준이 한흥상사의 소식을 전하고 있다.

"오늘 아침에 인사 발표가 났는데 무역부가 특수부 위주로 통폐합되었다고 합니다. 특수부가 해외사업1부로 바뀌면서 윤상화 씨는 부장 직무 대리가 되었습니다."

고경준이 반짝이는 눈으로 진성을 보았다.

"보스, 그런데 빅뉴스가 있습니다."

고경준의 시선을 받은 진성이 호흡을 조절했다. 그것이 무엇인지 짐작이 갔기 때문이다. 고경준의 말이 이어졌다.

"윤상화 씨가 사장의 처제라는 소문이 났습니다. 회사에 쫙 깔렸다는 겁니다. 그래서 벼락 승진에 대한 반발이 순식간에 가라앉아 버렸다는군요."

"그래?"

"놀랍지 않으십니까?"

고경준의 열띤 목소리가 이어졌다.

"감쪽같이 속이고 있었다는군요. 어쩐지 특수부 기획과장으로 발령받을 때부터 수상하다는 생각이 들었습니다."

"……."

"그래서."

제정신을 찾은 고경준이 진성을 보았다.

"나머지 수출 6개 팀은 2개 팀으로 축소되면서 해외사업2부가 되었습니다. 부장 대리는 제1팀장이었던 오영호 과장, 2개 팀장은 각각 김중신, 박병호 과장인데 나머지 팀장급은 다 잘렸습니다."

대신 윤상화의 해외사업1부는 5개 팀으로 증강되면서 수출팀의 인력을 차출해갔다. 이제 한흥상사의 수출은 해외사업1부 중심으로 운영되는 것이다. 도지무역과 연계되면서 자연스럽게 지각변동이 이루어진 셈이다.

"그나저나 윤상화 대리가 사장 처제라니요? 전 얼마 전까지만 해도 애인인 줄 알았단 말입니다."

다시 고경준이 감동한 표정이 되었으므로 진성이 눈으로 문을 가리켰다.

"말 끝났으면 나가봐."

다음 날 아침 사장실에 불려온 간부는 넷. 정수연, 고경준, 김선아와 토니다. 넷을 둘러 본 진성이 웃음 띤 얼굴로 말했다.

"무스타파하고 스케줄이 잡혔다. 그래서 사흘 후에 출발해야겠어."

모두 긴장했고 진성의 시선이 정수연에게 옮겨졌다.

"정 팀장이 갈래?"

"당연히 가야죠."

정수연이 똑바로 진성을 보았다.

"같은 방을 쓰느니 어쩌느니 그런 이야기를 안 해주셔서 고맙습니다."

"방금 그 이야기를 하려고 했는데."

"잠깐만요."

고경준이 둘의 말을 막았다.

"지금 농담하실 때가 아닙니다. 그곳에 어떻게……."

"왜, 어쨌다고?"

이번에는 정수연이 말을 잘랐다.

"쓸데없는 소리 마. 내가 순발력이나 임기응변은 당신보다 나아."

"아니, 도대체."

고경준이 어깨를 부풀렸다.

"이 여자는 영화를 너무 많이 봐서……."

"그만."

진성이 말을 막고는 둘을 차례로 보았다.

"결정한 거야. 이번에는 정수연이 간다."

"저는요?"

김선아가 물었지만 자신 없는 표정이다. 진성의 얼굴에 웃음이 떠올랐다.

"어디 목숨을 걸고 회사 일을 해봐라. 그래야 주인 의식이 살아난다."

그러고는 진성이 고경준을 보았다.

"다음에 차례가 올 테니까 기다려."

진성의 시선이 김선아에게도 옮겨졌다.

저녁 7시가 되었을 때 진성이 소공동 골목의 작은 커피숍 '인'에 들어섰다. 테이블이 대여섯 개뿐인 커피숍 안에는 손님이 하나뿐이다.

이번에 한흥상사 해외사업1부장이 된 윤상화다.

다가온 진성을 향해 윤상화가 환하게 웃었다. 진주색 투피스 정장 차림에 입술에는 분홍색 립스틱을 발랐다.

"들었지?"

앞에 앉은 진성을 향해 윤상화가 대뜸 물었다. 인사이동을 말하는 것이다.

"체제가 잡혔더군, 윤상화 체제로."

진성의 말에 윤상화가 소리 없이 웃었다.

"다 자기 때문이라는 걸 아는데, 뭐."

"네가 사장 처제라는 소문도 동시에 쫙 퍼졌더라."

"일부러 낸 거야, 사장님이."

"그럴 줄 알았어."

"엄마가 만나고 싶대."

진성의 시선을 받은 윤상화가 쓴웃음을 지었다.

"형부가 다 말했어. 그래서 엄마가 묻기에 내가 자기 좋아한다고 했거든."

"……."

"나이 든 사람들은 다 결혼하고 연결시키는 게 문제야. 결혼 안 하면 큰일이라도 나는 것처럼 법석이지."

"네 생각은 어떤데?"

그러자 윤상화가 눈을 흘겼다.

"기어이 나부터 입을 열게 하는군."

"내가 조건이 부족해서 그런다."

"이젠 넘쳐."

윤상화가 똑바로 진성을 보았다.

"자기 하자는 대로 할게. 기다리라면 기다릴게."

"당분간 혼자 있는 것이 나아. 너도 알다시피 내가 직접 현장을 뛰는 상황이야."

"알았어."

윤상화가 선선히 머리를 끄덕였다.

"하지만 조금 부담은 갖도록 해. 그것이 사람을 조금 더 신중하게 만든다고 하니까."

진성이 웃음 띤 얼굴로 윤상화를 보았다.

사흘 후에 출장을 간다는 말을 하려고 했지만, 결국 하지 않기로 했다. 그 이유는 모른다.

"알았어? 우리가 출장 간다는 말이 새나가면 안 된단 말야."

정수연이 말하자 김선아는 머리를 끄덕였지만 고경준은 외면했다.

회의실 안이다. 오전 9시 반.

정수연이 둘을 회의실로 부른 것이다. 정수연이 말을 이었다.

"우리가 리비아에 간다는 건 팀장들만 알아. 직원들한테도 비밀이야. 당신들 둘이 철저하게 단속하도록 해."

"그건 알겠는데."

머리를 돌린 고경준이 정수연을 보았다.

"보스는 유서 써놓고 가는 거야?"

정수연이 입만 벌렸고 김선아는 숨을 들이켰다. 고경준이 목소리를 낮췄다.

"이 회사를 어떻게 운영할지, 보스의 재산도 있을 것 아닌가? 그것도 다 정리를 해놓고 가야 할 것 같은데."

"……."

"수천만 불의 리베이트가 걸려 있는 상황인데 말야."

"됐고."

어깨를 늘어뜨리면서 정수연이 고경준을 보았다.

"그건 보스가 다 알아서 해놓았을 테니까 인계받은 일이나 잘 처리해."

"신혼여행 가는 것처럼 들떠 있군."

마침내 고경준이 말하자 김선아는 긴장했지만 정수연은 피식 웃었다.

"병신."

"뭐?"

고경준이 눈을 치켜떴지만 눈빛이 약하다. 화난 시늉이라는 증거다.

그때 정수연이 말했다.

"내가 이 자리에서 감히 말하는데."

"감히는 무슨."

고경준이 혼잣소리를 했지만 정수연이 말을 이었다.

"보스는 여자가 있어."

"있지."

고경준이 말을 받았고 정수연이 식은 커피 잔을 들었다.

"윤상화야."

순간 고경준이 멍한 표정으로 정수연을 보았다. 김선아가 기침을 했다. 침이 숨구멍으로 들어간 것 같다. 정수연이 한 모금 커피를 삼켰다.

"윤상화가 보스를 보는 눈빛으로 알아차렸지. 여자의 예감이야."

"지미."

고경준이 투덜거렸지만 정수연이 말을 이었다.

"외면하고 있어도 다 알아. 냄새가 나. 일부러 시선을 돌리고, 딴 데로 돌아가고, 옆자리가 비었는데도 가지 않고. 한번 시선을 주면 눈빛이 번들거리고……."

"아이구."

"윤상화가 사장 처제라는 사실이 밝혀진 후에 보스 표정 봤어? 덤덤했어. 다 알고 있는 것 같더라고."

"옳지."

그때서야 고경준이 바짝 다가앉았다.

"그런 것 같던데. 맞아."

그때 정수연이 자리에서 일어섰다.

"자, 쓸데없는 이야기 그만하고 출장 준비해야겠어."

"이런 지기미."

정수연의 뒷모습을 향해 고경준이 어깨를 부풀렸다.

"지가 이야기를 꺼내놓고는……."

정수연을 따라 김선아도 방을 나갔으므로 고경준은 입맛을 다셨다.

"잘됐어. 그 여자를 와이프로 위장하면 자연스럽겠다. 혼자 가는 것보다 훨씬 낫지."

존슨이 머리를 끄덕이며 말했다.

미 대사관 옆 골목 건물의 2층 방 안이다. 탁자에는 리비아 지도가 펼쳐져 있었는데 존슨과 마이클, 진성까지 셋이 둘러앉았다.

존슨이 말을 이었다.

"트리폴리까지는 문제가 없어. 하지만 육로로 벵가지까지 가는 것이 힘들 거야."

존슨의 손가락이 북쪽 해변을 훑고 오른쪽으로 옮겨졌다. 움푹 파인 시

드라만의 오른쪽에 벵가지가 위치하고 있다. 거리는 8백 킬로 가깝게 된다.

"트리폴리에서 무사비라는 현지인을 만나 같이 벵가지까지 가는 거야. 벵가지에는 연락을 맡은 사리드라는 자가 기다리고 있을 거야."

그때 마이클이 말을 이었다.

"벵가지까지 차량 이동을 할 겁니다. 당신들 일행 셋에 무사비와 경호원, 운전사까지 여섯이 팀입니다."

다시 존슨이 말을 받는다.

"리비아가 관광객을 받고 있지만 동쪽 지역을 IS 세력이 장악하고 있는 바람에 벵가지의 항공편도 끊겼어. 하지만 무스타파가 벵가지를 빼앗자 상황이 변하고 있어. 벵가지에 육로로 관광객이 들어가고 있거든. 물론 아직 많지는 않아."

진성의 시선을 받은 존슨이 쓴웃음을 지었다.

"그래도 안심이 되는 건 토니가 드론을 통해 실시간 앞쪽 상황을 듣게 된다는 것이지. 위험한 상태는 피할 수 있을 거야."

진성이 머리를 끄덕였다. 그래서 토니를 대동하는 것이다. 정수연을 데리고 가는 이유도 안전장치가 있기 때문이다.

그때 마이클이 주의를 주었다.

"진, 하지만 갑자기 돌출 변수가 나오는 수가 있습니다. 그때는 임기응변과 순발력이 필요해요."

하긴, 갑자기 날아온 총탄에 맞을 수도 있는 곳이다.

다음 날 아침.

공항으로 달리는 버스 안에서 진성이 핸드폰을 꺼내 버튼을 눌렀다.

오전 8시 반. 로마행 비행기는 12시에 출발한다. 로마에서 트리폴리행으로 갈아타야 한다.

"어보세요."

아버지의 목소리가 울렸으므로 진성이 상반신을 세웠다.

"아버지, 전데요."

"응, 그래. 별일 없지?"

아버지는 지금 학교에 있을 시간이다.

"예, 그런데 지금 출장 갑니다."

"어디로?"

"이태리 로마로 갑니다."

"그렇구나."

"건강하시지요?"

"아, 그럼."

"그럼 다녀와서 연락드리겠습니다."

"그래라. 몸조심하고."

"예, 아버지."

"전화 끊는다."

전화가 끊겼으므로 진성은 길게 숨을 뱉었다. 이것으로 인사는 한 셈이다.

의자에 등을 붙인 진성이 문득 헤어진 전처 민영미를 떠올렸다. 이동철이 지나가는 말처럼 말해주었는데 지금은 남자도 다 떨어지고 혼자 산다는 것이다.

마무리를 잘 했다는 생각이 든다.

비즈니스석 옆자리에 앉은 정수연이 웃음 띤 얼굴로 진성을 보았다.

비행기는 서해 상공을 남하하는 중이다.

"보스, 이번 오더를 마치면 앞으로의 계획은 뭐죠?"

"사우디나 바레인, 두바이에 물류 유통회사를 세우는 거다."

눈만 크게 뜬 정수연을 향해 진성이 말을 이었다.

"그곳이 아시아, 아프리카, 유럽을 잇는 중심이지. 이번 출장을 마치고 둘러볼 거야."

"같이 가요, 보스."

"지금 같이 가고 있지 않아?"

"언제부터 그 계획을 세웠어요?"

"팀장이었을 때."

의자에 등을 붙인 진성이 말을 이었다.

"지금은 시작이야. 앞으로 갈 길이 멀어."

"고경준 씨는 보스가 마무리를 잘 하고 가셨는지 궁금해 하던데요."

"넌 나하고 윤상화 관계가 궁금했던 것 같더구나."

놀란 정수연이 숨을 들이켰다가 곧 눈을 치켜떴다.

"누가 그래요?"

"난 누구를 이용하지는 않아. 서로 필요하면 주고받는다."

진성의 얼굴에 쓴웃음이 번졌다.

"저는 알고 있었어요."

마침내 따라 웃으면서 정수연이 말했다.

"여자 감각은 예민하죠. 윤상화 씨가 숨기려고 하는 것이 더 눈에 띄더군요."

"네가 알고 있는 것 같아서 같이 가자고 하는 데 부담이 적어졌어."

"전 그걸 상관하지 않았다는 것을 말씀드린 겁니다, 보스."

진성이 웃음 띤 얼굴로 눈을 감았으므로 대화가 끊겼다.

둘 다 개운한 얼굴이 되어 있다.

로마 공항에서 두 시간을 기다린 후에 트리폴리에 도착했을 때는 인천을 떠난 지 18시간 만이다. 입국장으로 나왔을 때 아랍 로브 차림의 사내가 셋에게 다가왔다. 콧수염을 기른 마른 체격, 흰 로브가 발목까지 덮여 있다.

"한국에서 온 미스터 진입니까?"

"그렇소."

진성이 대답하자 사내가 정수연과 토니를 힐끗 보더니 앞장을 섰다.

"따라오시지요. 무사비 씨가 기다리고 있습니다."

입국장에는 유럽 관광객이 대부분이었고 동양인은 드물었다.

건물 밖으로 나가자 오후의 뜨거운 햇살이 쏟아 붓듯 내리쬐었다. 오후 1시가 되어가고 있다.

그때 낡은 벤츠가 다가오더니 그들 앞에 멈추고 뒷좌석에서 40대쯤의 사내가 내렸다.

"어서 오십시오. 무사비올시다."

진성 앞으로 다가온 사내가 먼저 손을 내밀어 악수를 청하더니 이어서 토니의 손을 잡았다. 그러나 정수연에게는 눈인사만 했다.

셋의 짐은 뒤를 따라온 왜건에 싣는다. 무사비가 셋을 벤츠의 뒷좌석에 태우더니 자신은 운전석 옆에 앉는다.

차가 출발하자 무사비가 말했다.

"집에 가서 잠시 쉬었다가 오후 5시쯤 출발합시다."

무사비의 검은 눈동자가 뒷좌석을 훑고 지나갔다.

"오늘 밤을 꼬박 달려 내일 오전에는 벵가지에 들어갈 예정이오."

261

"도중에 검문소가 5개 맞지요?"

토니가 묻자 무사비는 머리를 기울였다. 검은 얼굴이 찌푸려졌다.

"그건 확실하지 않아요. 검문소를 수시로 옮기니까요."

무사비가 운전사에게 아랍어로 묻더니 다시 대답했다.

"하무드가 말하는데 사흘 전에 올 적에는 10개도 넘었답니다."

"빌어먹을."

토니가 혼잣말로 투덜거렸다.

"정보는 말짱 헛것이로군."

"벵가지까지 누가 갑니까?"

진성이 묻자 무사비가 눈으로 운전사를 가리켰고 이어서 뒤쪽으로 턱을 뺀쳤다.

"나하고 여기 하무드, 뒤차에 탄 아말까지 셋이 갑니다."

낡은 벤츠는 요란한 소음을 내며 시내로 달려가고 있다.

구시가지의 2층 벽돌집은 겉보기와는 달리 넓고 시원했다. 외관이 황토색이었지만 안은 흰색 타일을 붙였고 양탄자가 깔린 응접실은 20평쯤 되었다. 저택은 ㄷ자 구조였는데 안쪽 세로 부분 건물이 본채로 이층이었다.

오후 3시 반.

씻고 옷을 갈아입고 나서 거실로 모인 일행은 점심 겸 저녁을 먹는다. 미리 준비를 해놓아서 거실 복판에는 지름이 1미터쯤 되는 쟁반이 놓였는데 위에 어린 양 한 마리가 통째로 삶아져 있다. 양 주위에는 흰 쌀밥이 쌓였고 각자의 앞에 양념 그릇과 채소가 담긴 그릇, 그리고 손을 적시는 물그릇이 놓였다. 스푼과 포크 따위는 없다. 모두 오른손으로 고기를 뜯고 밥을 움켜쥐어서 먹는 것이다. 고기를 채소에 싸서 양념장에 찍어 먹기도 한다.

둘러앉은 사람은 여섯, 벵가지로 떠날 일행이다. 운전사 역인 하무드와 경호 역인 아말까지 셋이 진성 일행과 함께 가는 것이다.

고기를 삼킨 무사비가 말했다.

"이곳에서 6백 킬로 지점까지는 정부군이 장악하고 있으니까 낫습니다, 내가 급할 때 통화를 할 인물도 몇 명 있으니까."

무사비가 진성을 보았다.

"하지만 IS가 장악한 구역은 어떻게 될지 예측이 어려워요. 당신들 부부는 벵가지 동쪽 아폴로니아 유적을 보려는 관광객으로, 토니 씨는 사진작가 행세를 잘하는 수밖에."

그때 토니가 주머니에 든 핸드폰을 꺼내보더니 자리에서 일어섰다. 토니는 경호원 겸 정보 담당이다. 수시로 CIA 측의 정보를 받는 것이다. 무사비도 그것을 알고 있었으므로 안심하는 것 같다.

양고기는 연했고 비린내도 나지 않아서 정수연도 잘 먹었다. 찍어 먹는 양념장이 한국 음식과 비슷해서 고기를 채소에 싸서 잘 찍어 먹는다.

그때 다시 거실로 돌아온 토니가 선 채로 진성을 보았다. 얼굴이 굳어 있다.

"진, 난 빠지라고 합니다."

토니가 진성에게 핸드폰을 내밀었다.

"존슨 전화를 받으세요."

진성이 핸드폰을 받아 귀에 붙였다.

"진, 토니의 자료를 IS 측에서 갖고 있다는 정보가 왔어."

존슨이 가라앉은 목소리로 말했다. 진성은 잠자코 듣는다.

"용병으로 고용한 자료가 새나간 것 같아. 그렇다면 IS 놈들이 토니 신분을 파악하는 건 시간문제지. 컴퓨터만 켜면 바로 잡히게 돼."

"……"

"진, 듣고 있나?"

"듣습니다."

"토니가 빠지게 되면 무슨 일이 닥칠지 몰라. 토니는 드론을 통해 수시로 정보를 받을 터라 마음이 놓였는데."

"……"

"위험해, 진. 이제 관광객 흉내를 내면서 들어갈 수는 없겠어. 자네 결정에 맡기겠네."

"알았습니다. 그렇다면."

심호흡을 하고 난 진성이 일행을 둘러보고 말했다.

"곧 다시 연락하지요."

"너도 로마에서 기다려."

진성이 말하자 정수연이 눈을 크게 떴다. 그러나 바로 말하지는 않는다. 상황을 모두 설명한 뒤여서 둘러앉은 사내들은 입을 꾹 다물고 있다.

"난 여기 셋하고 들어갈 테니까."

진성이 무사비 일행을 눈으로 가리키며 말했다. 한국말이었지만 토니는 알아들은 것 같다. 진성이 손을 뻗어 정수연의 어깨를 움켜쥐었다. 정수연이 놀라 숨을 삼켰는데 악력이 강했기 때문이다.

"기다려줘."

정수연은 고집부릴 상황이 아니라는 것을 알았다. 그러나 진성은 예측할 수 없는 미래를 향해 가려는 것이다.

그때 진성이 웃음 띤 얼굴로 말했다.

"이 사람들하고 같이 갈 테니까, 이 사람들이 가는데 나도 갈 수 있겠지."

264

이것도 내가 안 하면 다른 사람이 할 것이라는 말과 맥락이 같다.

미국산 SUV 차량은 세 시간째 바닷가를 달려가고 있다.

왼쪽에 지중해가 펼쳐져 있지만 어둠에 덮여 보이지 않는다. 본래 6명이 타기로 했다가 지금은 넷. 뒷좌석에는 진성과 무사비가 앉았다.

"진, 나는 안내역으로 이 길을 여러 번 다녔소."

무사비가 진성에게 말했다.

차 안도 어두워서 무사비의 눈 흰자위만 드러났다. 가끔 지나가는 차량의 불빛이 차 안을 비추고 사라졌다.

"그런데 길 안내도 없이 가는 건 처음이오."

무사비는 벵가지 출신이라고 했다. 하무드와 아말을 데리고 사업차 트리폴리를 왕래해온 것이다. 그러다가 CIA 안내역을 맡게 된 것 같다.

그때 앞쪽에 불빛이 보였고 하무드가 말했다.

"검문입니다."

정부군의 검문이다.

군복 차림의 정부군들은 무사비 일행을 놔두고 진성의 여권을 보면서 물었다. 아랍어로 물었기 때문에 무사비가 통역했는데 진성이 한 말보다 길었다. 무사비가 꾸며낸 것 같다.

이윽고 장교가 머리를 끄덕였고 일행은 검문소를 통과했다.

"앞으로 점점 까다로워질 겁니다."

무사비가 지친 얼굴로 말했다.

한 시간쯤 지났을 때 두 번째 검문.

이번에는 무사비 일행도 차에서 내리게 한 다음에 차 안까지 수색했다. 영어를 하는 병사가 진성을 직접 심문했고 장교에게 통역했다.

"벵가지의 아폴로니아를 가야만 합니다."

진성이 목에 멘 카메라를 들어 보이며 말했다.

"나한테는 대단히 중요한 일이오."

장교가 눈을 가늘게 떴지만 이윽고 머리를 끄덕였다. 차가 출발했을 때 무사비가 투덜거렸다.

"난 벵가지에서 46년 동안 살았어도 아폴로니아에는 가본 적이 없소."

한 시간 반쯤 더 달렸을 때 하무드가 차를 멈췄다. 이곳은 사막길이다. 밤 11시 10분. 6시 경에 출발했으니 다섯 시간을 달려온 셈이다.

차를 길에서 사막 안쪽 경사진 곳에 주차시켰더니 짙은 어둠에 싸인 사막 한복판이 되었다. 도로를 지나는 차량 소음도, 불빛도 비치지 않았다.

"절반쯤 온 셈이오."

무사비가 작은 플래시를 켜 땅바닥에 내려놓은 지도를 비추면서 말했다. 손끝으로 지도 위를 짚었는데 시드라만의 가장 안쪽 부근이다. 이제 바닷가 길로 북상해야 한다.

"곧 IS 놈들을 만날 거요."

무사비가 플래시를 끄면서 말을 잇는다.

"정부군과 IS가 뒤섞여 있어서 구분이 안 될 때도 있어요."

잠깐 쉬는 터라 옆쪽에 모로 누운 하무드와 아말은 순식간에 잠이 들었다.

무사비가 어둠 속에서 번들거리는 눈으로 진성을 보았다. 둘은 모래땅 위에 주저앉아 있다. 진성은 차 앞쪽 타이어에 등을 붙인 채 두 다리를 쭉 뻗었고 점퍼 차림의 무사비는 무릎을 껴안은 자세로 앞에 앉았다.

밤하늘의 별들이 금방 떨어져 내릴 것처럼 흔들리고 있다. 무수한 별들이 크리스마스 때 나무에 붙인 작은 등 같다.

"진, 당신은 용병 출신이오?"

"아닌데요. 왜 그렇게 물으시오?"

무사비의 얼굴에 웃음이 떠올랐다.

"그런 분위기가 느껴졌기 때문이오."

"전장을 좀 다녔지요."

"위험한 곳에 일거리가 많기 때문이오?"

"그런 점도 있지만……."

진성이 아직도 따뜻한 모래를 집어 쥐고 땅바닥에 흘렸다.

"뒤로 물러서기 싫은 점도 있었지요. 아직 회사를 차린 지 얼마 되지 않아서 그런 것 같네요."

"그렇군요."

진성이 입을 다물었다.

모험을 즐긴다든가 운을 시험해 본다는 따위의 생각은 털끝만큼도 없다. 결단력과 용기가 남보다 약간 강할 뿐이다.

그때 무사비가 자리에서 일어서며 일행을 깨웠다.

"자, 일어나. 가자."

하무드와 아말이 꾸물거리며 일어섰고, 진성도 허리를 폈다.

오더가 있는데 위험하다고 앞뒤 재면서 기웃댈 수는 없는 것이다. 그것이 실제 이유다.

"탕!"

총성이 울렸을 때는 다시 달린 지 한 시간 반쯤 지났을 때다. 깜빡 잠이 들었던 진성이 소스라치며 깨어났다.

"탕! 탕!"

그때 다시 총성이 두 발 더 울리면서 차가 급정거를 하는 바람에 진성은 앞쪽 의자에 어깨를 부딪쳤다.

"검문!"

앞쪽의 아말이 소리쳤다. 경황 중에도 영어로 소리쳐 준 것이다. 그러나 앞쪽은 짙은 어둠 속이다. 대신 좌우 길가에 전조등 빛에 드러난 사내들의 모습이 보였다.

"진, IS요."

무사비가 말했을 때 차 옆으로 사내들이 다가왔다. 밖에서 누군가 고함을 쳤고 무사비가 굳어진 목소리로 말했다.

"나오랍니다."

밖은 짙은 어둠 속이다. 오가는 차량도 보이지 않는다.

문을 열었더니 이젠 사막의 냉기가 와락 덮쳐왔다. 사내들의 땀과 화약 냄새도 맡아졌다. 전장이란 실감이 난다.

새벽 3시 반.

이곳은 도로에서 20분쯤 떨어진 거리의 황무지다. 자갈과 모래가 뒤섞인 구름과 수많은 골짜기로 형성된 건조한 땅. 지금 진성이 앉아 있는 곳은 바위로 둘러싸인 골짜기다. 진성은 일행과 함께 끌려와 낡은 텐트 속에 혼자 고립되어 있다. 이곳에 온 지 한 시간이 되어가는데도 이 텐트 속에 진성을 밀어 넣은 사내들은 아무도 나타나지 않았다.

진성의 여권과 소지품 모두 가져갔으니 조사를 하고 있을 것이다. 핸드폰도 압수해 간 터라 찜찜했지만 어쩔 수가 없다.

이윽고 텐트 덮개가 올려 졌을 때는 10분쯤이 더 지난 후였다.

군복 차림의 사내들이 들어섰는데 모자는 쓰지 않았다. 덥수룩하게 수염을 길렀고 하나는 권총을 찼다. 상급자 같다. 그 상급자가 진성의 앞쪽에 놓인 접이식 철제 의자에 앉았다.

"한국인 사원이시군."

사내가 점퍼 주머니에서 진성의 소지품을 꺼내 앞쪽 탁자에 늘어놓았다. 지갑, 여권, 명함과 핸드폰까지 차례로 놓는다. 텐트 위에 달린 30와트 전구가 안을 환하게 비추고 있다.

명함을 집어 든 사내가 진성을 보았다.

"한흥상사는 뭘 취급하지요?"

"의류요."

지금은 컴퓨터만 두드리면 다 뜬다. 진성의 명함에는 한흥상사 팀장으로 박혀 있다.

"그런데 벵가지는 왜 가시지요?"

"관광."

"벵가지에 뭐가 볼 것이 있다는 거요?"

"아폴로니아, 그리스, 로마 시대의 유적들."

"상사원이 역사 유적에 관심이 많군요."

"난 중동의 유적에 관심이 많습니다."

"시리아에도 얼마 전에 다녀가셨던데요."

"출장을 자주 다닙니다."

머리를 끄덕인 사내가 점퍼 주머니에서 핸드폰을 꺼내더니 버튼을 눌렀다. 핸드폰을 귀에 붙인 사내가 몇 마디 아랍어로 말하고 나서 진성에게 핸드폰을 건네주었다.

"받아보시오."

긴장한 진성이 핸드폰을 귀에 붙였다.

"여보세요?"

"진성 씨, 나 무스타파요."

진성이 숨을 죽였을 때 사내의 목소리가 이어 울렸다.

"내가 당신을 맞으려고 카림을 보냈소. 반갑소."

진성의 시선을 받은 앞쪽 사내가 빙그레 웃었다. 사내 이름이 카림인 것 같다.

그로부터 30분쯤이 지났을 때 SUV는 길도 없는 황무지를 달려가고 있다.

SUV 앞뒤에는 각각 지프와 반트럭이 따르고 있었는데 무장병이 탔다. 앞을 달리는 지프에는 엄청난 크기의 대공포가 실려 있어서 위압적이다. 대공포를 지상용으로 쓰는지 포신이 아래로 내려져 있다.

카림은 호위병과 함께 SUV로 옮겨와 있어서 아말과 무사비가 뒷좌석으로 옮겨갔다.

"도로 상에는 핫산의 검문소가 3개나 있었기 때문이오."

카림이 부옇게 밝아 오는 동쪽 지평선을 응시하며 말했다. 핫산의 검문소란 IS의 지도자 휘하의 검문소를 말한다. 카림이 말을 이었다.

"잘못되면 끌려갈 수가 있단 말이오."

끌려가는 정도가 아닐 것이다.

차는 맹렬한 속도로 달리고 있었는데 앞쪽 지프를 따라야 했기 때문이다. 진동과 소음이 심했고 어느 쪽 창문이 열렸는지 먼지가 자욱하게 들어왔다.

그때 카림이 소리치듯 말했다.

"상담이 끝나면 벵가지에서 배로 떠나도록 준비해 놓았소."

"배가 있습니까?"

"상담이 끝나면 그리스 화물선을 타고 공해로 나가면 됩니다."

270

카림이 손목시계를 보았고 진성은 의자에 등을 붙였다. 여러 가지 방법이 있는 것이다. 조급해지면 시야가 좁아지는 것 같다.

벵가지 시내는 평온하다.

시민들은 일상을 똑같이 보내고 금융기관은 물론 정부 청사도 그대로 운영된다. 가게에 손님이 들락거렸고 관광객들도 눈에 띄었다.

그래서 서너 명 또는 10여 명씩 모여 있는 무장한 사내들, 요소에 배치된 장갑차와 대공화기를 봐도 긴장감이 들지 않는다. 그러나 지금 벵가지는 IS 세력의 이탈자인 무스타파 조직 5천여 명이 지배하고 있는 것이다.

"잘 오셨소."

시청 청사 안에서 만난 무스타파는 마치 시장 같았다.

군복을 입고 있었지만 말끔한 용모에 주위의 부하들도 AK 소총을 쥐고 있지 않았다. 더구나 시청 회의실에 떡 하고 앉아 있었으니 누구라도 그렇게 볼 것이다.

무스타파가 웃음 띤 얼굴로 진성을 보았다.

"트리폴리에서 경호원 하나가 빠졌다는 말 들었소. 동행한 여직원도 보내셨다구요?"

"그렇습니다."

"잘하셨어요. 이곳은 상황이 수시로 변하니까요."

무스타파는 마른 체격에 짙은 턱수염은 반백이었고 목소리가 굵은 50대쯤의 사내였다. 전혀 전사로 느껴지지 않았고 양을 치는 순박한 목동 같은 인상이다.

"자, 그럼 내 보좌관들하고 상담을 하시지요."

자리에서 일어선 무스타파가 손을 뻗어 악수를 청했다.

진성이 손을 잡았을 때 무스타파가 강하게 쥐면서 웃었다. 엄청난 악력이다.

"세상은 용기 있는 자들의 것이오, 미스터 진."

사흘째 되는 날 오후 4시 반.

진성은 1억 7천만 불의 오더를 받았다. 오더는 군수품에서부터 민간용 생필품까지 다양했는데 무스타파가 벵가지 주민들을 위해 공급해 주도록 한 것이다. IS의 반란군 수장 무스타파의 입지를 굳혀주려는 미국 측의 배려였다.

무스타파 측은 필요한 품목과 물량만 내놓고 가격 결정은 미국 측이 하는 식이어서 진성은 상담 중에 수시로 존슨과 메일을 주고받아야 했다. 존슨 측이 가격을 결정했기 때문이다. 때로는 존슨 측이 품목을 추가시키는 경우도 있었기 때문에 물량은 자꾸 늘어났다.

이윽고 오더가 끝났을 때 무스타파가 상담실로 찾아와 오더시트에 사인을 하면서 말했다.

"벵가지를 기반으로 리비아 서부에 새로운 이슬람 국가가 설립될 것이오."

사인을 마친 무스타파가 다시 악수를 청하면서 말을 이었다.

"당신도 새 회사를 설립했다고 들었소, 미스터 진. 그 설립 목적을 들을 수 있겠소?"

무스타파에게 손을 잡힌 진성이 우선 긴장했다. 아직 무스타파는 손에 힘을 주지 않았다.

호흡을 고른 진성이 무스타파를 똑바로 보았다.

"우선 제가 더 비전이 있는 인생을 살고 싶었습니다."

"옳지. 또 있소?"

무스타파의 검은 눈동자가 번들거렸으므로 진성이 끌리듯 말을 이었다.

"제 부하들에게도 꿈을 심어주고 싶었습니다."

"됐어."

무스타파가 손에 힘을 주었지만 이번에는 진성도 마주 힘을 주었다. 쥔 손을 흔든 무스타파가 말했다.

"그것이면 됐어. 당신은 보스가 될 자격이 있소."

닷새째 되는 날 오후 2시.

아침 겸 점심을 먹은 정수연이 호텔 식당에서 나왔을 때 바지 주머니에 넣어둔 핸드폰이 진동했다. 핸드폰을 꺼내본 정수연이 로비 기둥으로 다가가 등을 붙이고 섰다. 그곳이 몸을 의지하기에 가장 가까운 장소였기 때문이다.

"여보세요."

응답하는 정수연의 목소리가 들떴다. 진성의 전화였기 때문이다.

"너 지금 어디냐?"

대뜸 진성이 물었을 때 정수연이 당황했다.

눈을 치켜뜨면서 숨을 들이켰다. 갑자기 호텔 이름이 생각나지 않았기 때문이다. 옆을 지나는 사람에게 물어보려고 머리를 기울였을 때 그때서야 생각났다.

"예. 라치오 호텔."

"몇 호실?"

"1207호."

"알았다."

"보스, 잠깐만!"

정수연이 소리치자 지나던 남녀가 돌아보았다. 그러나 정수연은 다시 소리쳐 물었다.

"지금 어디예요?"

진성이 전화를 끊을 것 같았기 때문이다. 전화를 하지 말라고 해서 기다리고만 있었다.

"잘 들어갔어요? 오더는 했어요? 잘 끝난 건가요? 아니, 도대체 지금 어디죠?"

"공항이야."

"어디 공항?"

"로마."

숨이 막힌 정수연이 심호흡을 했을 때 진성의 목소리가 이어졌다.

"지금 거기로 갈 테니까 기다려."

통화가 끊겼지만 정수연은 전화기를 귀에 붙인 채 한동안 서 있었다.

현관 앞에 서 있던 정수연이 다가왔다.

손가방 하나만 들고 택시에서 내린 진성이 정수연을 보고 웃었다가 곧 입을 다물었다. 정수연의 표정이 굳어 있었기 때문이다. 걸음도 이상했다. 왼손과 왼다리가 함께 올라가는 '고문관' 걸음은 아니었지만 어색하다.

현관에서 택시까지는 2십 미터 정도였는데 그동안에 넘어질 것 같다. 시선은 똑바로 이쪽으로 향한 채 다가왔지만 눈동자의 초점이 흐리다.

"인마."

다가가면서 진성이 마침내 불렀다. 정신 차리라는 뜻이다. 나를 보라는 뜻도 있다.

274

거리가 가까워졌다. 이제 지나는 사람들은 진성도 보이지 않는다. 어쨌든 양쪽이 다가가는 터라 급속하게 가까워졌다.

"야, 정수연."

두 걸음 앞이 되었을 때 진성이 다시 불렀다.

그때 정수연의 눈동자에 초점이 잡히더니 양쪽이 한 발짝씩 다가서면서 부딪쳤다. 정수연이 진성의 목을 두 팔로 껴안고 매달린 것이다. 가방을 떨어뜨린 진성이 정수연의 허리를 감싸 안았으므로 둘은 딱 붙었다.

"어이구."

멋진 대사는 다 필요 없다. 진성의 입에서 이런 탄성이 터졌다가 막혔다. 정수연이 입술을 붙였기 때문이다.

"안 놔?"

잠시 후에 숨이 막힌 진성이 그렇게 말했다가 다시 정수연의 허리를 껴안았다.

"방이 없어요."

로비로 들어선 정수연이 단호한 표정으로 말했다.

머리를 들고 똑바로 진성을 보기까지 한다. 프런트를 그냥 지나쳐 엘리베이터로 다가가면서 정수연이 또랑또랑한 목소리로 말을 이었다.

"스위트룸 방값이 얼만지 알아요? 하룻밤 8백 불이에요. 방도 두 개나 된다구요."

엘리베이터에 올랐을 때 같이 탄 사람이 넷이나 있었지만 정수연의 말은 거침없다.

"로마에 올 때부터 마음먹고 있었어요. 보스가 돌아오면 같이 자기로."

진성은 몸을 굳혔고 엘리베이터 안에 정수연의 목소리만 울렸다.

"보스를 안고 위로해주고 싶었어요. 그러니까 잔소리 말고 가자구요."

그때 엘리베이터가 멈추더니 중년의 서양 남녀가 내렸다. 금발의 사내가 나중에 내리면서 짧게 한마디 했다.

"브라보."

서울에 도착한 것은 이틀 후 오후 6시경이다. 로마에서 만 하루를 쉬고 돌아온 셈이다.

다음 날 아침 도지무역에 출근한 진성이 팀장들과 간단한 회의를 마치고 사무실을 나왔다.

회사는 흥분에 싸였는데 이라크의 3,750만 불부터 시리아의 1억 5천만 불, 이제 벵가지의 1억 7천만 불 오더까지 확보되었기 때문이다. 모두 군수품 오더로 연결되었지만 엄청난 물량이다.

진성이 대한호텔의 로비 라운지로 들어섰을 때는 10시 반이다.

라운지 안쪽 자리에 앉아 있던 사내가 자리에서 일어섰다. 한흥상사의 수출 4팀장이었던 조석호다. 조석호는 지난달 대기발령을 받고 나서 곧 해임되었는데 곧 경쟁사인 극동상사 팀장으로 옮겨갔다는 소문이 났다.

"오랜만입니다."

진성이 손을 내밀어 악수를 청하면서 웃었다.

"분위기가 밝아지셨습니다."

그러나 그 반대다.

조석호는 잔뜩 차림에 신경을 쓰고 나왔지만 표정은 감추지 못했다. 그늘이 졌고 야위었다. 소문은 극동상사로 갔다고 났지만 그것은 조석호 스스로 퍼뜨린 것이다. 진성이 이동철을 시켜 알아본 바에 의하면 극동상사는 조석호의 입사 신청을 거부했다.

자리에 앉아 마실 것을 시켰을 때 진성이 웃음 띤 얼굴로 조석호를 보았다. 오늘 만남은 진성이 연락했기 때문이다.

"조 형, 외국에서 근무해볼 생각 없습니까?"

"예? 외국 말입니까?"

한 살 위인 조석호는 한흥상사 입사 1년 선배였지만 팀장 진급은 같이 했다. 그래서 서로 말은 텄지만 진성에 대한 견제가 심했고 모략을 잘하는 성품이다.

조석호의 시선을 받은 진성이 말을 이었다.

"지사원으로 시장조사 업무부터 시작하는 건데, 직급은 과장으로 합시다."

"어느 지역입니까?"

조석호의 얼굴에 열기가 띠어져 있다.

"두바이에 사무실을 두고 일을 시작해야 될 것 같습니다."

앞에 놓인 커피 잔을 든 진성이 의자에 등을 붙였다.

"조 형이 맡겨진 업무는 치밀하게 처리하는 건 내가 알지요."

"고맙습니다."

"보수는 충분히 드릴 겁니다. 다만……"

한 모금 커피를 삼킨 진성이 조석호에게 물었다.

"정수연 씨 알지요?"

"아, 그 여직원 말입니까?"

조석호의 눈동자가 흔들렸다. 머리를 끄덕인 진성이 똑바로 조석호를 보았다.

"정수연의 지시를 받아야 합니다. 정수연이 기조실장으로 시장 개척, 투자 관리를 맡고 있거든요."

"……."

"그리고 아실지 모르겠는데 고경준이 무역부장입니다. 회사가 갑자기 커지니까 창립 멤버들도 맞춰 나가야죠."

"하지요."

마침내 두 손을 모으고 앉은 조석호가 진성을 보았다.

"저를 써주시겠다는 것만으로도 감사합니다. 제가 회사에서 어떻게 했다는 것까지 알고 계실 텐데 말입니다."

"장점을 본 것이지요."

다시 한 모금 커피를 삼킨 진성이 말을 이었다.

"기회를 한 번 더 드리는 겁니다."

"열심히 하겠습니다."

"그곳에 나가면 뭔가 보일 겁니다."

커피 잔을 내려놓은 진성이 정색하고 조석호를 보았다.

"내가 얼마나 좁게 살았는지 느껴진다면 가능성이 있는 겁니다. 난 조 형을 그럴 만한 인물로 봅니다."

"감사합니다."

"내일 회사에 와서 정 실장을 만나 지시를 받으세요."

자리에서 일어선 진성이 몸을 돌렸고 조석호가 그의 등에 대고 머리를 숙였다.

"도지무역이 급성장을 하는군."

전용환의 얼굴에 쓴웃음이 번져 있다. 머리를 든 전용환이 윤상화를 보았다.

"벌써 상사로서 체제를 갖추었다고 하더구나."

"예, 유능한 인재를 많이 영입했다고 들었어요."

"대기업에서 옮겨간 놈들도 많다면서?"

윤상화는 머리만 끄덕이고 대답하지 않았다.

도지무역의 진성은 이곳에서 자신을 모함했다가 해임당한 조석호까지 영입해간 것이다. 해외지사의 개척 사원으로 임명했다지만 신선한 충격이다.

이제 도지무역은 무역상사로 체계가 잡혔다. 더구나 한흥상사에서 데려간 진성의 팀원들은 선망의 대상이 되어 있다.

일개 대리였던 정수연, 고경준은 이사급 기조실장, 무역본부장을 맡아 자신보다 훨씬 연상이며 경력자인 팀장급들을 휘하에 두고 있는 것이다. 또한 김선아는 팀장급 비서실장이 되어 있다. 실로 파격적이다.

"참 격세지감을 느끼는군."

허탈한 표정이 된 전용환이 윤상화를 보았다.

이젠 생색을 내듯이 진성에게 윤상화를 소개시킬 수가 없어진 것이다.

자리로 돌아온 윤상화가 문득 정수연을 떠올렸다.

진성과 정수연이 리비아 오더를 받아온 지 한 달이 되었지만 둘 다 만나지 못했다. 전화만 여러 번 했을 뿐이다.

진성은 또다시 엄청난 오더를 가져왔고 꿀 덩어리에 벌떼가 모이는 것처럼 제조업체들이 달려들었다. 한흥상사는 점잔을 빼고 앉아 있는 셈이었지만 갑과 을의 관계는 명확했다. 윗선에서는 가만있더라도 팀장급들은 다르다.

그때 핸드폰이 울렸으므로 윤상화는 발신자부터 보았다. 정수연이다. 호흡을 고른 윤상화가 핸드폰을 귀에 붙였다. 그러고는 웃음부터 띠었다.

"정 실장 아니, 정 이사님이신가? 웬일이래?"

"언니, 아직 이사는 아니구요. 그리고 그런 벼락 진급은 싫어요."

"아유, 엄살은. 속으로는 좋으면서."

그러면서 윤상화는 문득 자신도 모르게 정수연한테 아부를 하는 것 같은 느낌을 받는다. 그 순간 가슴이 벌렁거렸으므로 윤상화는 숨을 골랐다.

인간이란 얼마나 간사한가? 아니, 내가 그 부류인 것 같다.

그때 정수연이 말했다.

"언니, 오늘 저녁 시간 있어요? 둘이서 술 한잔하게."

"나 술 사줄 거야?"

"그러죠, 뭐."

"좋아, 만나. 어디서 볼까?"

그래서 정수연과 약속을 정했지만 통화를 끝낸 후부터 찜찜했다.

도지무역에서 내부 관리는 이동철이 핵이다.

머리는 좋았지만 학력이 변변치 못한 사람이 있다. 스펙이 뛰어나다고 직장 생활에 발군의 실력을 발휘하는 것도 아니다.

이동철은 진성의 고등학교 2년 후배로 지방대를 나왔다. 머리는 좋았지만 대학은 좋은 곳을 못 간 경우다. 그래서 부동산 자격증을 딴 후에 흥신소 일로 겨우 밥을 먹다가 도지무역의 총무과장이 되었다. 그리고 지금은 총무부장이다.

데려온 두 부하는 과장이 되었고 휘하에 2개 팀 16명의 직원이 있다. 이동철은 짧은 기간 동안 진성이 도지무역의 뼈대를 세우도록 도와준 일등 공신이다.

그는 첫째로 충성심이 강했고, 둘째로 입이 무거웠으며, 셋째 필요한 업무는 완벽히 처리했다. 이것이 바로 스펙이 뛰어나다고 직장 생활에서도 인정을 받는 것이 아니라는 증거가 될 것이다.

오후 5시 반이 되었을 때 이동철이 진성의 방으로 들어섰다.

앞쪽 자리에 앉은 이동철이 잠자코 서류를 진성 앞에 놓았다. 진성이 서류를 집어 들고 다 읽을 때까지 이동철은 외면한 채 입을 열지 않았다. 이윽고 서류를 내려놓은 진성이 이동철에게 물었다.

"네 생각은 어떠냐?"

"증거가 있으니까 변상시키고 사표를 받지요."

이동철이 이제는 정면으로 진성을 보았다.

"벌써부터 이런 짓을 하다니요? 놔둘 수 없습니다."

이번에 무역본부장 고경준 소속의 2팀장으로 영입된 백만섭을 말한다.

백만섭은 35세로 대기업 대운상사의 과장 대리를 지내다가 경력사원으로 채용된 것이다. 그 백만섭이 오더를 넣은 하청공장에 본래의 계약 단가보다 1억을 더 올려 계약을 하고 그 차액을 7 대 3으로 나눈다는 합의를 한 것이다.

그런데 그 백만섭을 추천한 것이 고경준이다.

고경준은 3년 경력으로 27세다. 한흥상사 시절에 대기업 하청을 받으려고 대운상사에 출입했다가 백만섭과 안면을 익혔다고 했다. 한 살 어렸지만 야무진 정수연과 달리 고경준은 맺고 끊는 것이 약했다. 결단력이 부족하다.

머리를 끄덕인 진성이 쓴웃음을 지었다.

"내가 정수연, 고경준, 김선아까지 셋 데리고 나와서 시작한 회사가 3개월 만에 65명이 되었다."

"……."

"오래된 회사에도 온갖 사건이 일어나는데 급조된 회사는 더 하겠지. 별 놈들이 다 숨어들어 오겠지."

"사장님, 지금이 가장 중요한 시기입니다. 지금 기반을 단단히 굳혀야 합니다."

"네 말이 맞아."

"솔직히 고 부장은 아직 무역부를 총괄시키는 것이 불안합니다. 백만섭하고 거의 매일 술을 마십니다."

그래서 이동철이 조사를 한 것이다.

술값은 고경준이 접대비로 썼지만 입사 1개월밖에 안 된 백만섭의 씀씀이가 컸다. 그래서 하청공장을 불러 은밀히 추궁했던 것이다.

이동철이 말을 이었다.

"무역부의 나머지 3개 팀장도 모두 고 부장보다 연상에 산전수전 다 겪은 능구렁이들입니다. 이건 잘못하면 밖에서 들어온 놈들이 회사 망쳐먹을 수가 있습니다."

"……."

"형님이 목숨을 걸고 가져온 오더 아닙니까? 그것을 쥐새끼들이 파먹어서 되겠습니까?"

열이 오른 이동철이 저도 모르게 형님 소리를 했으므로 진성이 소리 죽여 숨을 뱉었다.

오더만 따오는 것이 능사가 아니다. 관리가 되어야 한다. 오더가 없어도 망하지만 오더 관리를 못 하면 더 크게 망한다.

고려호텔 라운지에서 만난 정수연과 윤상화는 저녁을 가볍게 먹기로 합의를 했다. 술을 마시려고 '가볍게' 식사를 하는 것이다.

"무슨 일이야?"

포도주 한 병을 비웠을 때 윤상화가 넌지시 물었다. 지금까지 회사 이야기는 꺼내지 않았던 것이다.

"보스 이야기죠, 뭐."

당연한 일 아니냐는 얼굴로 정수연이 윤상화를 보았다.

윤상화가 시선만 준 것은 긴장했기 때문이다. 예상은 했지만 긴장이 된 것이다. 리비아 오더를 받으려고 진성과 정수연이 같이 나갔다 온 후에 한 달 가깝도록 진성을 만나지 않았다. 그동안 다섯 번 전화를 했을 뿐이다.

숨을 고른 윤상화가 정수연을 보았다.

"보스가 어때서?"

"그동안 보스 만나셨어요?"

정수연이 되묻는 바람에 윤상화의 평정이 깨졌다. 가슴이 뛰었고 눈에 열이 올랐다. 눈동자가 흔들리려고 했으므로 기를 쓰고 힘을 주었다.

"못 봤는데. 서로 바빠서. 그리고……"

호흡을 고른 윤상화가 안 해도 좋은 말까지 해버렸다.

"내가 만날 일도 없고. 오더 담당자들이 잘하잖아?"

"언니가 먼저 만나자고 연락해봤어요?"

"응?"

당황한 윤상화가 되물었다가 마침내 눈썹을 찌푸렸다.

"내가 왜? 무슨 일 때문에?"

"나하고 보스하고 로마호텔에서 같이 잤어요."

"……"

"보스가 벵가지에서 오더를 하고 나서 배를 타고 그리스로 빠져나왔다가 로마에 왔더군요. 닷새 만에."

"……."

"난 보스가 시킨 대로 로마에서 기다렸죠."

"잠깐만."

얼굴이 하얗게 굳어진 윤상화가 정수연의 말을 막았다.

"내가 그런 말, 끝까지 들어야 돼?"

"네, 언니."

"나한테 왜 그런 말을 하는데?"

"호텔 이름이 라치오였죠. 스위트룸이었고."

윤상화가 외면했을 때 정수연의 말이 이어졌다.

"보스를 끌고 방으로 들어갔죠."

"……."

"같은 방에서 잤는데 보스는 절 놔두었어요. 참 서운했죠. 화도 났고. 그런데 지금은 존경해요."

"어서 오게, 진 사장."

비서실 밖까지 나와 있던 전용환이 손을 내밀면서 진성을 맞았다.

오전 10시.

진성이 한흥상사를 방문한 것이다. 한흥상사를 떠난 지 3개월 만이다. 전용환의 손을 쥔 진성이 멋쩍게 웃었다.

"반겨주셔서 고맙습니다."

"이 사람아, 고맙다니? 우리가 고맙지."

둘은 사장실에 들어가 소파에 앉았다. 여비서가 들어와 잠자코 옆에 선 것은 마실 것을 묻는 표시다. 특별한 손님한테는 이런다. 커피를 시키고 나서 다시 둘이 되었을 때 전용환이 덕담을 했다.

한흥상사는 이라크 오더 3,750만 불을 선적했고 곧 시리아 오더 중 4천여 만 불 물량을 선적할 예정이다. 나머지 물량은 소화할 능력이 없다. 그리고 나서 곧 리비아 오더가 들어간다.

오늘은 진성이 인사차 방문하겠다고 연락을 해온 것이다.

그때 전용환이 생각난 것처럼 자세를 갖추더니 물었다.

"참, 특수부장 들어오라고 하는 것이 낫지 않겠나?"

윤상화다.

특수부가 도지무역 오더를 다 처리하고 있으니 당연한 일이지만 진성의 의사를 묻는 것이다. 진성이 머리를 끄덕였다.

"예, 그러시지요."

전용환이 인터폰을 눌러 윤상화를 들여보내라고 지시했다.

"우리도 이제 1억 불 가깝게 되겠어."

전용환이 쓴웃음을 지으면서 말했다.

"물론 진 사장 덕분이지만 말이네."

그때 문에서 노크 소리가 들리더니 윤상화가 들어섰다. 가볍게 목례를 한 윤상화가 전용환의 옆쪽 자리에 앉았다. 부드러운 표정이다. 태도도 자연스럽다. 진성과 시선을 마주쳤을 때 슬쩍 웃어 보이기도 했다.

그러나 리비아에 다녀온 후 한 달이 지나도록 만난 적이 없다. 전화만 했을 뿐이다.

"제가 드릴 말씀이 있어서 왔습니다."

진성이 둘을 번갈아 보면서 말했다.

"회사 문제로 왔습니다."

"어떤 문제 말인가?"

전용환의 표정은 부드럽다. 진성이 정색하고 전용환을 보았다.

"도지무역 오더가 없어지면 한흥상사는 좀 힘들겠지요?"

"그것이 무슨……"

숨을 들이켠 전용환의 얼굴이 굳어졌고 윤상화는 몸을 굳혔다. 숨을 쉬는 것 같지도 않다.

이윽고 진성의 시선을 받은 채 전용환이 말했다.

"어떻게든 운영이 되겠지. 물론 힘들겠지만 말이네."

"……"

"왜? 무슨 일이 있나?"

전용환의 얼굴은 이제 일그러졌고 목소리도 떨렸다.

그야말로 청천벽력일 것이다. 도지무역의 오더가 없어지면 단숨에 2천만 불도 안 되는 실적으로 추락한다. 그럴 경우에는 무역부의 대대적 구조조정이 필수적이다.

우선 특수부가 폐지될 것이다. 현재 윤상화가 관리하는 특수부는 3개 팀에 22명의 사원으로 보강되었는데 도지무역의 오더를 소화시키려고 2차로 30여 명을 충원시킬 계획인 것이다.

그때 진성이 말했다.

"제가 한흥상사처럼 생산 체제까지 갖춰진 기업이 필요합니다."

"……"

"자금도 충분히 비축되어 있거든요."

"……"

"그래서 말인데요."

진성이 똑바로 전용환을 보았다.

"회장님께 여쭤보시지요. 도지무역과 한흥상사의 합병을 말씀입니다."

“합, 합병이라고 했나?”

전용환이 갈라진 목소리로 묻더니 다시 심호흡을 했다.

“그, 그렇다면 우리, 회사를……”

“제가 주식을 인수하지요.”

진성의 시선이 윤상화를 스치고 지나갔다. 이제 윤상화는 어깨를 늘어뜨리고 눈까지 깜빡이고 있다. 진성이 말을 이었다.

“합병이 되면 시너지를 받을 것입니다. 서로 필요한 부분을 충족시키게 될 테니까요.”

이번에는 진성의 시선이 윤상화에게 옮겨졌고 3초쯤 머물렀다가 지나갔다. 윤상화도 그 3초 동안 진성의 시선을 다 받았다.

“금의환향이지.”

불쑥 말했던 고경준이 수저를 내려놓고 웃었다.

점심시간. 고경준과 정수연, 김선아 셋이서 회사 근처의 한식당에서 갈비 정식을 먹는 중이다. 그들은 진성이 오늘 오전에 한흥상사에 간 이유를 아는 것이다.

“아니, 점령군이라고 해야 맞겠다.”

“시끄러.”

정수연이 똑바로 고경준을 보았다.

“만일 합병이 성사되면 당신은 구조조정 대상이 될지도 몰라.”

“뭐야?”

고경준이 눈을 부릅떴고 김선아는 외면했다.

“내가 왜? 내가 어쨌다구?”

“그만해.”

머리를 저은 정수연이 말을 이었다.

"갑자기 회사가 폭발적으로 성장하다 보니까 어중이떠중이가 다 모여서 불안했어. 도무지 물에 기름이 둥둥 떠다니는 느낌이었다구."

"그래요. 우린 물이었죠."

김선아가 거들었을 때 고경준이 다시 정수연을 물고 늘어졌다.

"내가 구조조정 대상이 된다는 이유를 듣자."

"무역팀에 문제가 많아."

마침내 정수연이 똑바로 고경준을 보았다.

"오늘 오전에 백만섭 씨가 이동철 부장한테 불려 들어간 것 모르지?"

고경준이 숨을 죽였고 정수연이 말을 이었다.

"태인산업에서 자술서를 썼다는군. 1억 더 받고 7천을 백만섭한테 주기로 했다는 걸 말야. 백만섭은 벌써 선금으로 3천을 받아 썼다는 거야."

"……."

"내가 이 말 해주려고 밥 먹자고 했는데."

"……."

"괜히 분위기 깨는 것 같아서 말 안 했는데, 당신이 점령군 어쩌고 하는 바람에 기가 막혀서……."

"7천을 받기로 했다구?"

고경준이 갈라진 목소리로 물었을 때 김선아가 말을 받았다.

"보스도 알고 있어요."

그것으로 고경준은 입을 다물었다. 수저를 내려놓으면서 정수연이 한마디 했다.

"합병이 필요해."

"합병이 필요하다."

전기풍 회장이 어깨를 늘어뜨리면서 말했다.

오후 3시.

성북동의 전기풍 자택 응접실에는 셋이 모였다. 전기풍과 아들 전용환, 그리고 재무담당 고문이며 변호사 이민성이다. 탁자 위에는 자료가 가득 펼쳐졌고 셋은 오전 12시부터 지금까지 이곳에서 회의 중이다.

전기풍이 전용환을 보았다.

"그놈이 빠져나가면 다시 조직 개편이 있어야겠지. 40여 명을 내보내야 될 것이고, 다시 2천만 불 규모의 무역회사가 된다."

"……."

"본 공장 2개, 계열 공장 8개를 돌리면서 다시 예전으로 돌아갈 수 있어. 내 눈에 선하다. 7년 전에 내가 그만두었을 때하고 똑같겠지."

"……."

"느린 걸음, 아침이면 회의한다고 회의실에서 10시까지 노닥거리다가 점심 먹고, 자극 없는 나날을 보내다 보니까 직원도 늘어나지 않고 15년간 그 인원, 그 실적이었다."

"……."

"대리 달고 7년 있어야 과장이 되었지?"

"……."

"그놈, 진성이가 가장 빨리 진급이 되었다더군. 그놈이 회사에 변화를 불러일으켰지?"

그때 전용환이 말했다.

"합병이 필요합니다, 아버님."

오후 5시 반.

극동 법무법인의 대표 변호사 한만수가 앞에 앉은 진성과 이동철에게 말했다.

"잘 되었습니다. 전 회장이 주식 41퍼센트를 양도하겠다고 합니다."

진성이 시선만 주었고 한만수가 말을 이었다.

"전 회장이 보유하고 있는 주식 13퍼센트와 전용환 사장의 17퍼센트, 그리고 가족 명의의 11퍼센트까지 모은 것이지요."

"……."

"그렇게 되면 전 회장 일가에는 24퍼센트의 주식만 남게 됩니다."

"알겠습니다."

진성이 머리를 끄덕였을 때 한만수가 손에 든 서류를 내밀었다.

"전용환 씨는 회장으로 경영권은 사용하지 않는다는 각서입니다."

한만수가 다시 한 장의 서류를 탁자 위에 놓았다.

"41퍼센트의 주식 인수 대금은 225억입니다."

핸드폰의 벨이 울렸을 때 윤상화는 벽시계부터 보았다.

오후 5시 55분. 퇴근시간 5분 전이다.

심호흡을 하고 난 윤상화는 핸드폰을 집었다. 발신자는 진성이다.

이곳은 회사 지하 주차장의 차 안이다. 오늘은 일찍 퇴근하는 셈이었는데 마음이 심란했기 때문이다. 오전에 진성이 다녀간 후로 회사 분위기도 어수선했다. 진성이 사장과 윤상화만 만나고 돌아갔기 때문에 내막을 알려고 기웃거리는 사람들도 많았다.

핸드폰을 귀에 붙인 윤상화가 응답했을 때 진성이 물었다.

"오늘 술 마실 수 있어?"

"뭐하게?"

저절로 그렇게 되물었던 윤상화가 다시 호흡을 가다듬었다. 진정해라, 진정해.

그때 진성이 못 들은 척 말했다.

"전주식당에서 밥 먹고 술 먹자."

"나 약속 있어서 약속 장소로 가는 중이야."

"지금 어딘데?"

"테헤란로."

"테헤란로를 가는 중이라고?"

"그렇다니까?"

"니 똥차 바꿨냐?"

"뭔 소리야?"

"왜 엔진 소리도 안 나?"

"바꿨다."

"니 앞을 봐."

윤상화가 앞을 보았더니 정면에 주차된 차가 전조등을 번쩍였다. 우선 눈이 부셔서 눈을 가늘게 떴던 윤상화의 귀에 진성의 목소리가 들렸다.

"너 데리러 왔어. 일루 와. 앉아서 거짓말만 늘어놓지 말고."

주차장을 나온 차가 차도로 들어섰을 때 진성이 말했다.

"내가 주식 41퍼센트를 인수하기로 했어."

윤상화는 앞만 보았고 진성이 말을 이었다.

"전 사장님도 회장님으로 경영권을 행사하지 않기로 했지만 내부 관리는 부탁해야 될 것 같아, 내가 그것 때문에 합병을 원한 것이니까."

진성이 힐끗 윤상화를 보았다.

"하지만 무역부는 구조조정이 있어야겠지."

"……."

"특수부도 이제는 필요 없게 되었지? 도지무역이 옮겨오게 되었으니까."

차가 신호등에 걸려 멈춰 섰으므로 진성이 옆에 앉은 윤상화를 똑바로 보았다.

"내일 나하고 내 아버지 만나러 가지 않을래?"

그때 신호가 풀려서 옆쪽 차선의 차가 떠나기 시작했다.

그래도 진성이 머리를 돌리지 않았으므로 윤상화가 서두르듯 말했다.

"빨리 가자."

테헤란로에 위치한 카페 안.

진성이 술잔을 들고 위스키를 한 모금 삼켰다. 골목 안쪽의 작은 카페다.

오후 7시 10분.

칸막이가 있는 룸 안에서 진성과 윤상화가 마주 보고 앉아 있다.

"내일 주식 인수 대금을 지급하고 합병 절차가 진행될 거야."

술잔을 내려놓은 진성이 말을 이었다.

"도지무역의 합병 대리인단이 내일부터 한흥상사 측과 협상할 동안에 난 며칠 쉴 거다."

"집에서?"

"아니. 동남아로 나갈 거야."

윤상화가 고개를 들고 다시 물었다.

"정수연이 좋아해?"

"응?"

눈을 크게 떴던 진성이 고개를 끄덕였다.

"응, 괜찮은 애야."

"걔하고 잤어?"

"응, 잤어."

"로마에서?"

"응."

그때 한숨을 쉰 윤상화가 술잔을 들고 다시 물었다.

"라치오호텔에서?"

"지금 섹스 했느냐고 묻는 거냐?"

의자에 등을 붙인 진성이 지그시 윤상화를 보았다.

"정수연이가 그렇게 말한 거야?"

윤상화는 시선만 주었고 진성의 얼굴에 쓴웃음이 떠올랐다.

"걔가 그랬다면 그런 거지."

"화도 안 나?"

"내가 왜?"

"진짜 둘이 좋아하는구나."

외면한 윤상화가 말했을 때 진성이 다시 술잔을 들었다.

"둘 중 하나가 실수한 거야."

한 모금에 술을 삼킨 진성이 말을 이었다.

"그렇군. 둘 다 실수했는지도 모르겠다."

"……."

"새 회사 이름은 도지무역이야."

정색한 진성이 윤상화를 보았다.

"말이 합병이지 실제는 도지무역에서 한흥상사를 흡수 합병하는 것이니까 당연히 그렇게 되어야겠지."

아직 회사 이름은 결정짓지 않았지만 41퍼센트의 지분을 인수한 데다 진성은 따로 11퍼센트의 지분을 획득한 것이다. 모두 52퍼센트의 대주주다. 그래서 합병된 회사의 사장으로 취임하게 되는 것이다.

이제 아버지 만나러 가자는 이야기는 쏙 들어갔다.

그 시간에 이동철이 도지무역 근처의 일식당으로 들어섰다.

이동철은 김영조 과장과 동행하고 있었는데 안쪽 테이블에서 기다리던 두 사내를 향해 다가갔다. 두 사내는 고경준과 백만섭이다. 둘이 다가가자 고경준과 백만섭이 자리에서 일어섰다.

"자, 앉읍시다."

앞쪽에 앉으면서 이동철이 차갑게 말했다.

오후 7시 반.

다가온 종업원에게 회와 소주를 시킨 이동철이 고경준을 보았다.

"고 부장, 퇴근 후에 만나자고 해서 미안해요."

"아닙니다."

쓴웃음을 지은 고경준이 말을 이었다.

"당연한 일이지요."

이동철의 시선이 고경준 옆에 앉은 백만섭에게로 옮겨졌다. 시선을 마주쳤던 백만섭이 외면했다. 얼굴이 굳어 있다.

"백 과장은 내가 보자고 한 이유를 알고 계시지?"

"예."

백만섭이 고개를 들었지만 눈동자가 번들거리고 있다. 이동철이 고경준과 백만섭 둘을 만나자고 한 것이다. 이동철이 다시 물었다.

"자, 그럼 어떻게 할 작정이지?"

"예, 변상하고 싶지만 지금은 돈이 없습니다."

백만섭이 말을 이었다.

"시간을 주시면 꼭 갚지요."

"그럴 줄 알았어."

고개를 끄덕인 이동철이 옆에 앉은 김영조 과장에게 말했다.

"지금 경찰에 횡령, 사기 혐의로 고발장을 접수시키고 와."

"예, 부장님."

김영조가 벌떡 일어서더니 웃음 띤 얼굴로 이동철을 보았다.

그때 이동철이 따라 일어서면서 말했다.

"너한테 뭘 기대한 것 없어. 돈 안 받아도 돼. 그냥 널 구속시키고 끝낼 거야."

"아니, 잠깐."

백만섭이 다급하게 불렀지만 이동철이 발을 떼면서 말을 이었다.

"예상하고 있었어. 내일 회사 안 나와도 돼, 네 집으로 경찰이 찾아갈 테니까."

이동철과 김영조가 식당을 나갔을 때 고경준이 백만섭을 노려보았다.

"이봐, 백 과장. 어쩌려고 그래?"

백만섭이 문 쪽을 응시한 채 숨만 쉬고 있었기 때문에 고경준이 목소리를 높였다.

"그렇게 배짱을 내밀어서 될 일이야?"

"그만둡시다."

백만섭이 어깨를 부풀리면서 말했다.

"고소하라고 해, 나도 이놈의 회사 고소할 테니까."

"뭐라고? 뭘 고소해?"

"세무서에도 고발할 거야. 뭐, 털면 먼지 안 나는 회사가 있는 줄 알아? 지금 회사 인수한다고 법석인데 그 인수자금 출처부터 캐자고."

"허, 이 자식 나쁜 놈이네, 진짜."

"이제 알았냐?"

그때 고경준이 자리에서 일어섰다.

"나도 그만둘 거야. 네놈하고 같이 죽어야 최소한의 의리는 산다."

30분쯤 후에 고경준은 이동철과 마주 앉아 있다.

시청 근처의 카페 안. 칸막이가 있는 방에 김영조까지 셋이 둘러앉아 있다.

고경준이 탁자 위에 놓인 소형 녹음기의 버튼을 누르자 곧 백만섭의 목소리가 울렸다. 고경준은 백만섭과 함께 있으면서 대화 내용을 모두 녹음한 것이다.

녹음기에는 백만섭이 횡령한 돈을 어떻게 썼는지까지 모두 녹음되어 있다. 나중에 백만섭이 세무서에 고발한다는 내용까지 모두 녹음되었다.

이윽고 녹음 재생이 끝났을 때 이동철이 고개를 들었다. 두 눈이 번들거리고 있다.

"나쁜 놈이구만."

고경준이 숨을 들이켰을 때 이동철이 입술만 달싹이며 말했다.

"이런 놈은 사회악이야."

"모두 제 잘못입니다."

고개를 숙인 고경준이 말을 이었다.

"제 책임입니다."

이동철은 대답하지 않았다.

"호사다마로구나."

이동철의 보고를 들은 진성이 고개를 끄덕였다.

오후 9시 반.

진성은 오피스텔 앞 편의점에서 이동철과 마주 보며 서 있다.

"좋은 일이 생기면 나쁜 일도 꼬이는 법이지."

"사장님, 인수 작업이 시작되는 상황에 이런 일이 터지면 곤란합니다."

편의점에서 산 캔 커피를 든 채 이동철이 말을 이었다.

"이런 놈은 제삿밥으로 만들지요."

"무슨 말이냐?"

"제사상에 놓인 돼지머리 아시죠?"

"……."

"회사가 잘 되라고 상을 차려놓을 때 돼지머리가 들어갑니다."

"죽일 수는 없어."

"그럴 수는 없지요."

먹다만 캔을 휴지통에 넣은 이동철이 진성을 보았다.

"오늘 밤 저는 형님 안 만난 겁니다."

밤 10시 반.

혼자 식당에서 소주 두 병을 마시고 나온 백만섭이 아파트 안으로 들어섰다. 놀이터를 지나 화단을 꼬부라져서 701동 입구로 다가가던 백만섭이 고개를 돌려 뒤를 보았다.

어둠에 덮인 아파트 단지에는 인적이 끊겨 있다. 작은 소음들만 귓속의 이명처럼 울리고 있는 것이다.

백만섭이 다시 발을 떼었다. 701동은 지대가 높아서 계단을 20여 개 올라가야 된다. 계단을 10개쯤 올라간 백만섭이 다시 고개를 돌려 뒤를 보았다.

그 순간 백만섭이 숨을 들이켰다. 어둠 속에 사내 하나가 서 있었던 것이다. 멀리 놀이터 옆의 보안등이 하나 켜져 있었기 때문에 사내의 윤곽만 드러났다.

사내와의 거리는 15미터가량. 주위에는 백만섭과 사내 둘뿐이다. 사내는 백만섭을 향해 정면으로 서 있다. 장신이다.

어깨를 편 백만섭이 사내를 내려다보면서 소리쳤다.

"누구야!"

그 순간 몸을 돌린 사내가 발을 떼었기 때문에 백만섭이 입을 벌렸다가 닫았다.

"저런 병신……."

중얼거린 백만섭이 몸을 돌렸을 때다. 앞에 사내 하나가 서 있었기 때문에 백만섭이 소스라쳤다. 그 순간이다.

"으악!"

발길로 턱을 차인 백만섭의 몸이 허공에 떴다. 계단 10개쯤 위에서 몸이 떠서 공중낙하를 한다.

다음 날 아침.

도지무역 사장실로 정수연이 들어섰다. 눈썹이 모아져 있는 것을 보면 '일'이 생긴 것 같다. 이제는 정수연의 눈썹만 보면 그 일이 큰지 작은지, 좋은 일인지 나쁜 일인지까지 알 정도가 되었다.

이번에는 큰일이고 나쁜 사고다. 클레임이라면 1백만 불 이상.

앞에 선 정수연이 똑바로 진성을 보았다.

"고경준이 사직원을 냈어요."

진성은 어금니만 물었다. 대번에 짐작이 갔기 때문이다. 정수연이 말을 이었다.

"백만섭에 대한 책임을 진 것 같습니다."

"……"

"어젯밤에 회사에 들어와서 제 책상 위에다 사직서를 놓고 갔어요."

"……"

"핸드폰도 꺼놓았고 몇 군데 전화해 보았지만 연락이 안 됩니다."

그때 노크 소리가 들리더니 안으로 이동철이 들어섰다.

위쪽 벽시계가 오전 8시 45분을 가리키고 있다.

정수연 옆에 선 이동철이 무표정한 얼굴로 말했다.

"사장님, 백만섭 과장이 어젯밤에 사고로 의식불명 상태가 되었습니다."

숨을 들이켠 정수연이 몸을 돌려 이동철을 보았다. 진성은 잠자코 시선만 주었고 이동철이 말을 이었다.

"집에서 연락이 왔는데 아파트 앞 계단에서 넘어져 뒷머리가 깨지고 턱이 부서졌다는데요. 술을 마시고 계단에서 미끄러져 넘어졌다고 합니다."

"……"

"지금 식물인간 상태가 되었다는데요."

그러고는 어깨를 늘어뜨렸다.

"안타깝습니다."

진성이 마침내 외면했을 때 정수연이 침 삼키는 소리를 냈다.

그때 진성이 둘을 번갈아 보았다.

299

"오늘 몇 시부터 인수 작업이지?"

이제는 합병이라고 하지 않는다.

인수단이 꾸며졌고 인수위원장은 외부 법인 대표 한만수 변호사가 맡았다.

한만수는 재무, 영업, 관리 3개 부분으로 나눠 인수팀을 조직했는데 인수합병의 전문가들이다.

도지무역에서 파견된 이동철, 정수연 등은 그날 오전부터 한흥상사의 개편 작업에 가담했다.

"난 회장으로 경영 일선에서는 물러나게 되었어."

전용환이 웃음 띤 얼굴로 윤상화에게 말했다.

한흥상사의 사장실 안.

옆쪽 회의실에는 인수팀이 일을 하고 있어서 소음이 이곳까지 들린다.

그렇다. 전용환이 회장 타이틀만 유지한 대신에 진성이 대표이사 사장이 되어서 복귀하는 것이다. 그야말로 금의환향이다.

"지금까지 6명이 사표를 내었는데 앞으로 더 나올 것 같구나."

윤상화가 고개만 끄덕였다. 곧 조직개편이 시작될 것이고 이 기회에 가차 없는 구조조정이 시작될 것이다.

그때 전용환이 물었다.

"진성은 지금 어디에 있니?"

"모르겠어요."

"요즘 안 만나?"

"바빠서요."

어젯밤에도 만났지만 윤상화는 그렇게 말했다.

그때 노크 소리기 들리더니 비서가 들어왔다.

"죄송합니다. 인수팀에서 부장님을 찾고 있는데요."

비서가 말하자 윤상화가 자리에서 일어섰다. 윤상화가 한흥상사 측 영업부의 인수협상 대표인 것이다.

"어서 오세요."

회의실로 들어선 윤상화를 반긴 사람이 정수연이다.

정수연이 도지무역 인수팀의 영업부 대표였으니 윤상화의 상대다. 갑을 관계라면 정수연이 갑이다.

정수연의 앞자리에 앉은 윤상화가 길게 숨부터 뱉었다. 이제 주객이 바뀌었다. 순응하지 않으면 이쪽이 당한다.

옆쪽이 소란했기 때문에 둘은 구석 쪽 자리로 옮겨가 앉았다.

"현재까지 6명이 사직서를 내었는데 영업부에선 4명이야."

윤상화가 말을 이었다.

"앞으로 더 늘어나겠지."

정수연이 고개를 끄덕였다.

"내가 무역부 인수팀장으로 등장했으니 알 만하죠."

길게 숨을 뱉은 정수연이 말을 이었다.

"지금 한흥상사의 팀장급 8명이 모두 내가 사원이었을 때 과장급이었던 사람들이거든요. 견디기 힘들 거예요."

"그건 감수해야지."

"내가 부장으로 와서 지시할 텐데 막상 부딪치면 어려울걸요?"

맞는 말이다. 수모를 견디면서 일을 한다면 능력도 떨어진다.

그때 윤상화가 눈을 가늘게 뜨고 정수연을 보았다.

"나하고 사장님하고 관계, 심각하게 생각할 필요 없어."

"무슨 말이에요?"

정수연이 정색하고 윤상화를 보았다.

"뭘 심각하게 생각해요?"

"그런 관계가 아니라고."

"갑자기 그런 말을 왜 하시죠?"

"이젠 내 주가도 떨어졌고, 사장의 처제라는 프리미엄."

"……."

"그리고 나도 이 역할이 싫어."

그때 정수연의 얼굴에 희미한 웃음이 떠올랐다.

"너무 오버하시는 거 아녜요?"

"아냐. 나도 이제 정리했어."

서류를 끌어당기면서 윤상화가 말했다.

"자, 우선 일부터 마무리 해야지."

비행기가 푸른 하늘에 그냥 떠 있는 것 같다.

엔진 음도 귀에 익숙해져서 더욱 그렇다. 창밖으로 푸른 하늘만 보였기 때문에 진동도 하지 않는 비행기는 멈춰 서 있는 것처럼 느껴지는 것이다.

진성이 좌석을 길게 뻗쳐놓고 누운 채 눈을 감고 있다.

이륙한 지 한 시간 반. 비행기는 지금 베트남으로 날아가는 중이다.

목적지는 호치민.

지금 회사는 도지무역으로 통합이 된 후에 인수인계, 조직개편 작업 중이다. 진성은 개편 작업을 한만수와 이동철, 정수연 등에게 맡기고 베트남으로 날아가는 중이다.

"사장님은 어디 계셔?"

윤상화가 묻자 정수연이 '씩' 웃었다.

"쉬시겠죠."

"쉬어?"

고개를 든 윤상화가 정수연을 보았다.

한흥상사의 대회의실 안. 30여 명의 인수팀 실무자들이 둘러앉아 작업을 하고 있다.

정수연이 고개를 끄덕였다.

"네, 쉬어요."

"어디서?"

"그건 모르죠."

"이렇게 바쁜데 와서 지휘해야 되는 거 아냐?"

"다 맡겼어요."

"조직 개편도?"

"한 변호사가 데려온 조직관리팀이 맡아서 할 겁니다."

윤상화가 입을 벌렸다가 닫았다.

맞는 말이다. 한흥상사와 도지무역이 통합함으로써 회사 규모가 커졌기 때문에 사장이 이래라 저래라 할 단계가 지난 것이다. 정수연과 윤상화는 영업팀의 오더 정리를 하고 있을 뿐이다.

호치민에 도착했을 때는 오후 3시 반.

탄손낫 공항 입국장에는 후앙이 마중 나와 있었다. 후앙은 호치민시에서 의류공장을 운영하는 40대 기업가. 공장의 근로자가 1천 명 가깝게 된다고 했다. 진성과는 서너 번 거래를 해온 사이다.

"어서 오시오."

후앙은 작은 키에 마른 체격으로 키의 끝이 진성의 어깨에 닿았다. 진성과 악수를 나눈 후앙이 옆에 선 여자를 손으로 가리켰다. 샌들을 신은 키가 후앙보다 3센티는 컸다.

"내 회사 영업부장이오."

"소피아라고 합니다."

"난 진성이오."

여자의 부드럽고 섬세한 손가락을 잡은 진성의 눈이 가늘어졌다.

이름은 독특했지만 동양인이다. 그러나 긴 머리에 눈에 확 띄는 미인. 흰 아오자이를 입은 몸매가 날씬했다.

그때 후앙의 뒤에 서 있던 사내 둘이 진성의 트렁크와 손가방까지 받아 쥐었다.

"자, 가십시다."

후앙이 진성의 팔을 끌며 앞장을 섰다.

"베트남 구경을 시켜드리지요."

진성은 고개만 끄덕였다.

베트남과의 인연은 말할 필요는 없다. 앞쪽에 앉은 소피아가 힐끗 시선을 주었다.

"베트남은 이제 잠에서 깬 사자입니다."

시내로 달려가는 차 안에서 후앙이 열띤 목소리로 말했다.

"1975년, 베트남 통일 후에 태어난 인구가 8천만 중 5천만이오. 베트남은 젊은 나라입니다.”

진성은 잠자코 고개를 끄덕였다.

젊은 나라다. 젊은 나라는 활기가 일어나는 것은 물론이고 엄청난 노동력을 보유하고 있는 것이다. 그것이 바로 국가 재산이다.

차가 속도를 줄였기 때문에 진성이 창밖을 보았다. 오토바이 무리가 몰려오더니 차 옆에 붙어 섰다. 수백 대. 오토바이에 탄 남녀는 대부분 젊다. 10대나 20대 같다.

진성의 시선을 따라 밖을 본 후앙이 말했다.

“보십시오. 젊습니다. 저놈들이 모두 베트남의 기둥입니다.”

진성이 고개를 끄덕였다.

현재 1985년. 베트남이 통일된 지 10년이다. 전쟁 말기부터 베트남 인구가 급변한 증거다.

“여기 차를 두고 가겠습니다.”

호텔에 체크인을 한 진성에게 후앙이 말했다.

“운전사까지 두고 갈 테니까 언제든지 부르시면 됩니다.”

“고맙습니다.”

진성이 몸을 돌렸을 때 옆으로 소피아가 다가왔다. 진성의 시선을 받은 소피아가 웃었다. 긴 머리가 뒤에서 찰랑거리고 있다.

“짐 풀고 조금 쉬시고 저한테 연락하세요. 로비에서 기다리고 있을게요.”

소피아가 안내를 맡은 것이다.

리버티호텔은 옛날 사이공호텔을 리모델링했는데 최고급 수준이다. 진성은 그중에서도 스위트룸에 투숙했기 때문에 방값이 일반실의 5배 수준이다.

오후 5시.

로비 라운지로 들어선 진성이 창가 자리에 앉아 있는 소피아에게 다가 갔다. 자리에서 일어선 소피아가 진성에게 말했다.

"저녁 약속 장소는 이곳에서 차로 20분 거리입니다. 아직 시간이 있습니다."

고개를 끄덕인 진성이 자리에 앉았다. 저녁 약속은 6시 반인 것이다.

진성이 앞쪽에 앉은 소피아에게 말했다.

"난 쉬러 왔는데 스케줄을 빈틈없이 짜 놓았더군. 변경합시다."

"네, 사장님."

소피아의 얼굴에 웃음이 떠올랐다.

"쉬셔야죠. 우리 사장님이 욕심을 부리시는 겁니다."

"후앙 사장님이 너무 신경을 써주시는데."

종업원에게 커피를 시킨 진성이 소피아를 보았다.

"소피아 씨는 영업부에서 몇 년이나 근무했습니까?"

"5년 되었어요. 대학 졸업하고 1년간 산업부 공무원을 지내다가 '아시아 상사'에 입사했습니다."

"그렇군."

고개를 끄덕인 진성이 앞에 놓인 커피 잔을 들었을 때 소피아가 물었다.

"이번에 큰 회사를 인수합병 하셨더군요."

진성의 시선을 받은 소피아가 싱긋 웃었다.

"사장님한테서 들었습니다."

후앙이 모를 리가 없다. 한흥상사도 중견 기업이었고 도지무역도 급성장 한 중견 기업인 것이다. 한국의 무역상사로부터 오더를 받아온 후앙의 아시아상사가 한국 경제계 동향에 민감한 것은 당연하다.

고개를 든 소피아가 진성을 보았다.

"합병한 새 회사 이름을 도지무역으로 하셨다면서요?"

"그래요."

"한흥상사 직원들도 다 수용하실 계획인가요?"

"그건 왜 물어요?"

"궁금해서요."

후앙의 아시아상사는 연간 1천만 불 정도를 생산 수출하는 의류 제조 회사다. 물론 하청생산이다. 무역회사로부터 오더를 받아 생산 수출하는 것이다.

도지무역도 아시아상사와 거래했지만 한흥상사도 거래를 했다. 물론 진성은 도지무역 때부터 거래를 했으니 후앙과 만난 것은 두 번뿐이다.

그때 진성이 입을 열었다.

"아마 구조조정이 되겠지."

"사장님이 직접 하지 않으세요?"

"구조조정팀이 있어요. 내가 하기에는 무리야. 전문가들에게 맡겨야지."

"……."

"큰 틀만 만들어주고 맡겨야 되는 거요."

"그렇군요."

"일일이 간섭하면 안 되지."

"도지무역과 한흥상사의 무역량을 합하면 매출액이 얼마나 되죠?"

"4억 불이 조금 넘겠는데."

"크네요."

숨을 들이켠 소피아가 말을 이었다.

"우리는 언제 그 규모가 될까요? 베트남의 1년 수출실적이 20억 불도 안 돼요. 더구나 모두 주문자생산 방식인 OEM이어서 자체 오더로 수주한 물량은 10분의 1도 안 되거든요."

알고 있었기 때문에 진성이 고개를 끄덕였다.

베트남은 한국의 60년대 중반 수준이다. 60년도 중반이니 20년쯤 뒤떨어졌다고 봐야 된다.

"서둘 것 없어요, 소피아. 지금의 베트남 활력이라면 금방 우리 수준이 될 테니까."

진성의 눈이 흐려졌다. 지난 일들이 떠올랐기 때문이다.

이제 자신을 키워준 한흥상사를 합병한 회사 소유주가 되었다. 소피아한테는 합병 구조조정을 전문가 팀에게 맡겼다고 했지만 이렇게 훌쩍 베트남으로 날아온 이유는 따로 있다.

그것은 멀리 떨어지고 싶은 본능적인 충동이다.

약육강식의 세상에 아직 적응하지 못했다.

후앙이 초대한 저녁 식사는 베트남 전통 요릿집이었다.

아오자이를 입은 종업원들의 시중을 받으면서 진성은 저녁을 맛있게 먹는다. 식탁에 둘러앉은 손님은 셋, 진성과 후앙, 그리고 소피아다.

후앙이 베트남 전통주를 진성에게 따르면서 말했다.

"스케줄이 마음에 들지 않으시다면 수정하시지요."

"신경 써 주셔서 고맙습니다."

한 모금 술을 삼킨 진성이 말을 이었다.

"난 그냥 스케줄 없는 상태로 쉬고 싶은 겁니다."

"알겠습니다."

술잔을 든 후앙이 웃음 띤 얼굴로 소피아를 보았다.

"소피아한테 안내역을 맡겼으니까 언제든지 연락을 하세요."

"알았습니다."

진성이 고개를 끄덕였다.

미인계는 분명하다, 후앙에게는 진성이 빅 바이어였으니까. 지금 후앙은 진성에게 초특급 접대를 하고 있다, 회사의 간부인 영업부장을 안내역으로 보낼 만큼.

밤 11시 반.

전통주가 독했기 때문에 진성은 취했다. 방으로 돌아온 진성이 샤워를 마치고 소파에 길게 앉았을 때다. 전화벨이 울렸다. 전화기를 든 진성이 귀에 붙였다.

"여보세요."

"사장님, 전데요."

정수연이다. 정수연이 말을 이었다.

"잘 진행되고 있습니다. 도지무역 직원들은 내일 한흥상사로 옮겨 갑니다."

"그래. 고생한다."

스케줄대로 움직이고 있다. 한흥상사가 대지가 넓고 건물도 여유가 많기 때문에 도지무역이 옮겨가는 것이다.

정수연이 말을 이었다.

"무역부도 저하고 윤상화 씨가 무난하게 조정하고 있습니다."

"알았다."

"그런데 제가 말씀드릴 일이 있어요."

"뭔데?"

"제가 윤상화 씨한테 사장님하고 로마에서 같은 방을 썼다고 했거든요."

"……."

"하지만 아무 일도 없었다고 분명히 말했습니다. 근데 그것이 의도적이었어요."

"……."

"그런 말을 듣고 자든 자지 않았든 기분 좋을 여자는 없죠. 특히 자신이 사랑하는 남자가요."

"너 지금 무슨 말을 하는 거야?"

"제가 잘못했습니다. 윤상화 씨한테 의도적으로 말했습니다. 저의가 있었어요."

"됐다. 그만해라."

"오늘 오후에 윤상화 씨가 저한테 사장님하고는 심각한 관계가 아니라고 하더군요. 그 영향인 것 같아요."

"……."

"사장님이 윤상화 씨한테 전화라도 해주세요. 저 때문인 것 같습니다."

"됐다."

"제가 잘못했습니다."

"무역부 조정 마무리나 잘해. 인수팀하고 말야."

"그건 걱정하지 마시구요."

"앞으로 그런 걱정 안 해도 된다. 그리고……."

진성이 말을 이었다.

"지금 네 전화도 그 맥락이야, 이 멍청아. 그러니까 앞으로 그랬다간 너 진짜 죽을 줄 알아."

310

전화기를 내려놓은 진성이 길게 숨을 뱉었다.

오전 10시.

진성은 지금 아시아상사의 공장 한복판에 서 있다. 엄청난 규모의 공장이다. 공장은 일자(一字)형 건물로 단층이었는데, 폭이 50미터 정도에 길이가 3백 미터나 되었다.

그래서 후앙은 중앙과 좌우 끝 쪽에 2미터 폭의 길을 만들어서 에스컬레이터를 설치했다. 고무판이 움직여 저절로 물건과 사람을 나르는 것이다. 그리고 끝에서 끝까지 기계가 정연하게 놓였고 기계 앞에는 근로자가 앉아서 옷을 만들고 있다.

호치민시 북서쪽 교외에 위치한 공장이다.

"굉장하군."

공장 복판에서 에스컬레이터를 타고 둘러보면서 진성이 감동했다.

공장도 깨끗했고 근로자들은 흰 작업복 차림이다. 1천 명이 일하고 있는 것이다. 옆에 서 있던 후앙이 진성을 보았다.

"하루 8시간 근무하고 있는데 오더만 있으면 24시간 3교대를 시킬 수도 있지요. 근로자를 3천 명으로 늘릴 수가 있습니다."

그렇게 되려면 현재의 3배 물량인 3천만 불 오더를 받아야 될 것이다.

고개를 끄덕인 진성이 뒤쪽에 서 있는 소피아를 보았다. 소피아도 오늘은 흰색 가운을 입었는데 머리에는 캡을 썼다.

"순이익은 얼마 정도나 돼요?"

"지금 생산하는 제품 기준으로는 연간 순이익이 50만 불 정도입니다."

소피아가 바로 대답했다. 고개를 끄덕인 진성이 에스컬레이터 끝에서 내렸다. 후앙과 소피아가 진성의 좌우에 붙어서 걷는다.

그때 후앙이 말을 이었다.

"지금 생산하는 제품보다 3배 고가의 제품을 생산하면 이윤은 3배쯤 높아지겠지요."

"생산기술을 인정받아야 돼요."

"그렇습니다."

후앙이 커다랗게 고개를 끄덕였다.

"숙련도를 쌓고 인정을 받아야죠. 그래서 고가 제품의 오더를 수주해야지요."

그때 진성이 말을 받는다.

"거기에다 3배 생산 실적을 늘린다면 지금 순이익의 10배는 낼 수 있을 겁니다."

후앙과 소피아의 시선이 양쪽에서 모아졌다.

그것이 생산업자들의 꿈인 것이다. 지금 한국의 공장들은 그 궤도에 올라서 있다. 대신 공장 근로자들의 임금은 베트남보다 10배 정도 높았기 때문에 그 의류사업도 더 고가의 전자기기 공장에 밀리는 상황이다.

하지만 지금 후앙에게는 그것이 꿈이다.

후앙과 소피아와 함께 시내 식당에서 점심을 먹은 진성이 호텔로 돌아왔다.

씻고 옷을 갈아입은 진성이 베란다로 나와 대나무 침대에 길게 누워 낮잠을 잤다. 쉬러 온 것이기 때문에 시계를 보지 않으려고 마음을 먹었다. 다만 며칠만이라도 배고프면 먹고, 잠이 오면 잘 것이다.

인간은 끊임없이 앞으로 나아가는 운명체다.

진성은 아직 35세의 미혼남이다. 직장생활 8년 만에 중견 기업을 창설하

312

고 또 하나의 중견 기업을 인수, 합병한 기업가가 되었다. 8년 동안 정신없이 앞만 보고 살아왔다.

눈을 감은 진성이 길게 숨을 뱉었다.

이렇게 계속 앞으로 달려가다가는 '이상한' 인간이 될 것 같다. 새롭게 결심할 것은 없지만 속도를 늦추고 주위를 둘러보기로 하자.

진성은 편안한 표정이 되어 잠이 들었다.

벨소리에 진성이 잠에서 깨어났다. 옆쪽 탁자에 놓인 전화기다. 팔을 뻗어 전화기를 쥔 진성이 귀에 붙였다.

"여보세요."

"사장님, 전데요."

소피아의 목소리. 누운 채 진성이 대답했다.

"소피아 씨, 무슨 일인데?"

"저녁 식사를 하셔야죠."

"지금 몇 시요?"

"5시 반입니다."

세 시간 넘게 꿈도 안 꾸고 잔 것이다. 시계를 안 보았더니 실컷 잔 것 같다.

"난 저녁 생각은 없고 술을 마시고 싶은데, 분위기 좋은 곳에서."

"제가 안내해 드릴게요."

"부담이 없는 것이 좋아."

"부담 드리지 않을게요."

"그건 본인 생각이지."

그때 소피아가 짧게 웃었다.

"알겠습니다. 제가 마시기 좋은 곳을 안내해 드리라고 하지요."

그러고는 통화가 끊겼다.

벨이 울린 것은 30분쯤 후일까?

시계를 보지 않았기 때문에 그쯤 된 것 같다. 문으로 다가간 진성이 문을 열었다.

20대쯤의 사내 하나가 서 있다. 말쑥한 용모, 흰색 반팔 셔츠에 검정색 바지, 날씬한 몸매다. 사내가 고개를 숙였다.

"전 소피아가 보낸 안내원 프람입니다."

"아, 그래? 무슨 일인데?"

"안내역을 부탁받았습니다."

"그렇군. 프람, 자네 직업이 뭔가?"

"예, 현직 경찰입니다. 아시아상사의 일을 도와주고 있지요."

"경찰인가?"

"예, 아르바이트를 하고 있는 셈이지요."

사내가 이를 드러내고 웃었다.

"좋아. 로비에서 기다리도록."

마침내 진성이 고개를 끄덕였다.

<2권에 계속>